Tödliches Dinner

LEPORELLO
KRIMI

Richard-Wagner-Straße 15, D-47799 Krefeld
leporellobuch@aol.com
www.leporello-verlag.de

Gestaltung: WerbeAtelier Coelen
Titelfoto: Jochen Brockmann
Druck und Bindearbeiten: PBtisk s.r.o.
ISBN-10: 3-936783-23-3
ISBN-13: 978-3-936783-23-0

Ina Coelen & Ulrike Renk

Tödliches Dinner

NIEDERRHEINISCHER KRIMINALROMAN

– Mit neuen todsicheren Rezepten –

Leporello Verlag · Krefeld

Für Karl, Claus, Dieter, Ernst, Helmut,
Hendrik, Jochen, Lothar, Markus, Theo, Werner
und alle Männer, die klug genug sind,
sich eine starke Frau zu suchen.

Den Krefelder Großmarkt sollten Sie unbedingt einmal besuchen, aber ‚Kattas Küche' werden Sie dort leider nicht finden. Auch (fast) alle Personen in diesem Buch sind frei erfunden. Daher wäre jede Ähnlichkeit mit lebenden oder verstorbenen Personen purer Zufall und nicht beabsichtigt.

Polizei und andere Katastrophen

Katta

»Was ist los, Katharina?« Jan wischte mit einem Küchenhandtuch über den blutroten Fleck auf dem Holzfußboden und hob das Rotweinglas auf, das erstaunlicherweise nicht zerbrochen war, als ich das Tablett hatte fallen lassen. »Warum bist du so nervös, Katta?«

»Ich könnte wetten, das sind zwei Polizisten hier rechts an Tisch neun«, flüsterte ich. »Inzwischen erkenne ich die sofort, so betont unauffällig, wie die sich verhalten. Müssen die denn immer in der Mittagszeit hier auftauchen, wenn die größte Hektik herrscht?«

Jan schaute über den Kaffeeautomaten, der auf dem Tresen stand. Ich ließ meinen Blick über die voll besetzten Tische schweifen, während ich gebrauchte Gläser von der Theke nahm, um sie in die Spüle zu stellen. An dem Achtertisch rechts vom Eingang saß eine Gruppe Geschäftsleute, die regelmäßig bei mir zu Mittag aß. Ein dunkelhaariger Hüne im schwarzen Anzug hob sein leeres Glas und machte ein Zeichen zur Theke. Jan nickte hinüber, füllte ein Glas mit Wein und ging, um es zu servieren. Als er zurückkam, strich er sich die kinnlangen Haare mit den grauen Strähnen hinters Ohr und runzelte die Stirn.

»Du könntest recht haben. Den ohne Hals, den gestuckten, meine ich auch wieder zu erkennen. Der war doch vor zwei Wochen schon mal hier.« Jan schob mich zur Seite und drückte mir das schmutzige Handtuch in die Finger. »Mach du zwei Milchkaffee und einen Espresso für Tisch vier! Ich frage die Bullen, was sie diesmal wollen.«

Noch bevor ich ihn zurückhalten konnte, stürmte Jan um die Theke herum und steuerte auf die beiden Männer zu. Ich nahm Untertassen und Löffel aus den entsprechenden Fächern der großen alten Anrichte, die hinter der Theke stand, und legte Zuckertütchen bereit. Während ich mich an der Kaffeemaschine zu schaffen machte, klopfte mein Herz, als habe man mich auf frischer Tat ertappt.

Alles war so prima gelaufen in den letzten Monaten. Mein Party- und Buffetservice war so erfolgreich, als hätten die Krefelder nur darauf gewartet. Ich konnte mein Glück kaum fassen, als ich mit meinem Konzept mehrere Bewerber aus dem Feld schlug und die heiß begehrte Parzelle am Krefelder Großmarkt pachten konnte. Gegenüber der italienischen Trattoria und vis-à-vis des spanischen Restaurants ,Tapas' hatte ich meinen Traum verwirklicht. Vor knapp zwei Monaten eröffnete ich mein eigenes Bistro ‚Kattas Küche'. Ein befreundeter Schreiner hatte mir quadratische Holztische angefertigt, die ich nach Bedarf zu unterschiedlichen Formationen zusammenstellen konnte. Bei einem Trödler erstand ich einige Thonetstühle und besorgte unterschiedliche Korbsessel, die ich miteinander kombinierte. Vor dem eigentlichen Lokal hatte ich eine Art Wintergarten aus einer Holz-Glaskonstruktion bauen lassen. Wenn es im Sommer richtig warm werden würde, könnte man die Front zur Seite schieben und nur Dach und Seitenwände würden als Wind- und Sonnenschutz stehen bleiben. Obwohl gerade erst das Frühjahr angebrochen war, herrschten seit Tagen schon fast sommerliche Temperaturen, und die sechs zusätzlichen Tische auf der Terrasse waren heiß begehrt.

An der linken Wand des Innenraumes von der Tür bis zur Theke waren antike Holzgarderoben und unterschiedliche alte Kleiderhaken angebracht. Ich hatte eine Menge

Trödel- und Antikläden in der Umgebung abgegrast, um diese stattliche Sammlung zusammenzutragen. An der gegenüberliegenden Wand hatte ich bisher etwa fünfzig Bilder von Krefelder Künstlern, Stadtansichten, alte Stiche und Zeichnungen von sogenannten Krefelder Originalen aufgehängt. Diese Sammlung sollte im Laufe der Jahre stetig wachsen, bis eines Tages die ganze fast vier Meter hohe Wand bedeckt sein würde. Dort hing auch in einem großen alten Holzbilderrahmen die Tafel, auf die ich mit Kreide die wechselnden Speisen eintrug.

In der Mitte des Raumes schwebte über allem ein überdimensionaler Kronleuchter, der früher einmal in der guten Stube meiner Großeltern gehangen haben soll. Tante Margarethe, die ältere Schwester meiner Mutter und meine einzige noch lebende Verwandte, hatte ihn mir zur Einweihung geschenkt. Wir waren uns nicht einig, ob er in die Kategorie ‚wahnsinnig kitschig' oder ‚absolut originell' gehörte.

Rechts von der Theke im hinteren Teil des Lokals standen ein altes Sofa mit geschwungener Lehne, zwei Sessel und ein ovaler Holztisch. An der Wand über dem Sofa prangte ein Emailleschild mit handgemalten Buchstaben, das meine Freundin Claudia mir zur Eröffnung überreicht hatte. Darauf stand: »Alle Gerüchte auch zum Mitnehmen«. Diese gemütliche Sitzecke nannten wir ‚Tisch neun'.

Dort, wo ich nach Feierabend am liebsten mit meinen Freunden und Mitarbeitern ein Gläschen trank und den Tag Revue passieren ließ, hatten sich jetzt die beiden Polizeibeamten breitgemacht.

Jan kam grinsend von Tisch neun zurück hinter die Theke und hielt mir seinen Bestellblock unter die Nase. »Entwarnung! Die verdächtigen Herren möchten einmal Kartoffelsuppe und einen Speckpfannkuchen. Kein Grund nervös zu werden!« Er kniff mir ein Auge. »Aber Tisch vier möchte zahlen und die Rentnerrunde an fünf wartet immer noch auf ihren Kaffee. Also beweg' mal deinen Hintern.«

»Sorry, Chef, aber ich bin irgendwie daneben«, murmelte ich und griff mechanisch nach meinem Kellnerportemonnaie, um kassieren zu gehen. Jan sprang die drei Stufen zur Küche hoch und gab die Bestellung weiter. Gerade als ich an Tisch vier trat, um zu kassieren, erschien meine Tochter Lisa mit zwei Klassenkameraden im Lokal. Sie warf mir eine Kusshand zu und ich gab ihr ein Handzeichen, dass dieser Tisch gleich frei werden würde.

»Hat es Ihnen geschmeckt?«, wandte ich mich an meine Gäste. Eines der beiden Paare erzählte, dass sie extra aus Neuss nach Krefeld gekommen waren, weil man in ihrem Freundeskreis von meinem Lokal geschwärmt hatte. Ich freute mich über Lob und nette Worte und addierte die Zahlen auf dem Bestellzettel. Als ich das Wechselgeld aus dem Portemonnaie nahm, stutzte ich. Die Gäste scherzten und verabschiedeten sich, aber ich hörte nur halb zu. Auf dem Weg zum Tresen starrte ich auf die leeren Fächer in der Börse und wurde fast von Jan umgerannt, der Kaffee serviert hatte.

»Mensch, Katta, was ist denn nun schon wieder los?«

Wortlos hielt ich ihm das Portemonnaie entgegen. »Da sind gar keine Scheine mehr drin. Wie kann das denn sein? Als ich vorhin kassiert habe, waren bestimmt drei Zehner und mindestens drei Zwanziger drin. Das weiß ich ganz genau.«

»Also, Katta, ich habe heute noch nicht kassiert. Auf dein Geld musst du schon selber aufpassen«, gab Jan ungeduldig zur Antwort. »Aber das kannst du später klären, jetzt solltest du dich wirklich wieder um die Gäste kümmern. Tisch sieben und acht wollen bestellen und Tisch drei möchte weitere Getränke.«

Ich war wütend. Wie wurde ich von Jan behandelt? Mir gehörte der Laden, ich trug die Verantwortung und war hundertprozentig sicher, dass hier einige Geldscheine fehlten, die vorhin noch da gewesen waren. Annette machte Zeichen aus der Küche, dass Essen fertig zum Servieren war, und hinter mir rief jemand: »Fräulein!« Frechheit. Ich war Ende dreißig und zurzeit sah man mir das ganz bestimmt auch an, und Fräulein gab es schon lange nicht mehr. Verärgert stieg ich die Stufen zur Küche hoch und schnappte die fertigen Gerichte von der Durchreiche.

»Was ist los? Probleme?«, wollte meine Köchin Annette wissen und sah mich neugierig an. Über ihre roten Haare hatte sie eine Haube gezogen, nur eine einzelne Strähne war hinter ihrem rechten Ohr herausgerutscht. Annette hatte ein hübsches, freundliches Gesicht trotz einiger Sorgenfalten, und sah mit der Haube nicht einmal lächerlich aus. Mit ihrem weißen Kittel zu der gebräunten Haut erinnerte sie eher an Ibiza-Urlaub als an Küchenarbeit. Annette lächelte, eine Reihe leicht schiefer Zähne wurde sichtbar. Plötzlich spürte ich einen Stich. War das ein aufmunterndes Lächeln oder belächelte sie mich?

»Alles in Butter«, gab ich zurück und ärgerte mich über mich selbst. Was war bloß mit mir los?

Ich zog die Mundwinkel nach oben und mahnte mich zur Ruhe. Jetzt waren die Gäste das Wichtigste, alles andere musste warten. Wir würden sicher später klären können, wer das fehlende Geld genommen hatte. Bestimmt gab es eine Erklärung dafür. Ich servierte Essen, nahm weitere Bestellungen entgegen und räumte Teller ab.

Lisa hatte an der Theke Getränke für ihre Freunde geholt und drückte mir im Vorbeigehen einen Kuss auf die Wange. »Alles im grünen Bereich, Mamski?«

Ich nickte flüchtig. »Bei dir auch, Liebes? Nimmst du die Bestellung für euren Tisch selbst auf und bringst sie Annette zur Küche. Ich bin ein bisschen im Stress.«

»Alles Klärenz!«, strahlte Lisa, warf ihre blonden Haare in den Nacken und ging zu ihren Klassenkameraden zurück. Die schwarzen Strähnchen, die sie neuerdings trug, gefielen mir nicht besonders und ich bedauerte, dass meine Tochter ihre hübschen Locken jeden Morgen mit einem Glätteisen behandelte. Für meinen Geschmack war ihre Jeans ein bisschen sehr eng, und ich hätte es auch lieber gesehen, wenn ihr T-Shirt ein Stückchen länger gewesen wäre. Außerdem zeigte sie, genau wie ihre Freundinnen, reichlich viel Dekolleté. Mit so einem Ausschnitt wäre ich nie zur Arbeit erschienen. Ich zog oft genug bei Diskussionen um angemessene Kleidung den Kürzeren und musste mir sagen lassen, in Modefragen nicht kompetent zu sein. Insgeheim hoffte ich, es würden möglichst bald Schuluniformen eingeführt. Von erfolgreichen Modellversuchen hatte ich schon in der Zeitung gelesen.

Als ich den beiden Polizisten in der Sofaecke den Espresso brachte, fragte ich routiniert freundlich, ob sie zufrieden seien. Ich hatte mir fest vorgenommen, positiv zu denken. Die beiden waren hier, weil es bei mir besonders gut schmeckte und nicht, weil es wieder zu einem Vorfall gekommen war, in den ich verstrickt sein sollte. Es würde in Krefeld mit seinen über zweihunderttausend Einwohnern ja noch verdächtigere Personen geben als mich.

»Ach, ähm Frau Lintfort«, begann der Gestuckte und riss das Zuckertütchen auf. »Sie haben letzten Samstag ein Buffet ausgeliefert. Erinnern Sie sich, wohin das gegangen ist?«

Mir lief es heiß den Rücken hinunter. Hatte ich es doch gewusst, die wollten was von mir. Sie waren also wieder dienstlich hier.

»Ja, natürlich«, antwortete ich freundlich.

»War das zufällig auf der Moerser Straße?«, fragte der etwas größere Beamte und fuhr sich durch sein silbergraues Haar, als könne er sich dann besser erinnern.

»Es war zu einer Ausstellungseröffnung der Galerie Lindges. Elke und Leo Lindges sind gute Bekannte von mir. Warum fragen Sie?«

Die beiden Beamten fixierten mich, als beabsichtigten

sie, mich um die Wette zu hypnotisieren. Ich sah dem Gestuckten fest in die Augen. Ich hatte kein schlechtes Gewissen, nur ein schlechtes Gedächtnis. Bei seinem letzten Besuch hatte er mir sicher seinen Namen genannt, aber ich hatte es vorgezogen, ihn zu vergessen. Im Leben hätte ich nicht damit gerechnet, ihn so schnell wiederzusehen. Die Beamten verzogen keine Miene.

»Nun sagen Sie schon, was ist passiert?«, fragte ich ungeduldig.

Die beiden wechselten einen Blick, dann sagte der Gestuckte: »Eigentlich stellen wir ja immer die Fragen.«

Ich schloss kurz die Augen und ließ mich kraftlos auf einen der beiden Sessel fallen. Nicht schon wieder!

Nach dem Tod von Jörg, mit dem ich über fünfzehn Jahre verheiratet war, hatte ich mich im letzten Jahr selbstständig gemacht. Während des Studiums hatte ich sporadisch gekellnert und in der Immobilienfirma meines Vaters kleinere Jobs erledigt. Aber während meiner Ehe musste ich nie arbeiten. Ich tat fast fünfzehn Jahre lang nichts, außer unser großes Haus und den Garten in Ordnung zu halten, unsere Tochter zu Schwimmkurs, Reitstunde und Freundinnen zu fahren, unsere Termine zu koordinieren, bei gesellschaftlichen Anlässen einen guten Eindruck zu machen und Geschäftsfreunde zu bewirten. Dann stellte sich heraus, dass mein Mann spielsüchtig war und der größte Teil des Vermögens, das mein Vater mir hinterlassen hatte, weg war. Da ich nichts so gut konnte wie kochen, hatte ich mit einem Buffetservice angefangen. In meinem großen Bekanntenkreis hatte sich das schnell herumgesprochen und von Anfang an bekam ich genug Aufträge, um meine Tochter und mich über Wasser zu halten.

Durch Tante Margarethe, deren finanzielle Verhältnisse ich nicht genau kannte, aber die man wohl vermögend nennen konnte, war ich an das Startkapital gekommen.

»In die Zukunft investieren«, hatte sie das augenzwinkernd genannt. Außerdem hatte ich unser Haus in Kempen vermietet und war mit Lisa in die kleinere Eigentumswohnung am Bismarckplatz gezogen.

Ich war in Krefeld geboren und aufgewachsen, war hier zur Schule gegangen und früher Mitglied in verschiedenen Vereinen. Die Familie meiner Mutter stammte von hier und mein verstorbener Vater war Inhaber einer sehr bekannten Immobilienfirma gewesen. Dadurch hatte ich einen recht weitläufigen Bekanntenkreis. Zu Beginn meiner Selbstständigkeit hatte ich bei meinen Kunden zu Hause für besondere Anlässe gekocht und Menüs serviert.

Meinen allerersten Auftrag bekam ich im letzten Winter von unserem Freund Horst Pricken, der in Kempen wohnte und dort eine Anwaltskanzlei führte. Seitdem war mein Einfraubetrieb stetig gewachsen. Inzwischen hatte ich eine festangestellte Köchin und meine besten Freunde Jan und Claudia waren so etwas wie feste freie Mitarbeiter.

Zuerst bereitete ich auch in meiner eigenen großen Küche Buffets vor, die ich dann auslieferte.

Inzwischen kochte ich nur noch in meiner Profiküche auf dem Großmarkt. Das war ungeheuer praktisch, weil ich einen Großteil der Zutaten direkt hier beim Türken, im Käseladen oder nebenan frisch kaufen konnte.

In meiner kleinen Gaststätte bot ich zur Mittagszeit bodenständige, preiswerte Gerichte an wie Eintöpfe und Aufläufe, Gutes aus der Kasserolle, Pfannkuchen und Eierspeisen. Immer gab es auch ein kleines Menü, als Vorspeise Suppe oder Salat, einen Hauptgang, im Anschluss Obst oder Süßes und zum Abschluss einen Espresso oder eine von Jans Kaffeespezialitäten.

Bei mir gab es regionale Küche - keine Geschmacksexperimente oder französisch übersichtliche Portionen - leckeres Gemüse, Kartoffelgerichte und Fleisch natürlich. Fisch gab es auch schon mal, aber nicht so häufig, denn am Niederrhein sind Meeresfrüchte bekanntlich selten.

Raffinierte neue Rezepte und kulinarische Modeerscheinungen probierte ich in meinem Partyservice aus. Da wollte ich mit dem Trend gehen und im Moment waren bei uns kleine Häppchen und Fingerfood angesagt.

Nachmittags gab es in meinem Bistro Kaffee und selbst gebackene Kuchenspezialitäten. Abends konnte man mein Lokal für private oder geschäftliche Feiern und Veranstaltungen mieten.

‚Kattas Küche' war für mich der Wunsch nach einer kleinen heilen Welt, ein Mikrokosmos. Meine Mitarbeiter waren meine Freunde oder eher wie meine Familie. Wir hielten zusammen und hatten das gemeinsame Ziel, dass sich unsere Gäste bei uns wohlfühlen sollten. Wir wollten sie glücklich und satt machen. Eine Oase der Glücklichen, eine Insel, auf der man auftaucht, um abzuschalten, ein Ort der Geborgenheit, zu dem man gerne zurückkehrt, so als wenn man nach Hause kommt. Unsere Gäste sollten sorglos genießen, den Alltag vergessen, jedenfalls für den Zeitraum ihres Aufenthaltes in ‚Kattas Küche'.

Von Anfang an hatte mir meine beste Freundin Claudia geholfen. Wir kannten uns seit unserer gemeinsamen Schulzeit auf dem Gymnasium und Claudia war mir auch in der krisenreichen Zeit meiner Ehe immer eine Verbündete gewesen. Ich konnte ihr blind vertrauen und sie stand mir so nah wie eine Schwester.

Claudia arbeitete hin und wieder auch als Detektivin. Lösungen zu finden, Zusammenhängen auf die Spur kommen und verzwickte Fälle zu entschlüsseln, das war ihre eigentliche Profession. Um ein geregeltes Einkommen zu haben, jobbte Claudia halbe Tage bei der Baustofffirma Bontenakels in Kempen, die ihrem Onkel gehörte. Doch die lief zurzeit nicht besonders gut. So konnte sie ihre Arbeitszeit dort auf wenige Stunden reduzieren und kam fast jeden Tag, um in meinem Bistro zu helfen. Das war mein Glück.

Claudia und ich waren ein eingespieltes Team. Wir verstanden uns ohne viele Worte. Seit wir uns kannten, bewunderte ich Claudia und hätte gerne einige ihrer Eigenschaften gehabt. Mit etwa einhundertsechzig Zentimetern war sie fast einen Kopf kleiner als ich, aber sie strahlte so viel Selbstbewusstsein und Energie aus, dass sie die fehlende Körpergröße damit wettmachte. In sportlicher Hinsicht war sie ein As, joggte regelmäßig, spielte Tennis und hatte trotz ihrer sechsunddreißig Jahre eine Figur wie ein Teenager. Außerdem hatte sie eine entwaffnend offene Art und konnte direkt und kontaktfreudig auf Menschen zugehen. Eine ideale Eigenschaft für die Gastronomie.

Dass man in ‚Kattas Küche' preiswert zu Mittag essen konnte, sprach sich schnell herum. So gehörten bald einige Schüler des nahegelegenen Gymnasiums, eine Gruppe Rentner und Geschäftsmänner aus der Umgebung zu meinen Stammgästen. Zuerst hatte ich überwiegend alleine gekocht und Claudia war für den Service verantwortlich, aber schon nach ein paar Wochen konnten wir das Mittagsgeschäft zu zweit gar nicht mehr bewältigen. So stellte ich eine Köchin ein. Annette Thal war eine Bekannte aus dem Tennisklub, in dem ich bis letztes Jahr noch Mitglied gewesen war und sie hatte selbst mal einen Partyservice geführt. Durch ihre Trennung war sie in einen finanziellen Engpass geraten. Sehr viel mehr wusste ich zunächst nicht über sie, aber schon nach wenigen Tagen stellte ich fest, dass wir ganz ausgezeichnet zusammen arbeiten konnten. Annette war bereit, nach meinen Vorstellungen und Rezepten zu kochen und, obwohl sie älter war als ich, hatte sie nie Probleme, von mir Anweisungen entgegenzunehmen.

Außerdem gehörte noch Jan Aerbeck zu unserem Team. Er war ein gemeinsamer Freund von Claudia und mir. Eigentlich war er Schriftsteller und Stammgast der ersten Stunde. Claudia hatte ihn vor Jahren bei seiner Krimilesung in einer Krefelder Buchhandlung kennengelernt.

Sie waren ins Gespräch gekommen und sie erzählte ihm von ihrer Ausbildung als Detektivin. Seit damals waren wir drei eng befreundet und Jan machte sich hervorragend als Barmann hinter der Theke. Er war für Kaffeespezialitäten und sämtliche anderen Getränke zuständig.

Ursprünglich wollte er sich nur von einer Schaffenskrise ablenken, aber für mich war er schnell unentbehrlich geworden. Er hatte eine freundliche, entgegenkommende Art, einen feinen Humor, der bei den weiblichen Gästen besonders gut ankam, und er sah richtig gut aus. Schließlich hatte er auch mal als Model gearbeitet. Jan war fast zwei Meter groß und schlank, hatte warme braune Augen und trug seine dunklen, kinnlangen Haare meist akkurat nach hinten gekämmt. Für mich war er wie ein großer Bruder, an dessen breiter Schulter man sich hemmungslos ausheulen konnte und der bei Bedarf alle bösen Buben für mich verprügeln würde.

Insgeheim fürchtete ich den Augenblick, in dem er mir eröffnen würde, eine Idee für die Fortsetzung seines Kriminalromans zu haben. Jan hatte nämlich Ende letzte Jahres einen sensationellen Bestseller geschrieben, einen Thriller über mafiöse und politische Verstrickungen am idyllischen Niederrhein. Anstatt sich zu freuen und den Erfolg zu genießen, war er in ein tiefes Loch gefallen. Sein Verlag und vor allem seine Leser gierten nach einer Fortsetzung. Dadurch fühlte Jan sich dermaßen unter Druck gesetzt, dass er an einer Schreibblockade litt. Ein Glück für mich.

Jetzt schien es, als sei meine Glückssträhne jäh zu Ende. Vor etwa zehn Tagen hatte ich zusammen mit Annette ein Buffet für fünfzig Personen zubereitet, mit einem geliehenen Wagen angeliefert und vor Ort aufgebaut.

Der Anlass für die Feier war ein runder Geburtstag. Heinz Inderfurth, der Jubilar, war mit meinem Vater gut bekannt gewesen. Wegen seines leicht angegriffenen Gesundheitszustandes wollte er seinen siebzigsten Geburtstag lieber zu Hause in den eigenen vier Wänden feiern. Er bewohnte eine imposante Villa auf der Kempener Allee. Ich hatte einen Hausschlüssel bekommen, um am nächsten Vormittag mein Geschirr, Schüsseln und Platten wieder abzuholen und auch aufzuräumen. Das handhabte ich meistens so, denn für meine Kunden sollte ihre eigene Feier auch ein Fest sein und nicht Arbeit und Stress bedeuten. Für mich gehörte es zum Service, eine aufgeräumte, geputzte Wohnung zu hinterlassen.

Sobald Annette und ich alles weggeräumt und Gläser und Geschirr abtransportiert hatten, kamen die ‚Putzteufelinnen'. Das waren zwei tüchtige, alleinstehende Frauen, die ich auch aus meinem alten Tennisclub kannte. Sie hatten sich mit einer kleinen Reinigungsfirma selbstständig gemacht und ich bot ihren Service auch meinen Kunden an.

Als Annette und ich Samstagmorgen das Grundstück betreten wollten, wimmelte es dort von Polizeibeamten. Ich wurde sofort befragt, obwohl ich keine Ahnung hatte, was vorgefallen war. Nach und nach erfuhr ich, dass in den frühen Morgenstunden, als die Feier bereits zu Ende war, eingebrochen worden sein musste. Es waren Bargeld, Schmuck und einige Dekorationsgegenstände gestohlen worden. Allerdings gab es keine Spuren eines Einbruchs, was darauf schließen ließ, dass der oder die Einbrecher einen Schlüssel benutzt hatten. Und so gehörte ich unvermittelt zum engeren Kreis der Verdächtigen.

Erst später erfuhr ich, dass der Hausherr anscheinend von Geräuschen geweckt worden war und nach dem Rechten sehen wollen. Ob er die Einbrecher gesehen hat, war noch nicht geklärt. Aufgrund seines schlechten Gesundheitszustandes erlitt er einen Herzinfarkt und lag nun auf der Intensivstation des Klinikums. Von den gestohlenen Wertgegenständen fehlte jede Spur. Die Ehefrau des Jubilars hatte eine genaue Aufstellung der vermissten Gegenstände angefertigt und besaß auch Fotos von ihren wertvollsten Schmuckstücken. Die hatte sie seinerzeit extra für die Versicherung anfertigen lassen. Ich hatte nichts davon gesehen, mir war nichts aufgefallen und ich hatte deswegen schon fast ein schlechtes Gewissen. Anscheinend gab es nur wenige Verdächtige außer mir.

Es war das dritte Mal, dass in einem Haus eingebrochen wurde, in das ich kurz zuvor ein Buffet geliefert hatte. Die Polizei wollte nicht mehr an Zufälle glauben.

»Es ist wieder eingebrochen worden?«, riet ich und erkannte an den Gesichtern der beiden Kriminalisten, dass ich richtig lag.

»Reden Sie weiter, Frau Lintfort, wie ist es diesmal gelaufen?«, ermunterte mich der Mann ohne Hals und kniff die Augen zusammen. Ich war mir nicht sicher, ob er mich jetzt und hier verhören wollte oder ob er, wie Jan behauptete, nur mit seinem Kollegen zum Essen gekommen war. Meinte er seine Bemerkung vielleicht ironisch? Jedenfalls musste ich aufpassen, was ich sagte.

»Ich habe keine Ahnung, ehrlich«, erwiderte ich matt.

»Das sagen sie alle«, grinste der Kollege, fuhr sich mit der Hand über das Kinn und deutete auf die Espressotasse.

»Kann ich noch so ein Gebräu haben? Schmeckt kriminell gut.«

»Aber gerne«, antwortete ich, erleichtert über eine Pause zum Nachdenken. Als ich in Richtung Theke ging, glaubte ich die Blicke der Kriminalbeamten bohrend in meinem Rücken zu fühlen. Ich versuchte aufrecht und mit festen Schritten zu gehen.

»Mensch, Katta, siehst du nicht, was hier los ist. Da hältst du gemütlich Smalltalk mit den Herren und lässt mich alleine im Stress«, schnaubte Jan hinter der Theke. »Tisch eins bis drei will zahlen, wo hast du denn das Wechselgeld-Portemonnaie schon wieder versteckt?«

»Jan, mach mich nicht wahnsinnig!« Ich drängte mich an ihm vorbei an den Kaffeeautomaten. »Die Bullen wollen wieder was von mir. Wieso ist eigentlich Claudia heute nicht gekommen?«

Jan legte seine Hand auf meine Schulter. »Ganz ruhig, Mädel, wir zwei schaffen das schon. Das Mittagsgeschäft ist gleich vorbei. Wo hast du denn jetzt das Wechselgeld?«

»Ich hab das doch soeben hier ins Regal gelegt.« Ich sah mich suchend um, während ich mechanisch den Kaffee zubereitete. »Ach, nein, da unterm Tresen liegt es.«

Jan winkte Lisa heran und sie ging mit strahlendem Gesicht, um zu kassieren. Meine Tochter war im April sechzehn geworden und liebte es, in meinem Lokal zu helfen. Ich war kein großer Rechenkünstler und so tat Lisa nichts lieber, als abzurechnen. Oft heimste sie ein enormes Trinkgeld ein, denn sie verstand es, die zumeist männlichen Gäste um den Finger zu wickeln. Claudia und Jan nannten sie scherzhaft ‚Unterchefin' oder ‚fleißiges Lieschen', was meine Tochter sehr genoss.

Ich brachte den duftenden Espresso an Tisch neun und setzte mich wieder.

»Das mit den ‚Bullen', haben wir gehört«, grinste der Silbergraue. »Da geht der Kaffee sicher aufs Haus.«

»Wenn das keine Beamtenbestechung ist, gerne«, erwiderte ich. Na, das war ja schon eine ganz andere Tonart als soeben. Hatte sich das Blatt für mich zum Guten gewendet? Gab es einen neuen Verdächtigen?

»Weshalb sind sie denn nun hier? Doch nicht, um zu fragen, wo ich welche Buffets angeliefert habe.« Ich bemühte mich um einen lockeren Ton.

»Also, um es kurz zu machen«, antwortete der Gestuckte, »auch bei Lindges ist eingebrochen worden. Es gibt auch dieses Mal keine Einbruchsspuren, daher ist erst jetzt aufgefallen, dass drei Bilder gestohlen worden sind.«

»Sind das Bilder, die Leo Lindges gemacht hat? Wie gesagt, ich kenne Leo gut. Wenn es seine eigenen Werke sind, ist das ja nicht weiter dramatisch. Dann macht er einfach schwuppdiwupp neue Ausdrucke und die Bilder sind wieder da«, plapperte ich munter. Ich war froh, dass es sich nicht um teuren Schmuck und wertvolle Antiquitäten handelte.

»Das sehen Sie ein bisschen sehr locker«, tadelte der Silbergraue. »Einbruch und Diebstahl sind kriminelle Straftatbestände, denen wir nachgehen müssen, unabhängig vom wirtschaftlichen Schaden.«

»Wir reden hier von Eigentumsdelikten. Wer Mein und Dein nicht auseinanderhalten kann, sitzt eher hinter Gittern, als er ‚schwuppdiwupp' buchstabiert kann«, ergänzte sein Kollege streng.

»Ja, und was habe ich jetzt damit zu tun? Glauben Sie, ich habe die Bilder mitgehen lassen, als ich das Buffet für seine Vernissage gebracht habe? Kennen Sie seine aktuellen Bilder? Dann glauben Sie nicht wirklich, dass die jemand stehlen würde.« Ich war mir sicher, dass Leo mir diesen Scherz auf seine Kosten verzeihen würde, aber in dem Moment konnte ich nicht anders. Ich fühlte mich irgendwie erleichtert. Nach den Verdächtigungen in Zusammenhang mit dem Vorfall an der Kempener Allee war diese Angelegenheit ein Kinderspiel.

»Also, Sie bestreiten, etwas mit dem Diebstahl bei dem Fotokünstler zu tun zu haben und Ihnen ist dort auch nichts aufgefallen?«, wollte der Silbergraue wissen.

»Ja, ich meine, nein. Mir ist nichts Außergewöhnliches aufgefallen und ich habe nichts mitgehen lassen.« Ich erhob mich von meinem Sessel. »Wenn das alles war, würde ich mich jetzt gerne wieder um meine anderen Gäste kümmern. Ihr Essen geht aufs Haus. Sie verstehen es sicher, wenn ich jetzt nicht ‚auf Wiedersehen' sage.«

Der Gestuckte erhob sich und grinste, »Ja, dann danke und tschüss, bis zum nächsten Mal.«

Ich lächelte gequält und wandte mich ab.

»Blöde Bullen«, murmelte ich, als ich zu Jan hinter den Tresen trat. »Ich weiß nicht, was das jetzt sollte. Auf jeden Fall werde ich heute Abend bei Elke und Leo nachfragen, ob wirklich Bilder bei ihnen gestohlen wurden. Und ob sie im Ernst glauben, ich hätte damit etwas zu tun. Mann, so etwas fehlt mir jetzt gerade noch.«

»Mensch Mädel, du hast so viel wegstecken müssen und so viel geschafft in der letzten Zeit, da werden dich doch zwei hungrige Polizisten nicht aus der Bahn werfen.« Jan sah aufmunternd auf mich herunter und nahm mich liebevoll in den Arm. Er trug einen seidig weichen Pullover, vermutlich Kaschmir, und duftete nach einem leicht herben Parfüm.

»Ach Jan, wenn ich dich nicht hätte!« Ich war den Tränen nahe und hätte mich gerne noch etwas länger an diesen zuverlässigen, treuen, gut aussehenden Mann gekuschelt.

»He, was sind das denn da für Liebesszenen hinter der Theke«, hörte ich Lisas Stimme. »Ich dachte immer, du bist schwul, Jan.« Geschickt schnappte Lisa das Handtuch, das Jan nach ihr geworfen hatte. Sie grinste breit und feixte. »Was wird Horst wohl dazu sagen?«

Ich fand es zu schade, dass Jan in festen Händen war. In den Händen meines Anwalts Dr. Horst Pricken.

Ich hatte mir im Verlauf des weiteren Tages zwar nichts anmerken lassen, aber die Fälle, wenn es denn welche waren, gingen mir nicht mehr aus dem Kopf. Die Polizei jedenfalls schien zu glauben, dass ich in kriminellen Machenschaften verstrickt sei. In Wohnungen, in die ich Buffets geliefert hatte, war anschließend eingebrochen worden. Das konnte nur Zufall sein, da war ich mir ganz sicher. Ich wusste, dass ich mir nichts hatte zuschulden kommen lassen. Aber wer war der Einbrecher. Kannte er mich etwa? Würde er jetzt bei allen meinen Partyservice-Kunden einbrechen? Jedenfalls wollte ich mich von jedem Verdacht befreien und das so schnell wie möglich. In Krimis funktioniert das, indem der vermeintliche Täter den wirklichen Täter überführt.

Sofort, nachdem wir Feierabend gemacht hatten, rief ich von zu Hause meine beste Freundin Claudia an. Schließlich war sie Detektivin; sie würde mir helfen, meine Unschuld zubeweisen.

»Was meinst du Claudia, soll ich Horst anrufen? Und was soll ich jetzt überhaupt tun? Alle Aufträge, die Anlieferungen in fremde Häuser beinhalten, ablehnen?«

Erste Ermittlungen

Claudia

Katta und ich telefonierten fast eine Stunde. Als ich auflegte, hatte ich das Gefühl, mein Ohr müsse rot glühen. In meinem Kopf wirbelten die Gedanken. Ich ging in meine kleine Küche, öffnete den voluminösen blauen Kühlschrank im Fünfziger-Jahre-Design, den Michael und ich uns letztes Jahr zu Weihnachten gegönnt hatten. Nachdem ich mir ein Glas Weißwein eingeschenkt hatte, zog ich mir einen Notizblock heran und setzte mich an den Küchentisch. Meine beste Freundin Katharina hatte schon wieder Probleme mit der Polizei.

Im letzten Jahr war sie plötzlich in Verdacht geraten, mit dem mysteriösen Verschwinden ihres Mannes zu tun zu haben. Dessen Geliebte hatte sie sogar des Mordes verdächtigt. Unvermittelt stand Katta im Mittelpunkt der Ermittlungen, weil sie ihren Mann nicht als vermisst gemeldet hatte und das Firmenvermögen in dunklen Kanälen verschwunden zu sein schien.

Natürlich war ich stolz darauf, dass ich den Fall schneller als die Polizei aufklären konnte.

Dann musste Katharina, die nie richtig gearbeitet und

nur ein abgebrochenes Studium vorzuweisen hatte, plötzlich selbst für ihren Lebensunterhalt und den ihrer Tochter sorgen. Aber Katta ließ sich nicht unterkriegen und stürzte sich voller Energie in die Selbstständigkeit.

Alles lief ganz gut für meine Freundin, doch jetzt klebte ihr die Polizei wieder an den Fersen. Diese Einbrüche bei ihren Kunden, und besonders der bei dem alten Freund ihres Vaters machten Katta große Sorgen.

Nachdenklich ging ich mit meinem Notizblock zurück ins Wohnzimmer. Ich setzte mich auf Backa, unser gemütliches altes Ikeasofa und starrte in den offenen Kamin, in dem jetzt kein Feuer loderte, sondern Stumpenkerzen für romantisches Licht sorgten. Ich musste herausfinden, wer außer Katharina Zugang oder einen Schlüssel zu dem Haus der Familie Inderfurth auf der Kempener Allee hatte. Ob es eine Putzfrau oder eine Haushaltshilfe gab? Oder vielleicht einen Gärtner? Ich notierte das auf meinem Block.

In Gedanken vertieft starrte ich aus dem Fenster und seufzte. Draußen war es duster. Eine Beschreibung, die auch auf meine Stimmung passte.

Mein Onkel hatte mir heute eröffnet, dass er in Erwägung zog, sein Geschäft aufzugeben. Er war jetzt knapp über sechzig Jahre alt und die ersten Wehwehchen quälten ihn. Schon seit dem Tod meiner Tante trug er sich mit dem Gedanken, nach Spanien auszuwandern. Dort hatten sich einige seiner Freunde vor Jahren Häuser oder Wohnungen gekauft. Das Klima war gesünder und das Leben preiswerter. Nun hatte Onkel Willy eine Frau kennengelernt, die ihn in diesen Wünschen bestärkte. Er war sein Leben lang selbstständig gewesen, hatte die Verantwortung für eine große Firma und zwei Dutzend Mitarbeiter getragen; jetzt wollte er noch ein paar Jahre lang das Leben genießen.

Ich gönnte Onkel Willy das neue Glück von Herzen, doch wenn er die Firma verkaufte, was sollte dann aus mir werden? Ich hatte mir als seine engste Mitarbeiterin die Arbeitszeit beliebig einteilen können. Er hatte mir vollkommen freie Hand gelassen und nie etwas einzuwenden, wenn ich mal mehr Zeit für meine Ermittlungen brauchte. Diese Freiheit würde ich bei einem neuen Chef sicher nicht mehr haben.

Michael verdiente als Bauingenieur nicht schlecht, doch unser Häuschen in Hüls war noch lange nicht abgezahlt und wir waren auf ein zweites Einkommen angewiesen. Mein Traum war es, eines Tages von meiner Detektivarbeit leben zu können. Doch die Einkünfte dieser Tätigkeit schwankten stark und waren alles andere als regelmäßig.

Aber wie so oft hoffte ich, dass, wenn irgendwo eine Tür zuging, sich anderswo ein Fenster öffnete. Noch stand nicht fest, dass die Baustofffirma tatsächlich verkauft würde.

Trotzdem war mir das Gespräch mit meinem Onkel heute Morgen derart auf den Magen geschlagen, dass ich nicht wie üblich zur Mittagszeit nach Krefeld zu Kattas Bistro gefahren war. Das bereute ich jetzt. Ich hätte mir gerne selbst ein Bild vom Auftreten der beiden Polizisten gemacht. Dann könnte ich jetzt besser einschätzen, wie ernst der Verdacht gegen Katta wirklich war.

Draußen wurde es immer dunkler. Ich schaute auf meine Uhr, es war nach zweiundzwanzig Uhr und Michael noch nicht zu Hause. In der letzten Zeit kam er immer sehr spät aus dem Büro. Ich hoffte inständig, dass seine Überstunden nicht so aussahen, wie seinerzeit bei Kattas Ehemann: blond, blauäugig und vollbusig.

Ein Geräusch ließ mich hochschrecken. Die Haustür wurde aufgeschlossen, Michael kam nach Hause.

»Hallo, Schatz!«, rief ich ihm entgegen. Ich war erleichtert, dass er endlich da war. Außerdem brannte ich darauf, mit jemandem zu reden. Katta hatte genug eigene Probleme, ihr hatte ich ihr nichts von meinem drohenden Jobverlust erzählt. »Da bist du ja endlich! Hast du Hunger? Soll ich dir etwas kochen?«

»N’abend«, murmelte Michael und warf seine Jacke über den Sessel. »Kochen? Ne, lass mal lieber. Ich habe noch zu tun.«

»So spät noch?« Es versetzte mir einen Stich, dass er sich nicht neben mir auf dem Sofa niederließ, wir gemeinsam ein Glas Wein tranken und ich mit ihm über meine Zukunftsängste sprechen konnte. Außerdem hatte ich erwartet, dass er mir wenigstens erklärte, warum er heute schon wieder so spät nach Hause kam.

Statt dessen ging Michael ohne ein weiteres Wort nach oben in sein Arbeitszimmer. Nach einer Weile folgte ich ihm schmollend. Er saß am Schreibtisch mit dem Rücken zu mir und hämmerte auf der Tastatur seines Laptops herum.

»Alles in Ordnung?«, fragte ich leise.

Michael zuckte nur mit den Schultern und murmelte etwas, das ich nicht verstand.

»Was machst du denn noch?«, versuchte ich es erneut.

»Nach was sieht es denn aus?«

Er unterbrach seine Arbeit nicht und sah mich nicht mal an. Enttäuscht ging ich ins Bad, duschte ausgiebig, putzte mir die Zähne und legte mich ins Bett. Trotz all der Gedanken um Kattas und meine Probleme, die in meinem Kopf kreisten, schlief ich schnell ein.

Als ich aufwachte, war es schon hell. Michael lag nicht mehr neben mir im Bett. Ich hatte ihn nicht gehört, als er ins Bett gegangen und auch nicht, dass er aufgestanden war. Später fand ich einen Zettel auf dem Küchentisch: Komme heute später. M.

Schon wieder? Ich grübelte, was das bedeuten könnte und ich hatte das Gefühl, als bilde sich ein dicker Knoten in meinem Magen.

Heute Morgen musste ich nicht zur Firma. Mein Onkel hatte uns beiden gestern kurzerhand für eine gewisse Zeit Betriebsferien verordnet. Währenddessen wollte er eine Entscheidung treffen.

Das gab mir Gelegenheit, mich um Kattas Probleme zu kümmern und mich von meinen eigenen Sorgen abzulenken.

Ich fuhr zu der Adresse an der Kempener Allee, die Katta mir gegeben hatte. Es war eine gepflegte alte Villa mit einem großzügigen, fast parkähnlichen Garten. Viel Kies vor der Hütte, dachte ich, hier wohnt Geld.

Dann fiel mir ein, dass der Hausherr mit einem Herzinfarkt im Krankenhaus lag, vielleicht sogar um sein Leben kämpfte. Geld allein macht nicht glücklich, würde Kattas Tante Margarethe sagen.

Ich stieg aus meinem kleinen Polo, der seit ein paar Tagen seltsame Geräusche von sich gab und beim Zurücksetzen immer öfter abstarb. Ich befürchtete, dass er an Altersschwäche litt. Aber mir fehlte das Geld für eine Grundsanierung oder einen Wellnessbesuch in der Werkstatt.

Vorsichtshalber nahm ich meine Kamera aus dem Wagen. Ich hatte sie immer dabei, da ich mir im wahrsten Sinne des Wortes öfter ein Bild machen musste und Dinge oder Situationen bildlich festhielt.

Nachdem ich vor einigen Jahren ein Seminar bei einer Privatermittlerin in St. Tönis gemacht hatte, durfte ich mich als Privatdetektivin bezeichnen und hatte eine Zulassung bekommen. Meistens war meine Arbeit nicht sehr aufregend, zum Beispiel wenn ich von misstrauischen Ehefrauen in Anspruch genommen wurde. Oft genug hatten sie recht mit ihrem Verdacht. Der Gedanke hatte einen schalen Nachgeschmack. Konnte ich Michael eigentlich noch rückhaltlos trauen?

Ich packte die Kamera in meine beutelähnliche Handtasche und ging langsam auf das Haus zu. Grübeln konnte ich immer noch, jetzt musste ich ermitteln.

Ein großer schwarzer Schlitten, den ich etwas später als Audi identifizierte, bog in die Einfahrt ein und hielt direkt vor der Haustür an. Eine schlanke, ältere Frau stieg aus, nahm eine schwere Tasche aus dem Kofferraum und stellte sie vor der Haustür ab. Dann drehte sie sich um und kam direkt auf mich zu.

»Guten Morgen«, grüßte ich.

Die Frau sah mich verwundert an. »Ja, guten Morgen«, murmelte sie dann. Sie blieb vor mir stehen und ich wartete darauf, dass sie etwas sagen würde.

Einen Augenblick standen wir uns beide wortlos gegenüber. Sie war etwas größer als ich und ich schätzte sie auf etwa siebzig Jahre. Ihr beigefarbener Sommermantel sah teuer aus, genauso wie der Goldschmuck, den sie trug. Ihr faltenreiches Gesicht war sorgfältig geschminkt, für meinen Geschmack eine Spur zu stark. Der hellblaue Lidschatten hatte sich in den Augenfalten gesammelt. Für mich ein Zeichen, dass sie heute schon früh aufgestanden und länger unterwegs gewesen sein musste.

Um mit ihr ins Gespräch zu kommen, benutzte ich einen Vertretertrick.

»Sie haben ein wunderschönes Haus«, sagte ich und lächelte verbindlich. »Es ist wirklich auffallend, wie geschmackvoll und gepflegt sich Ihr Anwesen von den meisten Gebäuden in dieser Straße abhebt. Sie sind doch Frau Inderfurth?«

Sie musterte mich kritisch. »Von welcher Versicherung kommen Sie, sagten Sie?«

Ich musste lachen, diese Frau war schlagfertig und gewitzt und hatte anscheinend reichlich Lebenserfahrung.

»Oh nein, ich will Ihnen nichts verkaufen. Mein Name ist Claudia Neukirchen, ich arbeite als Fotografin und suche Motive für einen Bildband über die schönsten Häuser und Bauwerke am Niederrhein. Ich war schon einmal hier, um zu fragen, ob ich Ihr Haus fotografieren dürfte, aber es war wohl niemand zu Hause.«

»Sie wollen das Haus fotografieren?«

Die Frau nahm die Fassade ihres Hauses kritisch in

Augenschein, konnte aber anscheinend keinen Makel feststellen. Sie wandte sich wieder an mich. Der Anflug eines Lächelns ließ die tiefen Falten um ihre Mundwinkel kurz verschwinden. Ihre grauen Haare waren im Nacken zu einem Dutt gesteckt, einige Strähnen hatten sich gelöst. Sie hielt sich gerade, sah aber erschöpft aus.

»Ihr Haus und der Vorgarten wirken bei diesem Licht fantastisch, fast ein wenig verwunschen.« Ich hob meine Kamera. »Ich würde Ihnen die Fotos natürlich zeigen, bevor ich sie dem Herausgeber vorlege.«

»Der Herausgeber?« Sie blickte mich an, als würde ich chinesisch reden.

»Der Herausgeber und der Verlag entscheiden letztendlich, welche Bilder in den Fotoband kommen.«

»Ach so. Ja. Sie wollen Bilder machen? Von meinem Haus?«

So kamen wir nicht weiter. Ich überlegte kurz. »Frau Inderfurth, ich möchte Sie nicht belästigen. Ich habe den Eindruck, Ihnen geht es nicht gut. Haben Sie überhaupt schon gefrühstückt?«

Ein Lächeln flog über ihr Gesicht. »Sie haben recht, ich habe noch nicht gefrühstückt und besonders gut geht es mir auch nicht. Ich brauche dringend einen Kaffee. Möchten Sie auch einen?«

Na, wenn das nicht die perfekte Einladung war. »Das wäre wundervoll.«

Gemeinsam gingen wir die Einfahrt entlang, Frau Inderfurth schloss die Haustür auf. Ich bückte mich, um ihr die Reisetasche zu tragen. Sie schüttelte den Kopf. »Nein, lassen Sie nur. Das ist die Wäsche meines Mannes. Darum kümmere ich mich später.« Sie stellte die Tasche im Hausflur vor einer Tür ab, von der ich vermutete, dass sie zum Keller führte.

»Sie finden das Haus schön?« Frau Inderfurth sah mich forschend an. »Fast vierzig Jahre war es mein Zuhause. Mein Mann und ich haben uns hier sehr wohl gefühlt. Nun ist das aber anders.« Sie hängte ihren Mantel sorgfältig auf einen Bügel an die Garderobe, an der kein weiteres Kleidungsstück hing. Dann öffnete sie eine der vier Türen, die von der Diele abgingen. Ich tippte auf Gästetoilette, Küchen-, Wohnzimmer- und Kellertür. »Kommen Sie mit in die Küche, ich koche uns Kaffee. Ich bin seit drei Uhr auf den Beinen.«

Warum war sie so früh aufgestanden? Sie sah nicht so aus, als würde sie Zeitungen oder Brötchen austragen. Die Küche war hell und groß und im Landhausstil eingerichtet. Frau Inderfurth bedeutete mir, an dem weißen Holzküchentisch Platz zunehmen.

Mit müden Bewegungen nahm sie Kaffeepulver aus dem Schrank und setzte Wasser auf.

»Ich brühe den Kaffee immer frisch von Hand auf«, erklärte sie mir, »das schmeckt ganz anders als aus der Maschine.«

Sie stellte zwei weiße Kaffeetassen mit grünem Rankenmuster auf den Tisch. Maria-Teresia von Hutschenreuther, das gleiche Service, allerdings mit blauer Randborte, hatte Kattas Tante Margarethe.

»Sie sagten, Sie fühlen sich hier nicht mehr wohl?«

»Ach, wissen Sie, mein Mann hatte vor kurzem Geburtstag. Wir haben hier gefeiert, da er sich in der letzten Zeit nicht mehr ganz fit fühlte. Es gibt eine Dame am Großmarkt, die wunderbare Buffets macht, bei der haben wir Essen bestellt.«

Katta, dachte ich. »War das Essen denn nicht gut?«

»Doch, doch, das Essen war perfekt, die Feier auch sehr schön. Aber in der folgenden Nacht ist eingebrochen worden. Mein Mann muss Geräusche gehört haben.« Sie seufzte. »Er stand auf und ging nach unten.« Wieder seufzte sie und ließ ihre Schultern schlaff herunterhängen.

»Was genau passiert ist, weiß ich gar nicht, auch nicht, ob er die Einbrecher gesehen hat«, fuhr sie leise fort. »Mein Mann hatte einen Herzanfall und ist nicht mehr zu Bewusstsein gekommen.« Sie wischte sich verstohlen eine Träne aus dem Augenwinkel.

»Ich habe geschlafen und von all dem nichts mitbekommen. Erst am nächsten Morgen fand ich ihn hier auf den kalten Fliesen in der Küche.« Sie schenkte Kaffee ein und ließ sich auf einen der vier weißen Stühle gleiten.

»Das tut mir leid. Geht es ihm besser?«

»Nein. Heute Nacht hat mich das Krankenhaus angerufen. Man befürchtete, er würde die Nacht nicht überstehen.« Sie nippte an ihrem Kaffee, dann zog sie ein Taschentuch hervor und schnäuzte sich. »Jetzt scheint er wieder stabil zu sein und man hat mich nach Hause geschickt. Nach Hause! Seit dem Einbruch fühle ich mich hier nicht mehr zu Hause.«

Instinktiv nahm ich ihre Hand. »Das geht vielen Menschen so, bei denen eingebrochen worden ist. Ist denn etwas gestohlen worden?«

Frau Inderfurth nickte. »Ja, es wurde ein Teil meines Schmucks gestohlen, ein Sparbuch und mehrere Uhren. Mein Mann sammelt Uhren, alte Taschenuhren, wissen Sie? Kommen Sie mit, ich zeige Ihnen einige.«

Sie stand auf und führte mich in das riesige Wohnzimmer. Edle cremefarbene Möbel und dunkles Holz beherrschten den Raum. In einer Vitrine lagen verschiedene Taschenuhren, zum Teil auf Samtdeckchen.

»Das sind sehr alte, sehr wertvolle Uhren. Wir hatten sogar eine Fabergé-Uhr, aber auch die wurde gestohlen. Da wusste jemand ganz genau Bescheid.«

Ich sah mich im Wohnzimmer um, mein Blick fiel auf das Panoramafenster zum Garten hin.

»Es gibt absolut keine Einbruchsspuren. Kein Fenster wurde eingeschlagen, kein Schloss aufgebrochen. Wir haben natürlich wir eine Alarmanlage. Es wurde nämlich schon mehrfach versucht, hier einzubrechen.«

»Sie hatten die Alarmanlage nicht eingeschaltet?«

»Nein, ja. Frau Lintfort, die Dame, die das Buffet geliefert hatte, wollte das Geschirr am nächsten Tag wieder abholen und wir hatten ihr einen Schlüssel gegeben. Da wir nicht wussten, wann sie kommen würde, war die Anlage abgeschaltet. Die Polizei verdächtigt anscheinend Frau Lintfort. Ich denke nicht, dass sie es war. Sie ist eigentlich sehr sympathisch. Aber man guckt den Leuten ja immer nur vor den Kopf«, fügte sie resigniert hinzu.

Fast hatte ich ein schlechtes Gewissen, dass ich sie über meine wirklichen Absichten belogen hatte. »Hat denn noch jemand einen Schlüssel?«, fragte ich.

»Nur meine Zugehfrau.«

Ich nickte, ihren Namen musste ich herausfinden. »Und Frau, ähm, Ihre Zugehfrau, sie wird nicht verdächtigt?«

»Nein, ich denke nicht. Sie ist schon seit vielen Jahren bei uns.«

Unvermittelt klingelte das Telefon.

»Oh, entschuldigen Sie mich, das wird meine Tochter sein.«

Frau Inderfurth verließ eilig den Raum und ich machte schnell einige Fotos von den Uhren und dem Wohnzimmer. Dann betrat ich die Küche wieder durch die Verbindungstür, setzte mich zurück an den Küchentisch und trank meinen Kaffee aus.

»Meine Tochter sucht eine passende Eigentumswohnung für uns.« Frau Inderfurth kam von der Diele aus in die Küche und nahm mir gegenüber Platz. »Selbst wenn mein Mann sich wieder erholt – ich will hier nicht länger wohnen bleiben.« Sie sah mich betrübt an. »Es war nett, Sie kennenzulernen, und es hat mir gut getan, mich mit Ihnen zu unterhalten. Ich will mich gleich ein wenig ausruhen. Machen Sie ruhig ihre Fotos, meinen Segen haben Sie.«

Ich machte mehrere Außenaufnahmen auch von der Gartenseite aus, dann verabschiedete ich mich und wünschte Frau Inderfurth alles Gute und dass es ihrem Mann bald wieder besser gehen würde. Das wünschte ich auch in Kattas Interesse. Wenn Herr Inderfurth wieder zu Bewusstsein kam, könnte er vielleicht weitere Angaben zu dem Einbruch machen und Katta so entlasten.

Vielleicht waren auch die entwendeten Uhren ein wichtiger Hinweis. Dieser Spur würde ich nachgehen.

Es war fast elf Uhr, die richtige Zeit, um zu Kattas Bistro zufahren.

Auf dem Großmarkt war es noch relativ ruhig, nur ein einziger Lkw, der gerade seine Lieferung ausspuckte. Und jede Menge freie Parkplätze.

In Kattas Lokal waren die Tische schon eingedeckt, aber die überdachte Terrasse und der Gastraum noch genauso menschenleer wie beim Italiener gegenüber. Nur vor dem ‚Tapas' saßen zwei Handwerker in Latzhosen und diskutierten angeregt.

Zur Küche von Kattas Bistros gelangte man über drei Stufen und dann durch die Tür neben der Durchreiche. Der weiß geflieste fast quadratische Raum hatte nur zwei winzige Fenster nach hinten heraus. In den Oberschränken stapelten sich Schüsseln, Töpfe, Pfannen und Platten. Auf einem seitlichen Bord waren Brotkörbe und Teller in verschiedenen Größen übereinander angeordnet. Darunter hingen an Haken Siebe, Kellen und andere Küchenhelfer. Auf der Arbeitsplatte befanden sich zwei große Schneidebretter und ein Messerblock. In der Mitte des Raumes wurde der Herd von einer überdimensionalen blitzblanken Alu-Dunstabzugshaube überspannt. Der Herd hatte sechs Flammen, die mit Gas betrieben wurden. Im Ofen war gerade ein Rhabarberkuchen, der wunderbar duftete. An der linken Wand stand eine Art Kühltheke, in der vorbereitete Speisen angerichtet waren. Daneben zwei mannshohe Kühlschränke. Alles war blitzsauber.

Ich warf einen Blick in die Küche, sog schnuppernd den Duft des Kuchens ein.

»Hallo Katta!« Ich umarmte meine beste Freundin und

hatte das Gefühl, dass etwas nicht so war, wie es sein sollte. »Ist Annette noch nicht da?«, fragte ich vorsichtig.

Katharina blickte kurz von ihrer Einkaufsliste auf und verzog das Gesicht. »Die kommt mal wieder später. Setz dich schon mal an Tisch neun, ich bin gleich fertig. Vielleicht schaffen wir es gerade noch, ein Tässchen Kaffee zu trinken, bevor die ersten Gäste kommen.«

Schweigend bediente sie den Kaffeeautomaten und stellte zwei Becher zurecht, während ich ihr wort- und tatenlos zusah.

Meine Freundin drückte mir eine Tasse in die Hand. »Du hast noch nichts herausfinden können? Ich meine in dieser Sache mit meinem Kunden Inderfurth? Es ist schrecklich, ich habe kaum geschlafen deshalb.«

Ich schüttelte den Kopf. Katta sah mich durchdringend an. »Du hast doch was? Stimmt irgendwas nicht?«

»Nein, ja, ich weiß nicht.« Ich umklammerte den Becher, vermied es, ihr in die Augen zu sehen. »Irgendwie ist das wohl nicht meine Woche.«

»Na komm, erzähl, was du auf dem Herzen hast.«

Als mein Becher leer war, hatte ich ihr von den Plänen meines Onkels und meiner zu erwartenden Arbeitslosigkeit erzählt.

Katta nahm sich ein Täfelchen Schokolade aus der kleinen Schale, die auf dem Tisch stand, knibbelte gedankenverloren das Papier ab und steckte das ganze Täfelchen in den Mund. Meine Freundin liebte Schokolade. Sie behauptete, Schokolade sei Nervennahrung und mache glücklich. Ihrer Figur war diese Leidenschaft nicht anzusehen.

»Das ist natürlich ganz übel für dich. Ich würde dir am liebsten eine feste Stelle im Bistro anbieten, aber soviel wirft der Laden im Moment noch nicht ab. Wenn wenigstens die neuen Mieter meines Hauses in Kempen regelmäßig zahlen würden, dann hätte ich so etwas wie ein festes Einkommen. Im Moment muss ich ordentlich rechnen, um das Bistro halten zu können. Die einzige feste Stelle hat

Annette und auf eine Köchin bin ich angewiesen.«

Katta schien zu überlegen, aber ich wusste selbst, dass ich ihre Köchin nicht ersetzen konnte. Kochen gehörte nicht zu meinen Kernkompetenzen und das war zurzeit mein zweites großes Problem. Eigentlich hatte ich ihr nichts davon erzählen wollen, doch nun sprudelte es aus mir heraus. Ich gestand, dass Michael sich immer häufiger über meine Bemühungen in der Küche mokieren würde.

»Neulich abends sagte er wörtlich: Du willst kochen? Nein, lass mal lieber«, beendete ich meinen Bericht.

»Das ist ja dreist«, brauste Katharina auf. »Was erlaubt der sich denn? Als ob er besser kochen könnte, der große Bezwinger aller Dosenöffner.« Sie schnaubte, nahm ein weiteres Stück Schokolade. »Weißt du was? Ich bring dir das Kochen bei. Das ist wirklich nicht so schwierig.«

Das war glatt gelogen. Ich hatte ihr schon so oft beim Kochen zugesehen, aber mir wollte in der Küche nichts gelingen.

»Das ist lieb, Katta, aber ich fürchte, das ist vergebene Mühe. Mir brennt sogar ein Spiegelei an.«

»Seit wann bist du so negativ drauf? Du bist mir doch schon oft genug zur Hand gegangen. Und jetzt lernst du eben selbst, wie eine Köchin zu kochen.« Sie schüttelte den Kopf, stand auf und zog mich hoch. »Wir fangen jetzt sofort an und in drei Jahren spätestens ist deine Lehrzeit beendet. Für heute Mittag habe ich Hähnchen auf der Karte. Kräuterhähnchen. Und das wirst du jetzt zubereiten.«

Wir gingen die wenigen Stufen zur Küche hoch. Ich fühlte mich unwohl, dies war nicht mein Terrain. Katta reichte mir eine Schürze, wusch sich gründlich die Hände, ich tat es ihr nach und kam mir eher vor wie eine Chirurgin bei Emergency Room. Jetzt fehlte eigentlich nur noch George Clooney, dachte ich und kicherte nervös.

Prompt wurde vorne die Bistrotür geöffnet, aber statt George erschien Jan.

»Hallo Mädels!«, rief er fröhlich. »Wollt ihr einen Kaffee?«

»Hallo, Jan. Danke, aber Kaffee hatten wir schon.«

Jan begrüßte uns beide mit Küsschen, machte sich einen Spaß daraus, mich hochzuheben und begab sich an seinen Arbeitsplatz hinter der Theke. Er räumte Gläser, Spirituosen und sonstiges Zubehör in seine Barfächer ein.

Katharina öffnete den großen Kühlschrank und nahm ein Paket heraus.

»Ich habe heute morgen frische Hähnchen gekauft. Die sind schön fest im Fleisch«, erklärte sie. Katta wusch eins der Tiere unter fließendem Wasser ab, tupfte es trocken. »Du kannst schon mal die beiden Backsteine dort mit Alufolie umwickeln.«

Backsteine? Sollte ich mit Backsteinen üben, weil ich bisher im Baustoffhandel tätig war? Verwundert schüttelte ich den Kopf, versuchte mir meine Unwissenheit nicht anmerken zu lassen.

»Nun schneide ich den Vogel am Rücken auf, schau mal! Jetzt kann ich ihn auseinanderziehen und plattdrücken. Siehst du?«

Seltsam sah das aus, wie der Hahn auseinandergeklappt und flach auf der Arbeitsplatte lag.

»Welche Kräuter du nimmst, ist eigentlich egal. Ich nehme heute Thymian und Rosmarin. Knoblauch brauchen wir auch und getrocknete Tomaten. Nimm eine Handvoll und schneide sie auf dem Brett in feine Stücke.«

Katta strich die Rosmarinnadeln vom Zweig, hackte Thymian und Knoblauch klein. Bei ihr sah das so mühelos aus. Sie arbeitete mit schnellen, routinierten Bewegungen. Ich quälte mich inzwischen mit den Tomaten ab. Sie waren gummiartig und ich hatte Schwierigkeiten, sie klein zu schneiden.

»Nicht so zaghaft, Claudia!« Katta lachte. »Schau mal, so geht es besser.« Sie zeigte mir, wie ich das Messer ansetzen sollte und tatsächlich klappte das auf diese Art besser.

Katta vermischte die Zutaten in einer Schüssel mit Olivenöl. Sie nahm nun den Hahn, salzte und pfefferte ihn. Dann schnitt sie dort, wo früher der Hals gewesen war, die Haut vom Fleisch. Überrascht beobachtete ich, wie sie die Haut vorsichtig anhob und sich eine Art Tasche gebildet hatte. In die gab Katharina nun ein wenig von dem Kräuteröl. Dann bestrich sie den Vogel mit dem Ölgemisch, nahm ein paar Scheiben Frühstücksspeck und bedeckte den Hahn damit.

»Bis jetzt war doch alles ganz einfach«, sagte sie mit einem Lächeln. Ich nickte zaghaft.

»Gut, dann nimm das nächste Tier aus dem Kühlschrank und mach es auf die gleiche Art ofenfertig.«

Katta nahm einen Kuchen aus dem Ofen.

Ich schluckte. Das Hähnchen lag schwer in meinen Händen, als ich es abwusch. Erst zögerte ich noch, ihm den Rücken durchzuschneiden, aber Katta nickte mir aufmunternd zu und so setzte ich die Geflügelschere an.

Schließlich lagen die beiden gewürzten Vögel platt auf dem Rücken im Bräter.

Dann legte sie die mit Alufolie umwickelten Backsteine auf die Hähnchen, die dadurch noch platter wurden.

»Durch das Gewicht wird das Fleisch ganz zart, die Gewürze dringen ein. Ich schwöre dir, es ist köstlich. Nun kommen die beiden für eine Stunde in den Ofen und dann sind sie fast fertig. Wenn heute Mittag ein Hahn bestellt wird, schieben wir ihn schnell noch einmal bei hoher Hitze ohne Stein in den Ofen, dann bekommt er eine schöne Haut. Dazu gibt es Salat und frisches Brot. Du wirst sehen, die Gäste werden sich die Finger danach lecken.«

Eigentlich war das wirklich ganz einfach, dachte ich und beschloss, das Rezept auch zu Hause auszuprobieren.

»Siehst du«, Katta lachte, »ich werde eine Profi-Köchin aus dir machen!«

So richtig überzeugt war ich noch nicht, aber Katta strahlte mich zuversichtlich an.

Stammgäste und andere Betrüger

Katta

Den Besuch der Polizei in meinem Etablissement hatte ich schon fast verdrängt, als drei auffällig gekleidete Frauen mein kleines Restaurant betraten. Eine von ihnen trug offenes, kupferfarbenes Haar, in das sie eine große Sonnenbrille gesteckt hatte. Sicher ein Designerstück von Dior oder Dolce & Gabana oder was gerade so in war, vermutete ich. Wie bei Rothaarigen beliebt, trug sie ein pinkfarbenes Kostüm, dessen Farbton sich aggressiv mit dem Rotton ihrer Haare biss. Sie hatte eine tolle Figur und konnte es sich durchaus erlauben, dass der Rock weit über dem Knie endete. Allerdings trug sie Stiefel, die nur wenig ihrer wohlgeformten Beine sehen ließen.

»Der Gestiefelte Kater mit Gefolge«, murmelte Jan, ohne seinen Blick abzuwenden. Ich boxte ihn in die Seite. Schon oft hatte ich ihn zurechtgewiesen, weil er über meine Gäste lästerte. Solange sie anwesend waren, hielt er sich meistens an mein Gebot. Die Freundin der Gestiefelten folgte kichernd. Sie war wesentlich kleiner, hatte einen grauen Pagenschnitt und trug ein eng anliegendes schwarz-weißes Kleid im Pepitalook. Eine rechteckige Brille mit dickem weißem Gestell dominierte ihr Gesicht. Im Gegensatz zu dem ihrer Freundin war ihr Teint auffallend blass. Ihr Alter war schwer zu schätzen, irgendwo zwischen vierzig und fünfzig, mutmaßte ich. Die Dritte im Bunde trug eine blond gelockte Kurzhaarfrisur und war auffallend hübsch. Mir lief ein heißer Schauer den Rücken hinunter, als ich sie erkannte. Es war Elke Lindges, die Frau des Fotokünstlers.

Nach dem großen Ansturm, der zur Mittagszeit geherrscht hatte, wollten wir es uns gerade in der Sofaecke gemütlich machen. Im Gastraum waren nur noch zwei ältere Herren, die Zeitung lasen und eine Handvoll Schüler, die halblaut über Lehrer und andere soziale Randgruppen diskutierten. Claudia fläzte auf dem Sofa und biss herzhaft in einen Apfel. Jan jonglierte ein Tablett mit einigen seiner neuen Kaffeevarianten, die er von uns testen lassen wollte.

Das war zurzeit sein liebstes Hobby, Kaffee mit Spirituosen, Sahne, Gewürzen und anderen Zutaten zu veredeln. Wir überlegten, dafür eine eigene Kaffeekarte auszulegen.

Jan setzte sich neben Annette, ich ließ mich zu Claudia auf das Sofa fallen. Es war fünfzehn Uhr durch, das Mittagsgeschäft lag hinter uns, wir hatten uns eine kleine Pause verdient. Üblicherweise traten Annette und ich unseren Dienst gegen elf Uhr an und trafen Vorbereitungen in der Küche. Jan und Claudia kamen ungefähr eine Stunde später. Es wurden Tische zusammen oder auseinander gestellt, wenn wir Reservierungen hatten, oder eingedeckt, falls das noch nicht am Vortag erledigt worden war. Anschließend aßen wir gemeinsam. Dann fanden sich die ersten Gäste ein. Der zweite Schub kam meistens zur Kaffeezeit, besonders wenn das Wetter so sonnig war wie heute.

Annette hatte die weiße Kochhaube abgenommen, ihre halblangen roten Haare zusammengezwirbelt und sie mit einer Spange am Hinterkopf festgesteckt. Sie nippte an einem becherförmigen Glas mit Flüssigkeiten in mehreren verschiedenen Braunabstufungen. Zuunterst vermutlich eine Portion Likör, darüber dunkelbrauner Kaffee und obenauf eine Haube aus geschlagener Milch.

Als die Tür geöffnet wurde und die drei neuen Gäste eintraten, sprang Annette pflichtbewusst wieder auf. »Köstlich schmeckt das, Jan. Aber der Rhabarberkuchen steht ja noch gar nicht auf der Theke. Ich habe ganz vergessen, ihn anzuschneiden und nach vorne zu bringen.« Sie verschwand in der Küche.

Mein schlechtes Gewissen meldete sich, als ich Elke Lindges sah. Sie winkte zu uns herüber, während die beiden Freundinnen einen Tisch am Fenster ansteuerten. Elke hängte ihre ferrarirote Jacke über eine Stuhllehne.

»So ein Mist«, raunte ich Claudia zu. »Ich wollte Elke und Leo doch längst angerufen haben – wegen dieser blöden Geschichte mit dem Einbruch.«

Kaum hatte ich den Satz zu Ende gesprochen, da stand Elke schon bei uns am Tisch. Ich erhob mich zögernd und ließ mich drücken und küssen.

»Elke, schön, dich zu sehen!« Ein hilfloses Lächeln blieb mir im Gesicht kleben, als Elke mich zur Seite zog. »Du, Katharina, ich wollte dich schon vor Tagen anrufen, aber immer ist etwas dazwischen gekommen. Da ist eine blöde Sache passiert. Also, wo soll ich anfangen?«

Claudia hielt hinter Elkes Rücken ihre beiden Daumen in die Höhe und verschwand zu Annette in die Küche.

»Das Fingerfood und die Kanapees, die du zu unserer Ausstellung geliefert hast, sind wirklich unglaublich gut angekommen. Fast jeder hat gefragt, wo ich diese Köstlichkeiten her hätte. Und Leo hat absolut erstaunlich viele Bilder verkauft nach der Vernissage. Also, nicht nur Liebe geht durch den Magen . . .«

Sie lachte mich wohlwollend an und spielte mit den Fingern an ihrer Kette. »Ja, und dann . . .« Elke zog die Stirn in Falten und legte vorsorglich ihre Hand auf meinen Arm, als würde sie befürchten, ich könne weglaufen. »Die Bilder, die der Oberbürgermeister gekauft hat«, sie sah sich flüchtig um, wie um sicher zu gehen, dass niemand mithörte, »ausgerechnet die drei Bilder für sein neues Haus sind verschwunden.«

Um sie nicht weiter zu quälen, nickte ich und gestand: »Ich weiß Bescheid, die Polizei war schon hier.«

Elke schloss kurz die Augen, dann rieb sie fest meinen Arm, als wolle sie einen besonders hartnäckigen Fleck entfernen. Einer der drei Rentner an Tisch sieben, die mindestens jeden zweiten Tag bei mir zu Mittag aßen, winkte in meine Richtung. Er wollte zahlen, das verstand ich sofort. Gerade jetzt war es aber unmöglich, mein Gespräch mit Elke zu unterbrechen. Ich warf einen Hilfe suchenden Blick zum Tresen, doch von Jan war in diesem Moment nichts zu sehen. Wo steckte denn Claudia nur?

»Katharina, das ist mir so unangenehm. Leo ist wirklich fest davon überzeugt, es müsse jemand eingebrochen und die Bilder gestohlen haben.«

»Eingebrochen, gestohlen«, wiederholte ich.

»Zahlen, bitte!« rief der Rentner, von dem ich wusste, dass er mit Vornamen Carl hieß. Hoffentlich hatte Jan das gehört und kümmerte sich bald mal um die Gäste.

»Ich glaube das nicht. Das ist Unsinn«, ereiferte sich Elke. »Es gibt gar keine Einbruchsspuren, nicht mal Kratzer auf der Tür. Mir ist das so wahnsinnig peinlich. Leo hat bei der Polizei angerufen und die sind mit drei Mann bei uns aufgelaufen. Ich wusste gar nicht, was ich sagen sollte. Ich habe zuerst versucht, abzuwiegeln, doch da ist Leo richtig kiebig geworden. Das war eine schreckliche Situation, das kannst du mir glauben.«

Endlich tauchte Claudia aus der Küche auf und steuerte auf den Tisch der Rentnerband zu – so nannten wir die drei unter uns. Ich atmete durch und konzentrierte mich wieder auf die arme Elke. Sie tat mir fast leid, wie sie da vor mir stand und um Erklärungen rang. Elke war gut einen Kopf kleiner als ich und unwillkürlich hielt ich mich krumm und zog den Kopf zwischen die Schultern, sodass sie nicht all zu sehr zu mir aufblicken musste. Sie trug eine apart gemusterte Bluse über einem rosafarbenen T-Shirt und hellblaue Jeans. Ihre Kleidung hätte sowohl von H & M als auch von einem namhaften italienischen Designer sein können. Glasperlenkette, Armband und Ringe waren farblich abgestimmt, aber dezent gewählt. Man sah auf einen Blick, sie hatte Geschmack und das Geschick, aus wenig etwas Besonderes zu machen.

»Wollt ihr euch nicht endlich setzen«, unterbrach uns Jan, der gut gelaunt aus der Küche geschlendert kam. »Ich bringe euch auch gerne etwas ganz Leckeres aus meiner Kaffeeküche.«

Als ich eine abwehrende Handbewegung machte, entfernte er sich wieder diskret. Ich zog Elke am Ärmel weiter in die Ecke. Jetzt wurde es gerade spannend.

»Also, du glaubst nicht, dass ich die Bilder, ähm . . .« Ich schaute an die Decke, als erwartete ich von dort eine Erscheinung, die mir die passenden Worte souffIieren würde.

»Ach nein, um Himmelswillen, Katta. Wie gesagt, es sind so viele Bilder wie noch nie verkauft worden. Leo und ich haben sie in der Woche nach der Vernissage alle eingepackt und versandfertig gemacht. Zum Teil sind sie auch schon ausgeliefert worden. Ich denke ja, dass Leo einfach den Überblick verloren und nicht mehr weiß, wo er welche Bilder gelagert hat. Vielleicht sind die Bilder des Bürgermeisters auch verwechselt worden und an eine falsche Adresse gegangen. Leo will allerdings nichts davon hören. Er ist auch eigentlich sehr ordentlich, fast pedantisch in der Beziehung. Ihm ist so etwas noch nie passiert. Aber es gibt einfach keine andere Erklärung. Es kann sich doch niemand bei uns hereingeschlichen haben, ohne dass wir es gemerkt hätten. Wie gesagt, Einbruchsspuren gibt es nicht. Also, ich habe absolut keine Ahnung, wie die Bilder gestohlen worden sein könnten.«

Die Rentnerband hatte sich erhoben und schäkerte mit Claudia herum, bevor sie winkend das Lokal verließen.

Die Tür war kaum zugefallen, als fünf Schüler hereinströmten. Sie waren nett, hatten gute Manieren und benahmen sich immer ordentlich. Sie mussten etwas älter sein als Lisa, aber sie gingen zur selben Schule. Ich hatte sie alle schon mehrfach bei mir bewirtet und zählte sie zu meinen Stammkunden. Meistens kamen sie gegen Nachmittag, wenn die Schule zu Ende war. Einige bestellten sich dann noch ein spätes Mittagessen. Ich war sogar ein bisschen stolz darauf, zu einer abwechslungsreichen und gesunden Ernährung ‚meiner Schüler' beizutragen.

»Leo ist richtig euphorisch, in einen Kriminalfall verstrickt zu sein«, fuhr Elke fort, »zurzeit kann ich gar nicht vernünftig mit ihm reden. Überall erzählt er, dass seine Werke jetzt schon von Kunstdieben auf dem Schwarzmarkt gehandelt würden. Das ist mir alles so unangenehm, ich hoffe, das wird sich bald aufklären.« Elke trat von einem Bein auf das andere und nickte zu ihren Freundinnen hinüber. »Ich komme gleich zu euch.«

Sie reagierten nicht. Die beiden waren intensiv damit beschäftigt, Jan zu betören, der ihnen Kaffee und Kuchen servierte.

Ich lächelte erleichtert und drückte Elke einen Kuss auf die Wange. »Ich bin wirklich froh, dass du mich nicht für eine Diebin hältst. Die Sache finde ich ziemlich unangenehm, aber ich gönne Leo natürlich seinen Erfolg. Dieser Unglücksfall im Hause des Jubilars, du weißt schon, es hat ja groß genug in den Zeitungen gestanden, macht mir ziemlich zu schaffen. Und dass die Polizei schon mehrfach bei mir aufgetaucht ist, beunruhigt mich sehr.«

»Du Arme! Mach dich nicht verrückt, das war Zufall und nichts weiter.« Elke sah mich mitleidig an und zupfte gedankenverloren an ihren kurzen blonden Locken.

»Ja, es ist schon merkwürdig, obwohl ich ein reines Gewissen habe, glaube ich permanent, mich verteidigen zu müssen.« Ich holte tief Luft. »In zehn Jahren lachen wir darüber, sagt Tante Margarethe immer. Komm, geh zu deinen Mädels und bestell dir ordentlich Hüftgold.«

Elke schenkte mir ein strahlendes Lächeln. »Ich bin ja sicher, dass sich das als Irrtum oder Versehen auflösen wird. Obwohl es mir dann wiederum für Leo leid täte, dass seine Werke nicht Ziel eines spektakulären Verbrechens wurden.« Elke machte eine mitleidige Geste und gesellte sich schließlich an den Tisch zu ihren beiden Bekannten.

»Katta, du musst dringend kleine Scheine besorgen. Im Wechselgeld-Portemonnaie sind wieder keine Zehner mehr.« Wie zum Beweis hielt Claudia mir die offene Geldbörse hin.

»Weißt du was, Claudia? In letzter Zeit habe ich häufig das Gefühl, jemand nimmt sich Scheine heraus.«

Claudia sah mich ungläubig an. Am Tisch der Jugendlichen wurde aufgeregt diskutiert.

»Aber wer sollte das tun?« wisperte Claudia mir zu. »Außer Jan, dir und mir kassiert doch niemand. Höchstens ab und zu mal Lisa, wenn sie da ist.«

»Ich weiß es auch nicht. Mein erstes Kellnerportemonnaie war plötzlich wie vom Erdboden verschwunden. Das ist jetzt schon das Zweite. Ich bin mir ganz sicher, dass da irgendetwas nicht stimmt. Natürlich geht es immer hektisch zu, wenn bezahlt wird, da kann man sich leicht vertun«, versuchte ich eine Erklärung. »Wenn ich abends abrechne, hat das Wechselgeld so gut wie noch nie mit den Kassenbelegen übereingestimmt. Aber das waren immer minimale Beträge, eher im Centbereich. Erst in der letzten Woche fehlten mehrfach größere Summen.«

»Also im Rechnen bin ich voll fit und Lisa steht mir da in nichts nach. Du hast neulich selbst gesagt, dass sie in Mathe eine glatte Zwei hat.«

Ich zuckte hilflos die Schultern. »Jeder kann sich mal verrechnen oder in Eile zu viel Wechselgeld herausgeben. Aber doch nicht so oft und so viel.«

Ein Mädchen vom Tisch der Schüler sprang aufgeregt hoch. »So lasse ich mich nicht behandeln. Von niemandem!«, schluchzte sie und rannte Richtung WC.

»Mach dir mal keine Sorgen«, Claudia kniff mir ein Auge, »wenn wirklich jemand in dein Portemonnaie greift, jemand außer dem Finanzamt meine ich, dann werde ich es herausfinden.«

Ich seufzte und ließ mich von ihr drücken. »Danke.« Dann deutete ich in Richtung Toilette, »Ich glaube, da kann noch jemand Trost gebrauchen.«

»Bin ich Mutter Theresa?« Claudia sah sich im Gastraum um, ob noch jemand unversorgt sei. Dann deutete sie mit dem Kopf zur Küche. »Ich geh' mal Annette zur Hand. Die kann auch ein offenes Ohr gebrauchen. Es kriselt. Vielleicht hat sie einen Auftrag für mich. Beschattung in Liebesangelegenheiten.«

»Da sitzt deine potenzielle Kundschaft«, meinte Jan, der gerade ein Tablett Kaffee und Limo an den Schülertisch brachte.

»Und da läuft sie«, ergänzte ich, als der verheulte Teenager unwesentlich beruhigt von der Toilette zurückkam.

Bevor wir an diesem Tag Feierabend machten, wollte ich Claudia unter vier Augen sprechen. Mein Gespräch mit Elke Lindges ging mir einfach nicht aus dem Kopf. Ich lauerte Claudia regelrecht auf, als sie in der Toilette verschwand. Ich schloss mich neben ihr in der zweiten Damentoilette ein.

»Du, Claudia.«

»Was'n los? Hat man nicht mal auf dem Klo Ruhe vor dir, Chefin?«

»Ich habe noch einen Auftrag für dich. Kannst du herausfinden, wer bei Lindges die Bilder geklaut hat?«

»Ich dachte, du warst das.«

»Bist du wahnsinnig! Was soll ich mit den Schinken?«

»Na, du sammelst doch Werke von Krefelder Künstlern. Einige davon hängen schon im Gastraum, und du hast selbst gesagt, eines Tages soll die ganze Wand damit bedeckt sein.«

»Claudia, du hast sie nicht mehr alle! Und überhaupt, ich könnte sie doch nicht aufhängen, wenn Elke und Leo hier verkehren.«

»Das hättest du dir früher überlegen müssen.«

Irgendetwas klapperte im Vorraum.

»Aber ich war's doch nicht!«

»Tja, das sagen sie alle. Die Gefängnisse sind voll von

unschuldigen Tätern. Keiner will's gewesen sein.« Dann prustete Claudia los vor Lachen und ich hörte eine Tür knarren.

»Mensch Katharina, du bist aber leicht nervös zu machen. Natürlich hast du die Bilder nicht geklaut. Zweifelst du jetzt schon selbst an deiner Unschuld?«

»Dumme Pute,« sagte ich und öffnete die Tür zum Vorraum.

»Es war einfach so eine dämliche Situation mit Elke vorhin. Sie glaubt zwar nicht, dass ich es war, aber irgendjemand muss es schließlich gewesen sein. Da ich weiß, dass ich es nicht war, kommt höchstens ihre Putzhilfe in Frage. Ich will ihr natürlich nichts unterstellen. Ich kenne die zwar nicht persönlich und habe am eigenen Leib gespürt, wie es ist, zu Unrecht verdächtigt zu werden. Je mehr man sich verteidigt, um so mehr macht man sich verdächtig.«

»Genau, und wer sich in Verdacht begibt, kann so unschuldig nicht sein, sagt Tante Margarethe immer.« Claudia feixte.

»Das hat Tante Margarethe noch nie gesagt,« empörte ich mich und merkte im gleichen Moment, dass meine Freundin mich wieder auf den Arm nahm.

»Also, dein Auftrag lautet, zu ermitteln, wo Leos Bilder geblieben sind.«

»Langsam musst du dich mal entscheiden, ob ich als Detektivin Karriere machen soll oder in der Gastronomie.«

»Ach Claudia, ich brauche dich in meiner Küche und als Detektivin.« Ich fuhr mir mit den Fingern durch meine schulterlangen blonden Haare, um ihnen ein bisschen mehr Volumen zu geben. Ich hatte das Gefühl, mein Haar hing nur noch strähnig um meinen Kopf. Vielleicht könnte ein Frisör helfen? Bei meinem letzten Besuch dort hatte ich in einem Frauenmagazin gelesen, dass Frauen Lebenskrisen mit einer neuen Frisur besser meistern. Befand ich mich auch wieder in einer Krisensituation? Das würde sich natürlich in meinem Aussehen widerspiegeln. Konnte ich meinen Kunden diesen Anblick noch zumuten? Gleich nach Feierabend würde ich mir eine Haartönung besorgen.

Longdrinks und lange Gespräche

Claudia

An diesem Abend kam ich gut gelaunt nach Hause. Auf dem Heimweg hatte ich eingekauft und der Kofferraum war mit frischen Lebensmitteln gefüllt. Heute hatte ich erstaunlich viel in Kattas Küche gelernt. Es war tatsächlich gar nicht so schwierig zu kochen, wenn man ein paar Küchentricks kannte. Früher waren meine Kartoffeln entweder nicht richtig gar oder zu matschig geraten. So hatte ich schließlich hauptsächlich Nudeln gekocht. Aber auch die wurden mal zu sehr al dente und manchmal viel zu weich, weil ich sie zu lange gekocht hatte. Dann klebten sie auch noch zusammen, wenn ich sie in ein Sieb abschüttete.

Jetzt hatte ich von Katta das ultimative Hähnchen-Rezept bekommen und wollte es heute Abend ausprobieren. Nach der Arbeit war ich ausgiebig einkaufen gewesen und hatte auch mehrere Töpfchen mit verschiedenen Küchenkräutern erstanden. Mit Kräutern und Gewürzen wollte ich nicht mehr so sparsam sein wie bisher.

Michael war noch nicht zu Hause, aber das hatte ich nicht anders erwartet. In der letzten Zeit war er abends immer erst spät und gestresst nach Hause gekommen.

Liebe geht durch den Magen, dachte ich, als ich alle Lebensmittel in die Küche getragen hatte. In der Diele blinkte der Anrufbeantworter. Ich drückte die Abhörtaste und lauschte der Stimme meines Mannes. »Hallo Claudia. Ich gehe heute Abend mit einem Kunden essen. Es kann spät werden - tüüt.« Ende der Nachricht.

Na super. Enttäuscht pfefferte ich das tote Huhn in den Kühlschrank, die anderen Lebensmittel ließ ich auf der Arbeitsfläche liegen. Für mich alleine brauchte ich nicht zu kochen.

Früher hatte Michael mich auf meinem Handy angerufen und manchmal hatte er mich zu solchen Essen auch mitgenommen. Wütend zog ich das Handy aus meiner Jackentasche und musste beschämt feststellen, dass er zweimal versucht hatte, mich anzurufen. Er hatte auch eine SMS geschickt, ich musste das Klingeln überhört haben.

In diesem Moment ertönte schrill die Klingelmelodie. Das Display zeigte eine mir unbekannte Nummer an.

»Ja?«, meldete ich mich und lauschte gespannt.

»Hallo Claudia, Annette hier. Bist du schon zu Hause?«

»Ja, wieso?«

»Mist! Ich habe meine Handtasche im Bistro vergessen. Da sind meine Schlüssel drin. Ich komme weder bei mir zu Hause rein und ins Bistro natürlich auch nicht. Katharina kann ich nicht erreichen, ich glaube, die hat heute Elternabend. Ich dachte, du bist vielleicht noch in der Nähe.«

In der Nähe war ich nicht, aber das ließ sich ja ändern. Warum sollte ich zu Hause hocken und trübsinnig Löcher in die dicke Luft starren?

»Bin schon unterwegs«, sagte ich, schnappte Schlüsselbund und Handtasche und sprang ins Auto.

Um diese Uhrzeit war es problematisch, auf dem Gelände des Großmarktes einen freien Parkplatz zu ergattern. Die Lokale, die auch abends geöffnet hatten, waren fast immer bis auf den letzten Platz belegt, vor allem am Wochenende. Die Szene auf dem Großmarkt war einfach angesagt, die Gäste kamen sogar aus den umliegenden Großstädten nach Krefeld.

Schließlich erspähte ich Annette vor dem Bistro und schloss die Tür auf.

»Ich danke dir! Was hätte ich bloß ohne dich gemacht?« Sie nahm mich in den Arm. Mir war dieser körperliche Freundschaftsbeweis ihrerseits eher unangenehm. Vor allem, weil ich Annette noch gar nicht richtig kannte. Während der Arbeit blieb selten Zeit für ein privates Gespräch und Annette gesellte sich nicht oft zu unserer Runde an Tisch neun.

»Keine Ursache.« Ich schaute nach draußen. Auf der Terrasse beim Italiener waren alle Tische belegt und auch bei ‚Tapas' schien es keinen freien Platz zu geben. Musik ertönte, Stimmengewirr und Lachen lag in der Luft ebenso wie der Geruch nach Holzkohle aus der griechischen Taverna. Gegenüber hatte die Strandbar geöffnet. Auch dort war es richtig voll und ich hielt nach bekannten Gesichtern Ausschau.

»Jetzt ein Cocktail wäre nicht übel«, überlegte ich.

»Das ist eine gute Idee!« Annette stand plötzlich neben mir. »Ich geb dir einen aus.«

»Ach, da drüben ist es mir zu voll.« Ich schüttelte den Kopf.

»Wir brauchen ja nicht nach drüben zu gehen. Wir haben alle Zutaten hier. Und eine Caipirinha zu mixen ist kein Kunststück, das mache ich schon.«

»Dazu braucht man doch Rum und Limetten und . . .«

»Stimmt. Seit Jan seine exotischen Kaffeedrinks mischt, haben wir alles hier, was eine ordentliche Bar braucht. Limetten sind in der Küche, Rohrzucker auch und Eiswürfel haben wir ebenfalls. Was meinst du, soll ich uns was mixen?«

Ich überlegte nicht lange. Das war eine gute Gelegenheit, Annette näher zu kommen und etwas über sie zu erfahren. Plötzlich musste ich an das verschwundene Wechselgeld denken. Ob sie das Geld genommen hatte?

Ich folgte Annette in die Küche.

»Du kannst ja schon mal die Limetten aufschneiden«, wies sie mich an.

Flink bereitete sie die Cocktails zu. Wir setzten uns an einen Tisch an der Fensterfront, zündeten einige Kerzen an und beobachteten das Treiben auf dem Großmarkt.

Annette saugte an ihrem Strohhalm, dann seufzte sie: »Gott sei Dank, dass ich dich erreicht habe, du hast mir das Leben gerettet.«

»Na, übertreibe mal nicht. Hat denn sonst niemand einen Schlüssel zu deiner Wohnung?« Ich erinnerte mich vage, dass Katta mal etwas von einem Freund erzählt hatte, der bei Annette wohnen würde.

»Doch schon, Richie natürlich. Aber der muss heute lange arbeiten und wenn er nach Hause käme und ich stünde dort vor der Tür – nicht auszudenken.«

Was war nicht auszudenken?

»Was arbeitet er denn?«, fragte ich und bemühte mich nicht zu neugierig zu wirken.

»Oh, Richie ist Dienstleister. Er hat ganz unregelmäßige Arbeitszeiten.« Sie schlürfte an ihrem Getränk.

Was ist denn Dienstleister für ein Beruf? Wusste sie es nicht genauer? Oder wollte Annette damit umschreiben, dass ihr Richie Taxifahrer war oder Lastwagenfahrer. Das würde die unregelmäßigen Arbeitszeiten erklären. Warum redete sie so drum herum?

»Aber er legt Wert auf gewisse Rituale«, plapperte Annette weiter. »Wenn er nach Hause kommt, möchte er, dass sein Abendessen auf dem Küchentisch steht. Außerdem hab ich seine Hemden noch nicht gebügelt. Das wollte ich jetzt gleich machen.«

Um diese Uhrzeit wollte Annette noch anfangen zu bügeln? Ich warf einen verstohlenen Blick auf meine Armbanduhr. Es war kurz nach zweiundzwanzig Uhr. Annette schien es aber nicht eilig zu haben.

»Richie ist dein Mann?« Ich knibbelte Wachs von einer Kerze.

»Nein, wir sind nicht verheiratet. Jedenfalls nicht miteinander.« Sie kicherte, nippte an ihrem Getränk und seufzte. »Ich bin ja noch verheiratet, aber die Scheidung läuft. Udo, mein zukünftiger Exmann, hat mich ständig betrogen und geschlagen hat er mich auch. Schon fast ein Jahr lebt er mit seiner neuen Flamme zusammen, aber ich glaube, da kriselt es auch schon.«

»Seit wann seid ihr getrennt?«

»Das sind jetzt bestimmt drei Jahre, die Scheidung zieht sich. Das ist alles nicht so einfach. Mein Ex hat Schulden und die soll ich mitbezahlen. Da hat er sich aber geschnitten, das mach ich nicht. Deswegen kann ich auch nicht mit Richie zusammenziehen, offiziell. Wenn mein Ex das rauskriegt, wird alles noch komplizierter.« Annette seufzte wieder.

Ich nickte, Geldsorgen hatten wir also alle.

»Ich bin so froh, dass ich den Job bei Katta bekommen habe. Weißt du, ich hatte vorher selbst einen Partyservice, aber der lief nicht so besonders. Am Anfang habe ich für viele Bekannte aus dem Tennisclub Buffets geliefert.« Sie sah mich an, nagte an ihrer Unterlippe. »Aber nach der Trennung gab es eine Menge Ärger und ich hatte keinen Wagen mehr. Den hat mein Ex behalten. Wenn Richie keinen Auftrag hatte, konnte ich sein Auto nehmen, aber das klappte auch nicht immer und das war nicht so optimal zum Ausliefern. Dann gab es Probleme im Tennisclub. Du musst wissen, ich durfte die Küche des Klubs mitbenutzen, weil ich mit der Pächterin befreundet war. Manchmal half sie auch bei meinem Partyservice. Ich war Mitglied bei ‚Grün-Weiss-Rot' im Stadtwald. Da habe ich auch Richie kennengelernt. Und Katta kenne ich ja auch aus dem Klub. Jedenfalls wurde dort immer häufiger gestohlen. Zuerst verschwanden Lebensmittel, Spirituosen und hinterher auch andere Dinge. Oft wurden auch Portemonnaies aus den Umkleidekabinen geklaut. Und immer wurde zuerst ich verdächtigt. Natürlich war ich das nicht. Die Kuh, die man melkt, schlachtet man doch nicht.«

Wie gut, dass Annette ihren Schlüssel vergessen hat, dachte ich. So erfuhr ich wirklich spannende Hintergrundinformationen. Ob Annette wirklich nichts mit diesen Diebstählen zu tun hatte? Würde sie mir sonst davon erzählen? Oder hatte sie auch das Wechselgeld, das aus Kattas Börse verschwunden war, magisch angezogen? Ich beschloss, Annette in Zukunft genauer im Auge zu behalten.

»Ich würde nie an meinem Arbeitsplatz etwas mitgehen lassen«, fuhr Annette fort und kicherte, »und anderswo natürlich auch nicht.«

»War dein Mann auch Mitglied im Tennisclub?«

»Ja, sicher. Der kann sich das immer noch leisten, der lässt sich jetzt von einer gutsituierten Lehrerin aushalten. Macht einen auf dicken Maxe, aber an mich will er nichts bezahlen.« Annette trank ihr Glas aus und starrte nachdenklich nach draußen.

»Weißt du, Claudia, irgendwie bewundere ich dich.« Annette seufzte, dann lächelte sie mich an. »Wahrscheinlich ist das sogar Neid. Wir leben in einer Neidgesellschaft, habe ich irgendwo gelesen. Ich meine, so ganz taufrisch bist du auch nicht mehr, aber du siehst immer noch toll aus. Du hast eine Figur wie ein junges Mädchen. Guck mich an, seit der Trennung bin ich richtig auseinandergegangen. Naja, in den Frauenzeitschriften wird das ‚weibliche Formen' genannt und angeblich haben Männer gerne was zum Greifen. Aber ich beneide dich um deine sportliche Figur.«

Überrascht suchte ich nach einem Gegenkompliment, aber Annette fuhr unbeirrt fort.

»Und du siehst noch wirklich gut aus, finde ich, obwohl du dich kaum oder gar nicht schminkst. Ich stehe morgens bestimmt eine Stunde vor dem Spiegel, um mich zurechtzumachen, Wimpern tuschen, Augenbrauen zupfen, cremen und all die anderen Frischhaltemaßnahmen. Und das geht verdammt ins Geld, sage ich dir. Du bist ja mehr so der burschikose, herbe Typ – und so eine praktische Kurzhaarfrisur, wie du sie trägst, steht mir sicher nicht. Ich hoffe immer, dass mir wenigstens mein rotes Wallehaar noch ein bisschen Attraktivität verleiht. Angeblich stehen Männer ja auf weibliche Frauen mit rundlichen Formen und das trifft ja wohl voll auf mich zu. Aber die Männer, die auf mich fliegen, kannst du in der Pfeife rauchen. Wie lange bist du denn schon mit deinem Michael zusammen?«

»Wir haben uns in der Studienzeit kennengelernt, durch Kattas Mann Jörg.« Ich sollte das Gespräch schnellstens wieder auf eine andere Schiene bringen, aber Annettes Worte hatten mich getroffen. War ich Michael vielleicht nicht weiblich genug? Zog er sich deshalb in letzter Zeit zurück und stürzte sich in Überstunden?

Annette schüttelte den Kopf und ließ ein Schnauben vernehmen. »Dann seid ihr über zehn Jahre verheiratet und immer noch glücklich? Dabei heißt es immer, Männer stehen nicht auf intelligente Frauen. Selbstbewusste Frauen, die ihr eigenes Geld verdienen, sind nicht sexy. Auf Katta mag das zutreffen, da beißt ja auch keiner an.« Annette sah auf ihre Armbanduhr. »Mist, ich muss los. Hemden bügeln und Schnittchen schmieren, das Weibchen raushängen lassen, du weißt schon.« Sie stand auf und zwinkerte mir zu. »Als Frau sollte man immer versuchen, die Erwartungen des Partners zu erfüllen. Bei Richie muss ich da besonders aufpassen, der kann ganz schön unleidlich werden. Dabei ist er im Grunde ein richtig lieber Kerl. Er sieht fantastisch aus und ist der erste Mann, der sich wirklich für mich interessiert. Er fragt, wie mein Tag war, welche Gäste da waren, ob etwas Besonderes los war. Er will immer alles ganz genau wissen und nimmt richtig Anteil an meinem Leben.«

Wir räumten die Gläser in die Küche und verabschiedeten uns voneinander.

Nachdenklich fuhr ich nach Hause. Annette war mir

nicht unsympathisch, vielleicht ein bisschen naiv, was Männer anging. Objektiv gesehen war sie verdächtig und könnte das Wechselgeld genommen haben. Andererseits hatte sie offen über die Diebstähle im Tennisclub geredet. Hätte sie das getan, wenn sie schuldig wäre? Oder hatte sie das getan, um unschuldig zu wirken? Wusste sie, dass ich wusste, dass das Wechselgeld fehlte?

Meine Gedanken kamen mir sehr verworren vor. Lag das am Alkohol? Über ihre beiden Männer musste ich noch ein wenig mehr herausfinden. Wie war das Verhältnis zu ihrem Exmann? Und wer war Richie? Was war das bloß für ein Name? Und Dienstleister? Was leistete er für Dienste? War er vielleicht Callboy, da er doch angeblich so fantastisch aussah. Ich hätte sie fragen sollen. Jedenfalls hatten wir eine Grundlage für weitere vertrauensvolle Gespräche geschaffen. Ich würde bestimmt noch mehr erfahren.

Zufrieden parkte ich vor unserem Haus ein. Im Wohnzimmer brannte Licht. Hatte ich vergessen, es auszuschalten? Ich schloss die Haustür auf und sah Michaels Aktenkoffer im Flur stehen.

»Micha? Bist du schon da?«, rief ich.

»Was heißt schon? Schau mal auf die Uhr«, hörte ich die Stimme meines Mannes aus dem Wohnzimmer. Er saß vor dem Fernseher und sah sich die Spätnachrichten an.

»Wo kommst du denn jetzt noch her? Ich habe mir Sorgen gemacht«, sagte Michael und sah kurz zu mir auf.

»Ich war noch auf dem Großmarkt und habe mit Annette erzählt und etwas getrunken.«

»Wer ist Annette?«

»Das ist unsere Köchin. Sie hat mir interessante Dinge erzählt.« Ich setzte mich neben ihn auf das Sofa, wollte mich an ihn kuscheln und von meinem Tag berichten.

Aber Michael zog die Augenbrauen zusammen und schüttelte den Kopf. »Pst, die Börse! Lass mich das mal gucken!«

Wie gebannt starrte er auf den Fernseher. Ich war gekränkt. Michael ist nicht wie Richie, fuhr es mir durch den Kopf, er interessiert sich nicht für mein Leben. Plötzlich stieg eine Welle Selbstmitleid in mir auf, Tränen standen in meinen Augen.

Michael stierte konzentriert auf den Bildschirm. Ich stand auf, ging wortlos nach oben, putzte mir die Zähne und ging zu Bett. Kurze Zeit später kam Michael ins Schlafzimmer. Er gab mir einen Gute-Nacht-Kuss auf die Wange und machte das Licht aus.

»Du sag mal«, flüsterte ich nach einer Weile in die Dunkelheit, »bin ich dir eigentlich weiblich genug?«

Es kam keine Antwort. Statt dessen vernahm ich einen leisen Schnarcher. Mein Mann war eingeschlafen.

Das hat bestimmt alles mit dem Stress in der Firma zu tun, dachte ich unglücklich.

Morgen würde ich Annette fragen, ob sie mit mir Tennis spielen wollte. Ich hatte mich schon seit Wochen nicht zum Tennis verabredet. Irgendwie schien nie Zeit dafür zu sein. Früher war ich sehr sportlich gewesen. Früher war sowieso alles anders.

Jetzt investierte ich meine Zeit in Kattas Bistro und bei Ermittlungen. Ich musste herausfinden, was in Kattas Tennisclub gestohlen worden war und welchen Ruf Annette dort hatte.

Außerdem hatte ich eine Anzeige im Stadt-Spiegel geschaltet und mich als Uhrensammler ausgegeben. Ich war gespannt, ob sich jemand auf meine Anzeige melden und wie ich im Fall Inderfurth weiterkommen würde.

»Gute Nacht, Schatz«, murmelte ich und schlief ein.

Lehrer und andere Nervtöter

Katta

Ein sonderbares Geräusch ließ mich hochschrecken. Verschlafen sah ich auf meinen Wecker, es war erst kurz nach sechs Uhr. Einen kleinen Moment brauchte ich, um mich zu orientieren. Es passierte mir immer wieder, dass ich aufwachte und glaubte, ich befände mich im Schlafzimmer unseres schönen alten Hauses in Kempen.

Dort hatten wir schließlich über fünfzehn Jahre lang gelebt, mehr als ein Drittel meines Lebens. Jetzt hatte ein neues Leben für mich begonnen und ich wollte nach vorne blicken. Eigentlich. Nur manchmal überkam mich diese wehleidige Stimmung. Ich hatte bisher absichtlich nicht darüber nachdenken wollen, ob ich unserem Haus und meinem alten Leben nachweinen sollte.

Kempen ist ein malerischer kleiner Ort mit eigenem Flair, historischen Sehenswürdigkeiten, pittoresken Fachwerkhäusern und einer Vielzahl an Restaurants und Straßenlokalen. Krefeld ist ganz anders, obwohl mir diese Stadt auch am Herzen lag, weil ich hier aufgewachsen war. Hier gab es inzwischen auch einige Straßenlokale, und eine größere Kleinstadt hat sicher auch Vorteile, wenn man länger darüber nachdenkt.

Um diese großzügig geschnittene Altbauwohnung am Bismarckplatz würden mich sicher viele beneiden. Aber manchmal hatte ich eine Art Heimweh nach unserem alten Backsteinhaus mit dem romantischen Garten. In der Nähe der Burg direkt gegenüber vom Marktplatz lag das Haus und die regelmäßigen Schwätzchen mit Bekannten, die man überall traf und besonders mit meiner Nachbarin Burgi Geyer-van den Heuvel vermisste ich mehr, als ich mir eingestehen wollte.

Früher hatte ich mir auch nie Gedanken um Geld machen müssen, es war immer genug da gewesen. Obwohl ich nicht verschwenderisch gelebt hatte, war das die größte Umstellung für mich. Jetzt musste ich ständig rechnen, und das lag mir leider absolut nicht.

Oft schlief ich schlecht, weil ich mir Sorgen machte, ob ich es schaffen könnte, meiner Tochter und mir eine sichere Existenz aufzubauen. Was war schon sicher? Es wäre vermutlich beruhigender gewesen, nicht so viel Verantwortung zu haben, irgendwo angestellt zu sein mit geregelten Arbeitszeiten und ohne das Risiko einer Selbstständigkeit. Aber ohne Ausbildung und in meinem Alter war es nicht leicht, wenn nicht sogar unmöglich, einen Job zu bekommen, mit dem ich unseren Zweipersonenhaushalt finanziell absichern konnte.

Das Alleinleben war auf die Dauer nichts für mich. Gerne hätte ich mein Leben wieder mit einem Mann geteilt. Ich wusste nur nicht, wo ich jemanden kennenlernen könnte. Insgeheim hoffte ich, der Richtige würde eines Tages in meinem Bistro einkehren.

Schon wieder ein ungewohntes Geräusch. Früher hatte ich bei solchen Geräuschen immer gleich befürchtet, es könne sich um einen Einbrecher handeln. Aber in der zweiten Etage eines Gründerzeithauses war das eher unwahrscheinlich. Hier gab es zu viele potenzielle Zeugen und keinen günstigen Fluchtweg, hatte Claudia mich kürzlich beruhigt.

Ich schlug die Bettdecke zurück und stand auf. Als ich die Vorhänge zur Seite zog, schien die Sonne ins Zimmer. Der Himmel war strahlend blau, wie schon seit mehreren Tagen. In diesem Jahr war es Anfang Mai schon so warm wie sonst nur im Sommer. In den letzten Wochen hatte das Thermometer tagsüber nie weniger als zwanzig Grad angezeigt. Eigentlich hätte es dringend mal regnen müssen, aber da ich nun kein Gartenbesitzer mehr war, braucht ich mir darüber keine Sorgen zu machen. Für mein Gewerbe war Sonnenschein ganz hervorragend. Die Menschen kamen jetzt aus ihren Löchern, um in Straßencafés oder auf den Terrassen am Großmarkt das Wetter zu genießen.

Ich huschte barfuß aus meinem Zimmer, der Dielenboden knarzte. Als ich ins Bad wollte, war die Tür verschlossen. Ich stutzte, Lisa und ich hatten bisher nie die Badezimmertür abgeschlossen, bei einem Zweifrauenhaushalt gibt es keine großen Geheimnisse. Meine Tochter konnte ruhig sehen, wo bei mir die Cellulitis anfing und sie verbarg ihre Muttermale bisher auch nicht vor mir.

Jetzt erkannte ich, dass das ungewohnte Geräusch von unserem Föhn stammte, der mehrfach aus- und eingeschaltet wurde.

»Lisa, bist du das?« Eine rhetorische Frage, denn wer sollte es sonst sein?

»Ja, bin gleich fertig«, antwortete eine Stimme, die aber nicht meiner Tochter gehörte.

Irritiert begab ich mich in Lisas Zimmer. Meine Tochter lag mumienähnlich in eine pinkfarbene Wolldecke eingewickelt in ihrem Bett. Sie blinzelte mir verschlafen zu. Ihre Bettdecke lag über dem Fußende, ebenso wie mehrere Kleidungsstücke.

»Wer ist das da in unserem Bad?«, fragte ich unwirsch.

»Guten Morgen, Mamsel. Das ist Uschi.«

»Wer ist Uschi?« Und wer gibt einem Kind einen so unmöglichen Namen, fügte ich im Geiste hinzu.

»Lisa«, grinste meine Tochter, reckte sich und fuhr sich durch das zerzauste Haar. Ihre Augen waren von schwarzen Rändern umgeben, sie musste hastig und ohne sich abgeschminkt zu haben ins Bett gegangen sein. War ich zu nachlässig mit ihrer Erziehung oder ist bei Fünfzehnjährigen sowieso nicht mehr viel zu retten?

»Kannst du mir das kurz erklären? So früh am Morgen bin ich nicht auf Ratespielchen eingestellt«, antwortete ich ruppig, um zu überspielen, dass ich mich in Erziehungsfragen zurzeit überfordert fühlte.

»Lisa ist in meiner Klasse und hat heute hier übernachtet.«

»Wer ist dann Uschi?

»Lisa.« Meine Tochter grinste breit. »Lisa wird Uschi gerufen, weil ein Lehrer sie mal irrtümlich so genannt hat. Das war, bevor ich in die Klasse kam. Wir haben noch eine andere Lisa in der Klasse, die heißt ‚kleine Lisa' und ich bin Lili, von Lisa Lintfort abgekürzt - alles Klärenz?«

»Aha«, sagte ich nur, »und wieso hat diese Uschi-Lisa bei uns übernachtet, und wann hat sie sich überhaupt ins Haus geschlichen? Ich habe davon nichts mitbekommen.« Schon wieder fühlte ich mich inkompetent in Erziehungsdingen.

»Ach Mamski, nicht alle Mütter sind so lieb wie du.«

Alarmglocken schrillten in meinem Hinterkopf, hier wurde ich gerade um den Finger gewickelt.

»Uschi hat eine Fünf in Latein und deshalb Ärger mit ihrer Mutter.«

»Ihr habt eine Arbeit geschrieben? Wusste ich das? Welche Note hast du denn?« Mir lief es heiß über den Rücken, mein schlechtes Gewissen meldete sich. Ganz eindeutig kümmerte ich mich zu wenig um meine Tochter, seit ich mich selbstständig gemacht hatte. Wie schafften das nur andere berufstätige Mütter? Gab es eine Selbsthilfegruppe, der ich mich anschließen konnte?

»Mama, chill mal! Ich hab eine Zwei. Die einzige Zwei in der ganzen Klasse übrigens. Du darfst stolz auf mich sein.« Lisa ließ sich auf der Bettkante nieder und klopfte mit der flachen Hand neben sich. Ich setzte mich zu ihr und sie legte einen Arm um meine Schulter.

»Warum hast du mir das nicht erzählt, man vergisst doch nicht, wenn man eine gute Note bekommen hat«, forschte ich. Sicher, ich hätte auch mal fragen können. Aber das hatte ich aus meiner Kindheit noch in unangenehmer Erinnerung. Meine Mutter hatte bestimmt täglich gefragt, ob ich eine Klassenarbeit geschrieben oder zurück bekommen hätte. Das gehörte zu ihrer Routine, genau wie sie mir ‚einen guten Morgen, mein Schatz' und ‚Schlaf schön' wünschte. Meine Mutter war chronisch krank und viel zu Kuren und Klinikaufenthalten weg gewesen. Sie hatte sich deshalb nicht richtig um mich kümmern können und sich angewöhnt, mir diese Standardfragen zu stellen. Ich hatte ihr immer jede meiner Noten mitgeteilt. Ich konnte mich nicht erinnern, öfter als einmal eine Fünf mit nach Hause gebracht zu haben. Über schulische Angelegenheiten hatte ich meine Mutter prompt informiert, aber sehr viel mehr hatte sie vermutlich nicht über mich gewusst. Als ich mit der Schule fertig war, verstarb meine Mutter.

»Das hab ich dir bestimmt gesagt, Mamsel. Aber du hast so viel anderes im Kopf, da hast du das sicher vergessen.«

In letzter Zeit bekam ich von meiner Tochter dauernd zu hören, ich hätte etwas vergessen, was sie mir gesagt hätte oder ich würde nicht richtig zuhören. Darüber wollte ich mich nicht streiten. Vermutlich benutzte Lisa diese Ausrede nur, weil sie gemerkt hatte, wie schnell ich darauf ansprang. So lenkte sie von unseren eigentlichen Diskussionen um Ausgehzeiten, Helfen im Haushalt oder Taschengeldfragen ganz schnell ab.

Lisa trug ein Bigshirt, dessen Pinkton exakt zu dem Pink-Lila-Orange-Muster ihrer Ikea-Bettdecke passte. Mit den pinkfarbenen Gardinen, den lila lackierten Bilderrahmen, der orange gestrichenen Zimmerwand und den vielen Accessoires in denselben Farbtönen wirkte ihr Zimmer wie der Musterraum eines Innenausstatters. Der Clou war eine Lampe mit farbigen Glasprismen, die in der Mitte des Raumes an der stuckverzierten Decke hing. Meine Tochter hatte ihren eigenen Geschmack, so viel stand fest. Von mir konnte sie den eigentlich nicht haben. Ich war in Stilfragen eher unsicher. Nicht zuletzt auch deshalb trug ich meistens Jeans und T-Shirt. Das wirkte lässig, jugendlich oder gab mir einen Anflug von Understatement. Da konnte man nichts verkehrt machen.

»Pass mal auf!«, sagte Lisa. Ich blickte meine Tochter

verblüfft an, das hatte mein Vater auch immer zu mir gesagt, wenn er mir etwas Ernstes erklären wollte. Gespannt harrte ich der Worte, die da kommen sollten.

»In Latein komme ich voll gut mit, denn ich hatte das alles schon. Meine neue Klasse ist meilenweit zurück, denn die hatten bei einer Referendarin Unterricht, die wohl supernett war, aber im Buch sind die nicht von der Stelle gekommen. Seit ich in der neuen Klasse bin, haben wir bei der alten Piepenbroeck und die hat voll nichts gerafft. Die macht im Buch da weiter, wo die Klasse eigentlich dran sein müsste.«

»Ja, und das ist voll ungerecht«, hörten wir ein Stimmchen. Ich drehte mich um und sah ein blasses Kind mit schulterlangen fransigen Haaren in den Farbtönen schwarz, rot, blond, dazu handtellergroßen Creolen und nachtschwarz geschminkte Augen. Sie trug mehrere Trägerhemdchen in verschiedenen Blautönen übereinander, einen breiten Gürtel, der ihre schmale Taille extrem betonte und eine dreiviertellange Jeans.

Uschi-Lisa rekelte sich in ein Häkellochjäckchen und sah mich Mitleid heischend an. »Die Piepenbroeck hat an alle Eltern einen Brief geschrieben, dass wir im Unterricht nicht mitmachen würden. Sie sollten darauf achten, dass wir Hausaufgaben machen und regelmäßig Vokabeln abhören. Meine Mutter ist voll ausgeflippt, wann sie das denn noch machen soll. Und sie hat gedacht, nur sie hätte den Brief gekriegt. Dabei hat die Piepenbroeck an alle aus dem ganzen Kurs geschrieben.« Uschi-Lisa zog einen Flunsch und verknotete ihr Häkeldeckchen vor dem Bauch.

»Wo ist der Brief?«

Ich sah meine Tochter durchdringend an, aber sie hob beide Hände, als wolle sie sich ergeben.

»Das ist voll die miese Tour«, ereiferte sie sich, »ich habe so einen Brief nämlich nicht bekommen. Ich hatte das ja alles schon durchgenommen. Jetzt werde ich von der alten Schachtel als Streber abgestempelt und zum Außenseiter gemacht, die Frau rafft auch gar nichts.« Mit hasserfülltem Blick stand meine Tochter auf und bewegte sich in Richtung Badezimmer. »Frau Sprenger hat auch gesagt, ihren privaten Frust mit ihrem neuen Lover dürfe die nicht an uns auslassen«, rief sie über die Schulter, »jedenfalls hat sie das so ähnlich ausgedrückt.«

»Wer bitte ist Frau Sprenger?« wollte ich wissen.

Lisa blieb an der Tür stehen. »Das ist die Vertrauenslehrerin, das hab ich dir doch erzählt. Bei der hab ich mich beschwert, dass die Piepenbroeck meine Bemühungen, mich zu integrieren, unterläuft und mich ausgrenzt, indem sie mir als Einziger keinen Brief schickt.«

Ich schluckte, als die Badezimmertür ins Schloss fiel. Was sollte ich jetzt tun?

»Echt, die Piepenbroeck ist voll gemein.« Uschi-Lisa schlüpfte in Riemchen-Sandalen und setzte sich neben mich. Sie verströmte einen angenehmen blumigen Duft, irgendetwas von Armani oder Jil Sander mutmaßte ich. Uschi-Lisa erörterte mir anschaulich, wie ungerecht der ganze Kurs sich behandelt fühlen würde, und dass sie ausgesprochenes Pech hätten, ausgerechnet diese Lateinlehrerin bekommen zu haben. Die sei an der ganzen Schule verrufen. Und nur wegen dieser unfähigen Pädagogin habe sie nun Stress mit ihrer Mutter. Die müsse schließlich den ganzen Tag arbeiten gehen und hätte selber nie Latein gelernt. Aber zum Glück sei Lisa voll die Nette und würde ihr jetzt Nachhilfe geben.

Ich war gerührt und geschüttelt und beschloss, mich erst einmal anzuziehen.

Es war kurz vor acht, als Lisa und Uschi-Lisa vom Küchentisch aufstanden, ordentlich ihre Teller in die Spülmaschine einräumten und aus der Wohnung eilten. Wenig später radelten sie einmütig zur Schule. Zu spät zu fragen, ob Uschi-Lisas Mutter wusste, dass ihre Tochter bei uns genächtigt hatte. Aber vielleicht machte ich mir unnötige Gedanken.

Gegen elf Uhr hatte ich alle Besorgungen erledigt und traf leicht genervt in meinem Bistro-Café auf dem Großmarkt ein. Ich war kurz bei der Sparkasse gewesen und hatte meinen Kontostand abgerufen. Der Mai war angebrochen und es war Zeit, meine Kontoauszüge auszudrucken.

Wie ich befürchtet hatte, war wieder mal keine Zahlung meiner neuen Mieter eingegangen. Seit Januar hatte ich mein Haus in Kempen an drei, wie ich glaubte, nette junge Leute vermietet. Zwei Frauen und ein Mann, die sich zu einer Wohngemeinschaft zusammengetan hatten. Nur in den ersten beiden Monate waren Zahlungen geleistet worden. Inzwischen fehlten mir also schon drei Monatsmieten zuzüglich Nebenkostenabschlag. Im März hatte ich bei meinen Mietern angerufen und eine der beiden Frauen hatte mir versichert, dass sie umgehend einen Dauerauftrag einrichten wollten. Das war anscheinend nicht geschehen.

Als ich im April meine ehemalige Nachbarin Burgi Geyer-van den Heuvel besuchte, hatte ich sie über meine neuen Mieter ausgefragt. Freundliche, ruhige Leute, meinte Burgi seinerzeit. Sie vertraute mir an, dass sie den Eindruck habe, eine der jungen Frauen sei mehr oder weniger heimlich in den Mann verliebt. Er aber hätte nur Augen für die andere, die wiederum nichts von ihm wissen wolle.

»Ich wette, es dauert nicht lange, dann ist eine der Damen weg vom Fenster. Du weißt, bisher konnte ich mich auf meine Menschenkenntnis immer verlassen«, hatte Burgi mir damals versichert und, dass sie mich sofort unterrichten wolle, wenn sie etwas Spannendes erfahren würde. Leider half mir das im Moment nicht weiter.

Bei einem späteren Telefonat hatte der junge Mann, Herr Brink, mir versprochen in wenigen Tagen hätte ich die beiden fehlenden Mieten. Claudia hatte gewitzelt: »Mal sehen, ob's Herr Brink bringt.«

Inzwischen wusste ich, Herr Brink bringt's nicht. Sollte ich einen Hausverwalter aufsuchen, mich an einen Anwalt wenden oder Claudia beauftragen?

Als ich die hintere Tür zum Bistro aufschloss, stellte ich überrascht fest, dass Annette schon in der Küche werkelte, es duftete köstlich nach frisch Gebratenem.

»Guten Morgen, was bist du so früh heute?« Ich stellte einen Karton mit Strohhalmen, Kerzen, Cocktailglasdekorationen und die Lebensmittel auf die Anrichte.

»Tach, Chefin«, murmelte Annette, »hab ein bisschen Knatsch zu Hause, aber nichts Dramatisches.«

»Sicher?«, bohrte ich. Auf der Fahrt hierher hatte ich mir mal wieder vorgenommen, für mein Kind und ebenso meine Mitarbeiter und Freunde immer ein offenes Ohr zu haben. Nicht, dass sie Probleme hatten und niemanden, dem sie sich anvertrauen konnten. Ich hatte immer Claudia oder Jan oder Tante Margarethe, auf die sich meine Sorgen gleichmäßig verteilen ließen.

Außerdem konnte ich mich mit dem Kochen ganz wunderbar ablenken. Ich begann, Kartoffeln zu schälen. »Annette, dich bedrückt doch etwas. So schweigsam bist du sonst nicht. Kann ich etwas für dich tun?«

»Ach, lass mal, das wird sich schon wieder einrenken.« Annette seufzte und legte das Messer, das sie gerade erst in die Hand genommen hatte, wieder zur Seite. »Manchmal weiß ich gar nicht, warum Männer erfunden worden sind!«

»Och, ich kann mich da an etwas erinnern«, frotzelte ich, »wozu sie durchaus unentbehrlich sind.«

Annette machte eine wegwerfende Handbewegung und ging an mir vorbei zur Theke. Nicht mal ein müder Gag konnten die Atmosphäre zwischen uns auflockern.

»Na ja, ich meine ganz ohne Männer wäre . . .«, ich suchte nach Worten. Wie kam ich da jetzt wieder raus?

Annette hatte sich etwas zu trinken geholt.

»Also, zum Beispiel Jan: Ohne ihn kämen wir hier doch nur halb so gut zurecht.« Inzwischen hatte ich die Kartoffeln in hauchdünne Scheiben geschnitten und in eine Schüssel mit Wasser gelegt. Jetzt war die Zwiebel dran. Ich schnitt sie in feine Ringe.

Annette sah mich mit einem schiefen Grinsen an. »Jan ist natürlich ein tolles Beispiel, wenn es um Männer geht.«

»Irgendwie ist Jan auch ein Mann«, versuchte ich mich rauszureden. »Willst du uns einen leckeren Kaffee machen?«, fragte ich schnell, um das Thema zu wechseln.

Annette nahm den Brandy aus dem Regal und stellte die Flasche demonstrativ auf die Anrichte. »In einen leckeren Kaffee gehört aber was rein!«

Meine Mitarbeiterin und ich hatten heute nicht dieselbe Wellenlänge. Dabei versuchte ich, eine vertraute Stimmung zwischen uns zu aufzubauen, um endlich diese unangenehme Frage nach dem verschwundenen Wechselgeld loswerden.

»Du, Annette, was ich dich fragen wollte«, jetzt kam es darauf an, meine Worte wohl zu wählen. »Ich bin nun wirklich nicht die geborene Buchhalterin, aber in letzter Zeit . . .«

Schon kam ich ins Stocken. Die Kartoffelscheiben kochten auf dem Herd vor. Ich ließ sie etwa sieben Minuten in kochendem Wasser, schreckte sie dann kalt ab. Oliven und Speck waren auch schon fein gewürfelt, Eier lagen bereit. Nur noch Schnittlauch und Petersilie mussten gehackt werden.

Annette kam mit gefüllten Kaffeetassen zurück in die Küche und kippte sich in ihre einen Schuss Brandy hinein. Es war ein wirklich kräftiger Schuss und kurz zog ich in Erwägung, dass Annette Alkoholprobleme haben könnte.

»Du willst mir doch jetzt wohl nicht eine Stelle als Buchhalterin anbieten und selbst wieder die Küche übernehmen.«

»Oh nein, Annette, überhaupt nicht. Es geht darum, dass ich festgestellt habe . . .«

»Richard. Du könntest ihn fragen, ob er das für dich macht, Abrechnungen und so. Aber ich frag ihn nicht, das sag ich dir gleich.« Annette sah konzentriert in ihre Tasse und schüttete den Rest des alkoholgetränkten Gebräus hinunter. »Zurzeit herrscht Funkstille zwischen uns«, fügte sie erklärend hinzu.

»Richard wer?« Ich war irritiert. Ich kannte niemandem mit diesem Namen.

»Mensch Katta, du hast heute aber eine lange Leitung. Richard, Richie, mein Lebensgefährte, der hat mich doch schon mal hier abgeholt. Es wird Zeit, dass der mal eine feste Stelle bekommt. Immer nur unregelmäßige Arbeitszeiten und diese dubiosen Jobs, das passt mir schon lange nicht mehr. Der hängt viel zu oft zu Hause rum.«

»Ach, Herr Gier, dein Freund. Ich hatte vergessen, wie er mit Vornamen heißt. Stimmt, Richard Gier, das sollte ich mir merken können. Aber ich kann mich nicht erinnern, dass ich ihn schon mal gesehen hätte«, fügte ich entschuldigend hinzu. »Ja, das ist nicht das, was ich eigentlich sagen wollte«, druckste ich herum. Mir war das Gespräch total aus dem Ruder gelaufen. Ich nahm einen Schluck Kaffee, rührte eifrig und suchte nach einfühlsamen Worten.

»Wirklich Katta, damit würdest du mir einen echten Gefallen tun, wenn du Richard den Job geben würdest.« Annette blickte mich aus ihren dunkelbraunen Augen an und zupfte an einer roten Haarsträhne.

Ich verstand nicht, wie eine hübsche, kluge Frau wie Annette ständig an die falschen Männer geraten konnte. Sicher, ich hatte in diesem Bereich bisher auch keine glückliche Hand bewiesen, und wenn Jörg nicht gestorben wäre, hätten wir uns vermutlich auch getrennt. Aber Annette hatte schon eine dramatische Trennung hinter sich und dieser Richard oder Richie war nach meiner Einschätzung nur eine Notlösung. Ich war noch nicht dahinter gekommen, in welchen Bereichen dieser arbeitsscheue Typ seine Qualitäten haben könnte. Nicht, dass ich das wirklich wissen wollte. Annette hätte ich einen distinguierten, souveräneren, zuverlässigen Gefährten gewünscht. Es kam mir so vor, als würde sie sich seit einiger Zeit etwas zu jugendlich kleiden und sehr auffällig schminken. Ich wurde das Gefühl nicht los, dass sie wegen ihrer fünfundvierzig Jahre zur Torschlusspanik neigte.

Annette stellte ihre Tasse in die Spüle. »Ich mache mich jetzt mal an die Arbeit. Gleich werden die ersten Gäste auftauchen. Gut, dass du schon alles für den Kartoffelauflauf vorbereitet hast.«

Sie warf mir einen bittenden Blick zu. Steine hätte sie damit erweichen können, aber mich? Diese Unterhaltung hatte ich voll vergeigt. Einen weiteren Angestellten konnte ich mir zurzeit noch nicht erlauben.

Ich ging hinter die Theke, öffnete die Schublade und holte das Portemonnaie mit dem Wechselgeld heraus. Dann zählte ich alle Scheine und das Kleingeld und notierte die Geldwerte auf einem Zettel, den ich in das vorderste Scheinfach steckte. Mal sehen, ob heute wieder Geldscheine fehlen würden, wenn ich später die Abrechnung machte.

Kunst, Kaffee, Chaos

Claudia

Als ich aufwachte, lag Michael neben mir im Bett und atmete gleichmäßig. Draußen war es schon hell. Erschrocken fuhr ich hoch. Hatten wir etwa den Wecker überhört oder konnten wir heute ausschlafen, weil Sonntag war?

Verschlafen versuchte ich mich zu erinnern, welcher Tag heute sein könnte. Draußen war es hell. Verstört rüttelte ich an Michaels Schulter. »Micha! Michael! Du musst aufstehen!«

»Hmm«, brummte er und drehte sich zu mir um. »Guten Morgen.«

Er zog mich in seine Arme. Das hatten wir ja schon lange nicht mehr. Wir küssten uns, erst vorsichtig, dann leidenschaftlicher. Leider meldete sich mein Pflichtgefühl. »Musst du nicht zur Arbeit?«

»Mausi, mein Flug geht doch erst um zwölf.«

»Flug?« Ich befreite mich aus der Umarmung und schaute ihn fassungslos an. »Was für ein Flug? Wohin fliegst du denn?«

»Och, Häschen, das hab ich dir doch erzählt. Ich muss nach Berlin. Es geht um einen größeren Auftrag. Hörst du mir eigentlich nie mehr zu, wenn ich dir von meiner Arbeit erzähle?«

Ich hasste es, wenn er mir Tiernamen gab. »Wann hast du mir das erzählt? Ich kann mich nicht daran erinnern.«

Michael setzte sich im Bett auf. »Na, kein Wunder. Alles, was dir wichtig ist, sind Katharinas Kneipe und deine ach-so-wichtigen Fälle. Was ist eigentlich mit deiner Arbeit? Hat Onkel Willy sich jetzt mal entschieden? Wäre es nicht sowieso an der Zeit, dass du dich nach einem vernünftigen Job umschaust? Etwas Langfristiges, bei dem etwas mehr Geld reinkommt.«

Wie ein Stachel bohrte sich seine Bemerkung in mein Bewusstsein.

»Wie es mit der Firma weiter geht, wird sich vermutlich diese Woche klären«, antwortet ich mit einem leicht giftigen Unterton. »Und wann kommst du überhaupt aus Berlin zurück?«, wechselte ich schnell das Thema.

»Am Sonntag, falls du dir das merken kannst.«

Michaels Stimme klang gereizt. Er legte sich wieder hin und drehte sich von mir weg. Unsere Konversation war mal wieder zielgenau in die falsche Richtung gelaufen. Einen Moment lang suchte ich nach versöhnenden Worten, einer friedlichen Geste, aber eigentlich hatte ich Grund genug, beleidigt zu sein, und ich wollte nicht immer diejenige sein, die klein beigab.

»Ich geh duschen, bin spät dran«, grummelte ich und sprang aus dem Bett.

Als ich mich fertig gemacht hatte, war Michael wieder eingeschlafen. Ich stellte den Wecker auf neun und schlich in die Küche. Nach einem schnellen Kaffee schrieb ich ihm einen Zettel. »Es tut mir leid. Ich liebe dich!«

Den Zettel legte ich vor die Kaffeemaschine, da würde er ihn sicher finden. Dann machte ich mich auf den Weg nach Krefeld, zur Moerser Straße, wo Leo Lindges wohnte und arbeitete.

Ich kannte den Fotokünstler nur vage vom Sehen, aber er begrüßte mich herzlich.

»Ich bin der Leo. Ist ja toll, dass du Hausbesuche machst. Mensch, komm rein ins Allerheiligste. Elke und ich haben uns gerade einen Kaffee gekocht, du trinkst doch einen mit.« Leo war ein Kleiderschrank von einem Mann und überragte mich um mehrere Köpfe. Als ich ihn das letzte Mal gesehen hatte, trug er sein weißgraues Haar stoppelkurz. Jetzt aber ringelten sich seine halblangen weißen Haare im Nacken nach außen. Er schob einen stattlichen Bauch vor sich her und war wie ich ganz in Schwarz gekleidet.

In dem großzügigen Wohnraum war die Stirnseite komplett mit Bildern verschiedener Künstler behängt. Eine beeindruckende Sammlung. In der Mitte des Raumes befand sich wie eine Insel eine einladende Sitzgruppe. Leo ließ sich schwer in die Polster fallen, ich nahm ihm gegenüber Platz. Elke Lindges schenkte uns Kaffee ein, während Leo begeistert davon berichtete, dass ‚unjüngst' einige seiner Bilder gestohlen worden wären.

Elke Lindges zwinkerte mir zu und machte eine nachsichtige Geste. »Leo, das weiß Frau Neukirchen doch längst. Ich habe dir ja erzählt, dass sie die Freundin von Katta Lintfort ist und als Detektivin arbeitet.«

»Ne, is nich wahr, dann willst du dir gar nicht meine Bilder ansehen.« Leo schien enttäuscht und fuhr sich mit der Hand über das Kinn. »Ja, aber die, die gestohlen wurden, kann ich dir nicht zeigen, die sind ja nun weg. Aber was kann ich dann für dich tun?«

»Vielleicht kann Frau Neukirchen . . .«

»Sie heißt Claudia«, unterbrach Leo und wandte sich an mich, »und zu meiner Frau kannst du ruhig Elke sagen. Gisela wäre Quatsch, darauf hört sie nicht.«

»Vielleicht kann Claudia etwas für dich tun und den Diebstahl aufklären«, schlug Elke Lindges geduldig vor.

»Ne, das ist nicht nötig, außerdem ist es für so eine kleine Frau doch viel zu gefährlich, sich mit richtigen Räubern einzulassen. Die sind doch alle viel größer als du.« Leo schaute abschätzend auf mich herab. »Hast du überhaupt eine Waffe?«

»Frauen arbeiten nicht unbedingt mit Waffen, sondern mit Köpfchen,« lächelte ich nachsichtig. »Deine Frau hat recht, ich würde gerne aufklären, dass meine Freundin Katta nichts mit dem Kunstraub bei dir zu tun hat.«

»Das ist doch klar, dass Katta keine Kunst klaut«, ereiferte sich Leo. »Katta kenne ich gut, die kann klasse kochen.« Er lachte. »Das nennt man Alliteration, wenn alle Worte mit demselben Buchstaben beginnen.«

Leos Augen hinter den runden Brillengläsern strahlten, als hätte er gerade die Millionenfrage bei Günter Jauch richtig beantwortet. »Willst du nicht doch meine Bilder ansehen? Sie hängen unten im Schwimmbad. Du brauchst auch keinen Badeanzug, wir haben das Schwimmbad trockengelegt und einen Ausstellungsraum daraus gemacht. So etwas hast du noch nicht gesehen. Das wäre jetzt eine einmalige Gelegenheit.« Ich ließ mich nicht länger bitten und stieg mit Leo die steile Treppe zum ehemaligen Schwimmbad hinunter. Er erklärte mir ausführlich die Entstehungsgeschichte seiner Kunstwerke und wie er die Aufnahmen am Computer bearbeitete. Stolz berichtete er von dem großen Erfolg seiner Vernissage, und dass erstaunlich viele seiner Bilder direkt am ersten Tag einen Käufer gefunden hatten.

Begeistert zählte er auf, wer alles zu seinen Kunden gehörte. Ich lauschte aufmerksam, machte mir einige Gedankennotizen und fragte nach einer Kundenliste.

»Ne, die kann ich dir nicht geben, die unterliegt doch bestimmt dem Datenschutz«, erwiderte Leo, als ich vor ihm wieder die Treppe hoch stieg.

Dann zeigte er mir seine Sammlung alter Kameras und führte mich stolz in seinen Arbeitsraum. Hier standen Mengen großformatiger Bilder gegen die Wände gelehnt. Einige waren in Bläschenfolie oder Packpapier eingeschlagen, andere mit Zetteln und Adressaufklebern versehen.

Auf dem tischtennisplattengroßen Arbeitstisch lagen außer einigen kleineren Bildern auch Packpapierrollen, Klebeband und weiteres Verpackungsmaterial. Dazwischen fand ich eine Liste mit Bildernummern, Namen, Telefonnummern und Angaben zu den Adressaten.

»Du lieber Himmel, wie behält man denn bei diesen Mengen den Überblick?«, fragte ich bewundernd.

»Gar nicht«, grinste Leo und ließ den Computer hochfahren. Als Leo kurz den Raum verließ, um frischen Kaffee zu holen, legte ich die Adressenliste in das Faxgerät und zog mir eine Kopie.

»Hör mal, bei deiner Freundin Katta gibt es ja auch verschiedene Kaffeesorten«, sagte Leo und reichte mir eine Kaffeetasse. »Da kommt ein Gast und sagt, ich hätte gerne einen Kaffee ohne Zucker und Sahne. Es dauert ewig, dann endlich kommt Katta an seinen Tisch und sagt, tut mir leid, Sahne ist aus, darf es auch ohne Milch sein?« Um Leo eine Freude zu machen, lachte ich herzlich mit.

Eine gute Stunde später überließ ich Leo seiner Arbeit

und machte mich hochzufrieden mit der Adressenliste seiner Kunden auf den Weg zu Kattas Bistro.

Männer und andere Probleme

Katta

Die ersten Gäste trafen prompt ein, nachdem ich auf allen Tischen neue Teelichter in Gläser dekoriert und die Speisenkarten ausgelegt hatte. Nur auf die sechs Tische im Außenbereich hatte ich Aschenbecher gestellt. Das war eine richtige Zwickmühle für uns Gastronomen. Die Raucher waren eine gesellige finanzkräftige Klientel, auch meine allerbeste Freundin rauchte.

Ich ärgerte mich häufig über Kippen, Zigarettenpapier und -Packungen, über Brandlöcher auf dem Boden und braune Nikotinschlieren auf den Scheiben. Außerdem passte ich immer höllisch auf, dass alle Kippen auch wirklich in dem selbstlöschenden großen Ascheneimer verschwanden. Mein Bistro bestand zum überwiegenden Teil aus Holz - ein Albtraum, was durch eine brennende Kippe passieren könnte. Eigentlich war ich froh, dass jetzt nur noch im Außenbereich geraucht werden durfte.

Als Erste erschienen heute zwei meiner Stammgäste, die beiden Rentner, von denen ich nur die Vornamen kannte. Carl und Anton waren immer sehr gepflegt gekleidet, meistens mit Anzug oder Sakko und ich schätzte sie auf Mitte bis Ende sechzig. Beide waren immer sonnengebräunt und verbreiteten ein Flair von guter Laune und Urlaubsstimmung. Carl trug heute eine weiße Hose und einen dunkelblauen Zweireiher mit Goldknöpfen. Seine etwas längeren weißen Haare waren stets ordentlich nach hinten gekämmt und lockten sich im Nacken. Anton hatte einen Bürstenhaarschnitt und einen Schnauzbart und war wie häufig ganz in Schwarz gekleidet.

Einer von diesen beiden seriösen Herren zum Beispiel würde gut zu Annette passen, fand ich - wenn man von dem Altersunterschied absah. Carl und Anton mussten beide mal sehr gut verdient haben, denn sie aßen oft und reichlich bei mir und gaben immer ein großzügiges Trinkgeld. Ich vermutete, sie waren in der Modebranche tätig gewesen, das liegt hier in Krefeld einfach nahe.

Als ich Carl und Anton gerade die Getränke servierte, erschien der Dritte aus ihrer Runde. Dieter Krichel trug seine weißen Haare kurz geschnitten, hatte einen gebräunten, olivefarbenen Teint und braune Augen unter schwarzen Brauen. Der lässig über die Schultern geworfene, pastellfarbene Pullover harmonierte ausgezeichnet zu dem hellen Oberhemd. Es hätte mich interessiert, zu erfahren, wer ihn in modischen Dingen beriet. Bei der Eröffnungsfeier von ‚Kattas Küche' hatte er mir erzählt, dass ihm früher ein Architekturbüro gehörte und er meinen Vater aus dieser Zeit kannte. Seine Firma muss gar nicht so klein gewesen sein, und er besaß damals auch mehrere Grundstücke in guter Lage, wie man so sagt. Inzwischen wusste ich, dass er mehr oder weniger kalt enteignet worden war, indem die Bebauung seiner Grundstücke unterbunden wurde. Die Stadtväter wollten einer Zersiedelung vorbeugen. Dieter Krichel verfügte damals wohl nicht über die nötigen Beziehungen. Jedenfalls ging seine Firma den Bach runter und seine Privatvilla in der Nähe des Hülser Berges bewohnt er auch nicht mehr selbst.

»Für mich bitte auch einen Wein und eine Flasche Wasser, und, Katharina - die neue Frisur steht Ihnen übrigens hervorragend.«

»Danke!« Ich strahlte ihn an, obwohl ich gar keine neue Frisur hatte. Meine schulterlangen blonden Haare trug ich heute offen, statt wie meist zu einem Rattenschwanz zusammengebunden. Eigentlich hätte ich gerne einen flotten Kurzhaarschnitt gehabt, um ein bisschen jugendlicher zu wirken. Aber Lisa bestand darauf, dass ich mit längeren Haaren eher trendy aussehen würde und viel mehr aus meiner Frisur machen könne. Das Einzige, was ich machte, war, sie morgens eilig zusammenzubinden, weil das bei der Arbeit praktisch war.

Langsam füllte sich meine Terrasse angesichts des wolkenlosen Himmels. Die Vorderfront hatten wir wie eine Falttür aufgeschoben. Auch gegenüber bei ‚Tapas' genossen die Gäste schon die Frühjahrssonne. Dieses spanische Lokal wurde von zwei Krefeldern geführt. Es war so schlicht eingerichtet, dass man sich in einem Original spanischen Restaurant wähnte. An der Stirnwand hing ein Osborne-Werbeplakat mit dem riesigen schwarzen Stier, den jeder Spanienurlauber kannte. Aber vermutlich lief der Laden so bombig, weil das überwiegend weibliche Personal die Gäste flott und immer freundlich bediente.

Seit einiger Zeit hatten sie auf der Nachbarparzelle eine Strandbar eröffnet. Dort konnte man abends Cocktails genießen und mit den Füßen im Sand buddeln.

Cora winkte über die Balustrade zu mir herüber. »Wird wieder heiß heute«, lachte sie und servierte einem Gast einen Tapas-Spezial-Teller von gigantischem Durchmesser. Ich wusste, dass sie nicht vom Wetter sprach, sondern über den erwarteten Andrang in ihrem Lokal.

Punkt zwölf Uhr erschien Jan, um seinen Dienst anzutreten, wie er es nannte. Er hatte gerade Annette und mich begrüßt, seine Kellnerschürze umgebunden und eine CD eingelegt, da tauchte Horst überraschend auf. Ein Termin sei verschoben worden, und er wolle dringend mal wieder die neuen Kreationen meiner Zauberküche goutieren. Außerdem plane er eine kleine Feier und wolle meinen Partyservice in Anspruch nehmen. Die Anwaltskanzlei Dr. Horst Pricken und Partner strebte eine Kooperation mit einem Steuer- und Wirtschaftsberatungsunternehmen an, erklärte unser Freund, und der Stolz quoll ihm aus jedem Knopfloch. »Außerdem habe ich eine Überraschung für Jan.« Er strahlte seinen Lebensgefährten an.

»Du wirst Privates doch wohl nicht mit Geschäftlichem verwässern«, knurrte Jan.

Horst legte seine Hand einen Moment auf die von Jan und warf ihm einen beschwörenden Blick zu.

Ich befahl mir, diese Geste zu ignorieren. Heute wollte ich mich aus allen weiteren Beziehungsproblemen heraus halten.

Das, was Horst unter ‚kleiner Party' verstand, sollte ein Empfang für etwa dreißig Personen werden. Er stellte sich Begrüßungsgetränk, etwas Fingerfood, später eine Art Bufett und um Mitternacht ein Süppchen vor.

»Und weißt du, Katta, ich dachte, dass dein Lokal genau die richtige Location sei. Der Großmarkt ist inzwischen Kult, das finden meine Gäste bestimmt hipp. Ein Kollege hat mir gerade noch erzählt, dass seine Tochter drüben in der Tapasbar ihren Hochzeitsempfang gegeben hat.«

»Klar ist das hipp,« feixte Claudia, die unbemerkt hereingekommen war. »Hier fahren abends dicke Schlitten mit Düsseldorfer, Neusser und Kölner Kennzeichen rum. Die defilieren vorbei, damit auch bloß jeder sieht, woher sie angereist sind, um dabei zu sein. Echter Geheimtipp! Horst, da liegst du voll im Trend.«

»He, macht sie das bei all deinen Kundengesprächen? Was zahlst du für diese Nummer?«, flachste Horst.

Claudia knuffte ihn in die Seite, gab Jan und mir einen Kuss. »Mensch ich hab echt einen hektischen Tag heute. Ich muss erst mal etwas Vernünftiges essen.« Claudia hüpfte die drei Stufen hoch und verschwand in der Küche.

»Claudia, bevor du gleich wieder weg bist, muss ich dich dringend sprechen«, rief ich ihr hinterher. »Nicht als Chefin, sondern als Klientin deiner Detektei.«

»Also, dein Personal hast du nicht so richtig im Grif.«

Horst deutete mit dem Kinn auf Jan. »Dein Barkeeper hat mir noch keinen Drink gebracht.«

Jan schob Horst eine Kaffeetasse über die Theke. »Trink deinen Kaffee, solange er warm ist.«

Für mich klang das eher doppeldeutig. Irgendetwas im Verhalten meiner beiden Freunde sagte mir, dass etwas nicht so war, wie es sein sollte. Aber ich wollte mich nicht einmischen, vielleicht bildete ich mir ja auch nur etwas ein.

Langsam füllte sich mein Lokal bis auf den letzten Stuhl. Die Sonnenplätze auf der Terrasse waren besonders begehrt. Claudia sprang in der Küche ein und ging Annette zur Hand, während Jan und ich unentwegt zwischen Theke, Küche und den Tischen hin und her wieselten. Jan nahm überwiegend Bestellungen auf und kümmerte sich um die Getränke. Ich servierte und kassierte. So hatten wir es abgesprochen, um der Sache mit dem verschwundenen Wechselgeld auf die Spur zu kommen.

Wenn so gut zu tun war, ärgerte ich mich, nicht schon längst eine weitere Küchenkraft eingestellt zu haben. Aber es gab auch ruhige Tage, an denen ich selbst in der Küche wirken konnte und Jan oder Claudia fast alleine den Service bestritten.

Am liebsten hätte ich jeden Tag in der Küche verbracht und selbst gekocht. Aber es hatte sich schnell herausgestellt, dass Freunde, Bekannte und Stammkunden lieber von mir persönlich bedient werden wollten. Es gehörte für mich dazu, dass ich mich um meine Gäste kümmerte, sie persönlich begrüßte und mich mit ihnen unterhielt. Ich wollte ihre Vorlieben erahnen und ihre Gewohnheiten kennenlernen. Ich hatte großen Spaß, einem Gast sofort sein Lieblingsgetränk zu bringen, sobald er Platz genommen hatte. Ich liebte den Kontakt zu Menschen und wenn ich spürte, dass man sich bei mir wohlfühlte. Ich wollte selbst sehen, wer etwas brauchte, wollte meine Gäste beraten und dafür sorgen, dass es ihnen an nichts fehlte. Ich konnte mich nicht für Küche oder Service entscheiden, ich wollte am liebsten beides.

Heute konnte ich es kaum abwarten, dass es im Bistro endlich leerer wurde. Gegen drei Uhr waren nur noch die drei Rentner da und einige Schüler. Endlich gelang es mir, Claudia unter vier Augen zu sprechen.

»Und? Hast du etwas über die verschwundenen Bilder von Leo herausbekommen und konntest du dich schon um meine Mieter-WG kümmern? Was soll ich tun, damit die mich nicht nur vertrösten, sondern wirklich zahlen. Ich kann mir das nicht leisten, auf die Miete zu verzichten. Ich muss schließlich alle laufenden Kosten für das Haus bezahlen«, platzte es aus mir heraus.

Jan brachte uns seine neueste Kaffeekreation an Tisch neun. Es duftete herrlich würzig, Kaffee mit Amarulalikör, der sollte mich positiv beeinflussen. Jan behauptete nämlich, Kaffee wirke nicht nur anregend, steigere die Konzentration und erhöhe den Blutdruck, sondern aktiviere auch das Wahrnehmungsvermögen und habe eine positive Wirkung auf den Gedankenfluss. Salopp formuliert: Schon nach wenigen Minuten hat man mehr Durchblick.

Claudia zupfte an ihrem schwarzen T-Shirt, machte es sich auf dem Sofa bequem und beugte sich dann zu mir rüber. »Also, deine drei netten jungen Leute betreiben zusammen einen kleinen Laden in der Fußgängerzone von Kempen. Kaffeerösterei mit Ladenverkauf. Scheint ganz gut zu laufen. Der nette Herr Brink hatte wohl die Idee und die entsprechenden Beziehungen und hat seine frühere Freundin, Nadine Nephken, mit ins Boot genommen. Er hoffte vermutlich, ihre Beziehung ließe sich noch einmal aufwärmen.« Claudia lehnte sich zurück und schlürfte ihren Kaffee.

Ich rutsche unruhig auf die vordere Kante meines Korbsessels. »Claudia, das klingt nach Pilcher am Niederrhein, aber komm mal zu dem Kapitel, in dem es ums Geld geht.

Ich will wissen, ob ich Chancen habe, mal endlich Miete von denen zu bekommen.«

»Nicht so ungeduldig, Geld kommt mit der netten Frau Claasen ins Spiel. Die schwärmt nämlich heiß und innig für Herrn Brink. Das hat nicht nur Burgi fein beobachtet. Ich darf doch?« Claudia zündete sich eine Zigarette an. »Also, Frau Claasen hat den Mietvertrag für den Laden unterzeichnet und die Miete fließt auch pünktlich. Außerdem hat sie weder bei Lieferanten noch sonst irgendwo Schulden. Frau Claasen scheint in geschäftlichen und in finanziellen Dingen sehr gewissenhaft zu sein. Sie hat eine größere Erbschaft gemacht und wäre eigentlich nicht darauf angewiesen, zu arbeiten. Ihr gehört nämlich auch noch ein kleines altes Haus in der Kempener Altstadt, das mal als Kneipe verpachtet war, aber zu wenig Umsatz brachte. Das vermietet sie jetzt sehr effizient für Gesellschaften und Events.«

»Woher weißt du das alles?« Ich stellte meinen Kaffeebecher ab. Vom Tisch der Schüler drangen Wortfetzen zu uns herüber, es schien eine heiße Diskussion zu geben. Irgendjemand regte sich auf und lamentierte, aber ansonsten schienen die Jugendlichen friedlich zu sein.

»Ich weiß leider noch nicht alles«, nahm Claudia den Faden wieder auf. »Den Mietvertrag für dein Haus haben die drei ja gemeinsam unterschrieben. Es ist möglich, dass Frau Claasen sich absichern wollte, von ihren Mitbewohnern und Kompagnons nicht finanziell ausgenutzt zu werden. Das hätte ich an ihrer Stelle auch so gemacht. Den Laden könnte sie sicher notfalls auch alleine führen, sie scheint eine kompetente Geschäftsfrau zu sein. Aber ihr kommt es wohl darauf, Herrn Brink für sich zu gewinnen. Ich habe mich in der Clique und ihrer Stammkneipe mal umgehört und erfahren, dass die Dritte im Bunde, Nadine Nephken, keinen besonders guten Ruf genießt. Einige ihrer Bekannten glauben, sie durchschaut zu haben, dass sie Brink und Claasen nur ausnutzt. Sie habe nicht die

Absicht, den jungen Herrn Brink zu erhören, sondern hätte reichlich Männerbekanntschaften, die Treulose. Aber jetzt kommt der Hammer: Sie ist seit Tagen verschwunden oder untergetaucht.«

»Nein!« Ich schlug die Hand vor den Mund. Weniger aus Mitleid mit dem jungen Herrn Brink oder aus Sorge um die Mietzahlung, sondern weil auch mein Mann seinerzeit plötzlich verschwunden war, als wir noch in unserem Haus in Kempen wohnten.

»Liegt da ein Fluch auf meinem Haus?«, versuchte ich zu scherzen. Claudia machte eine vage Handbewegung und runzelte die Stirn.

»Ja, und wo ist Frau Nadine?«

»Keine Ahnung.«

»Du willst jetzt nicht sagen, die Geschichte ist zu Ende?«, fragte ich enttäuscht.

»Oh nein, aber das ist der Stand meiner Ermittlungen.«

»Hat man sie als vermisst gemeldet?« bohrte ich. Dann erinnerte ich mich, was man mir vor ungefähr einem halben Jahr gesagt hatte, als ich auf Drängen seiner Sekretären meinen Mann bei der Polizei als vermisst melden wollte. Gut, ich gebe zu, sie war nicht nur seine Sekretärin, sondern auch seine Geliebte. Ich hatte erfahren, dass ein erwachsener Mensch, wann immer er will, hin gehen kann, wohin er will und so lange wegbleiben kann, wie er will, ohne dass die Polizei etwas unternimmt. Erst wenn es begründeten Verdacht auf eine Straftat gab, würden die Gesetzeshüter einschreiten.

»Also, du meinst, um meine Miete muss ich mir noch keine Sorge machen? Frau Claasen wird sie zahlen können, bevor sie ihr Erbe durchgebracht hat?«

»Ja, da müsstest du jetzt mal massiv nachhaken und ein bisschen Druck machen, damit die Herrschaften, ungeachtet ihrer persönlichen Verwicklungen, primär ihre Mietangelegenheit regeln.« Claudia verschluckte sich fast bei diesen Formulierungen. Sie winkte Jan herüber, der gedankenverloren Kaffee und Liköre auf Gläser und Becher verteilte. »Hast du noch mal so ein leckeres Gebräu für mich? Aber ohne Alkohol, ich muss noch fahren.«

»Vielleicht sollte ich Horst bitten, ein Schreiben aufzusetzen«, überlegte ich. »Ein Brief vom Anwalt wirkt doch sicher? Oder ist das schon zu massiv?«

»Du könntest noch einmal einen Hausbesuch machen und bei der Gelegenheit, wenn nötig, mit dem Anwalt drohen.«

Am nächsten Morgen beschloss ich spontan, meiner Freundin und ehemaligen Nachbarin in Kempen, Burgi Geyer-van den Heuvel einen Besuch abzustatten. Eigentlich hieß Burgi Walburga und wurde vor ihrer Heirat Walli genannt, was sehr passend war, denn damals trug sie gerne wallende lange Röcke und Gewänder. Aber als sie Eckehart Geyer ehelichte, wurde sie im Freundeskreis scherzhaft Geyer-Walli gerufen. Daraufhin beschloss sie, fortan nur noch auf Burgi zu hören.

Es war Samstag, und da Burgi Lehrerin war, wusste ich, dass sie nicht arbeiten musste. Mit ihrem Mann Eckehart, ebenfalls Lehrer, war ich nie so richtig vertraut geworden. Ich fand, er war das, was man hier als ‚Krintekecker' bezeichnet und in seiner Gegenwart fühlte ich mich oft wie eine Schülerin. Außerdem hatte ich mich letztes Jahr in seinen ehemaligen Klassenkameraden verliebt und es war mir unangenehm, dass Ecke davon wusste. Unsere Affäre war allerdings beendet, bevor sie richtig begonnen hatte, aber das ist eine andere und längere Geschichte.

Burgi öffnete mir die Tür. Wie immer war sie wie aus dem Ei gepellt. Alles, was sie trug, war eine Komposition in Blau: hellblaue Jeans, türkisfarbenes T-Shirt, Weste, Ohrstecker, Kette und Socken in Blautönen. Außerdem hatte Burgi eine neue Frisur. Ihre Haare standen igelig gegelt vom Kopf ab, die Ansätze waren dunkel, die Spitzen hellblond gefärbt.

»Katta, das ist ja irre! Beim Frühstück haben wir noch von dir gesprochen – und schon stehst du vor der Tür. Komm rein, du hast doch Zeit für eine Tasse Tee?«

Ich zögerte und warf einen Blick zum Nebenhaus, das ich bis vor einem halben Jahr selbst bewohnt hatte. Ich war unschlüssig, ob ich mich zuerst bei Burgi stärken oder vorher meine unangenehme Aufgabe erfüllen und meine Mieter nach den ausbleibenden Zahlungen fragen sollte. Erst die Arbeit, dann das Vergnügen, würde Tante Margarethe sagen. Also entschied ich mich, den unangenehmeren Part direkt zu erledigen.

»Weißt du, ob nebenan jemand zu Hause ist?«, erkundigte ich mich zaghaft.

»Du, ich hab da heute Morgen noch niemanden gesehen oder gehört.« Burgi beugte sich zu mir vor und sah mich mit sorgenvollem Blick an. »Die Frau Nephken . . .«, sie schluckte und schüttelte den Kopf, »aber die beiden anderen sind vielleicht zu Hause. Klingel doch mal.«

Ich atmete tief durch und begab mich zum Eingang meines Hauses. Burgi nickte mir aufmunternd zu. Es war ein komisches Gefühl, an der ehemals eigenen Haustür zu schellen. Ich wartete eine Zeit lang, klingelte erneut, und gerade als ich mich abwenden wollte, hörte ich Schritte. Die Tür wurde stürmisch aufgerissen und Herr Brink stürzte mir entgegen. Beinahe hätte er mich umgerannt.

»Was machen Sie . . . ? Oh Verzeihung, ich habe Sie gar nicht erwartet, Frau Lintfort. Wollten Sie zu uns?«

Mein Mieter sah furchtbar aus. Seine kurzen braunen Haare wirkten ungekämmt, er schien unrasiert. Die Augen lagen tief in den Höhlen und waren von Schatten umrandet, seine Gesichtsfarbe wirkte fahl und ungesund. Er trug eine fleckige Jeans, ein vergilbtes Polohemd, und eine zerdrückte Jacke hing über seinem Arm. Hätte er einen Hut in der Hand gehabt, hätte ich ihm ein paar Münzen hineingelegt.

»Guten Tag, Herr Brink. Es tut mir leid, wenn ich störe.

Ich wollte Sie bestimmt nicht überfallen. Es ist nur so, dass ich fragen wollte, also ich ...« Ich schüttelte den Kopf, wie peinlich mir dieses Gestammel war!

Die Situation sollte nicht mir unangenehm sein, sondern ihm, sagte ich mir streng. Mit erhobenem Kopf sah ich ihm fest in die umschatteten Augen. »Sehen Sie, jetzt wohnen Sie schon fast ein halbes Jahr hier und inzwischen stehen drei Monatsmieten aus. Wenn Sie in einem finanziellen Engpass sind, sollte nicht ich zu Ihnen kommen müssen, sondern es wäre nur anständig, wenn Sie sich bei mir melden würden. Man kann doch schließlich über alles reden«, fügte ich versöhnlich hinzu.

Ein Lächeln zuckte über das Gesicht meines Mieters. »Frau Lintfort, das tut mir echt leid, wenn Sie knapp bei Kasse sind.« Er fuhr mit der Hand in die Jackentasche. »Ich schleppe das Geld schon seit Wochen mit mir rum und wollte längst bezahlt haben.« Seine Hand kam wieder zum Vorschein, aber Geldscheine befanden sich nicht darin. »Jetzt habe ich die falsche Jacke dabei. Entschuldigen Sie, ich habe es furchtbar eilig. In den nächsten Tagen bekommen Sie Ihr Geld, das verspreche ich Ihnen. Jetzt muss ich zur Kiesgrube, Sie haben das ja vielleicht im Radio gehört.« Mit diesen Worten ging er an mir vorbei und mit langen Schritten zum Parkplatz am Viehmarkt.

Perplex starrte ich ihm hinterher. Was war das denn jetzt?

»Dürfen Sie das eigentlich, Frau Lintfort?« Die leise Stimme gehörte Frau Claasen. Sie war auf Socken und von mir unbemerkt an die Tür gekommen.

Fassungslos sah ich die kleine, dunkelhaarige Frau an. »Bitte? Was meinen Sie?«

»Ich glaube, das dürfen Sie gar nicht. Das ist Nötigung, Hausfriedensbruch oder etwas in der Art, ich müsste das nachsehen.« Sie sprach mit ruhiger angenehmer Stimme und ihre Worte passten nicht zu ihrem milden Lächeln. War die auf Drogen? Wäre es nicht das Mindeste, dass sie mich hereinbat? Wut kroch in mir hoch, am liebsten hätte ich sie gepackt und geschüttelt.

Das Miauen einer Katze lenkte mich ab. Dann erblickte ich einen schlanken, grau getigerten Kater, der aus der Küche in die Diele stolzierte. Findus! Ein Lächeln huschte über mein Gesicht und ein warmes Gefühl breitete sich in mir aus. Kurz nach Jörgs Tod hatte Lisa den Kater im Garten gefunden. Er war krank und meine Tochter hatte ihn mit Jans Hilfe gesund gepflegt und aufgepäppelt. Als wir letztes Jahr aus finanziellen Gründen unser Haus vermieten mussten und nach Krefeld zogen, hatten wir Findus hier zurücklassen müssen. Das hatte einige Tränen gekostet, aber in dem Gründerzeithaus am Bismarckplatz gehörte uns nur eine Eigentumswohnung. Das Halten von Haustieren war dort verboten. Sicher hätte sich der kleine Kater in einer Etagenwohnung nicht so wohl gefühlt wie in diesem großen Haus mit Garten. Jedenfalls hatte ich Lisa so getröstet.

Findus strich um meine Beine und seine hellgrauen Fellhaare blieben an meiner schwarzen Jeans hängen. Frau Claasen bückte sich und nahm den Kater auf ihren Arm. Sie kraulte ihn mechanisch im Nacken und Findus begann zu schnurren. Ein Anflug von Eifersucht regte sich in mir.

»Frau Claasen, es wäre nett, wenn sie Herrn Brink daran erinnern, mir umgehend die offenen Monatsmieten zu überweisen. Sonst müsste ich meinen Anwalt nachsehen lassen, was man mit säumigen Mietern macht. Auf Wiedersehen, Frau Claasen.« Ich wandte mich ab und war stolz auf mich, so ruhig reagiert zu haben. Ich war nicht ausgeflippt, hatte nicht geschrien, wie ich es am liebsten getan hätte. Ich war freundlich geblieben, aber bestimmt.

»Und, was haben sie gesagt?«, wollte Burgi wissen und schüttete Tee aus einer silberfarbenen Kanne in zwei Ikea-Becher, die sich ‚Vorsicht Knut!' nannten. Wir saßen in ihrem im Edwardian-Stil eingerichteten Esszimmer auf zwei der sechs antiken Stühlen mit altrosa Bezügen an einem ovalen Mahagonitisch mit altrosa Sets, einem kristallenen Gebäckschüsselchen, in dem ein künstliches Blumenarrangement dekoriert war. Natürlich waren die Blüten in verschiedenen Rosatönen gehalten, genau wie die beiden Kerzen in den silbernen Leuchtern.

Ich hielt den Becher mit beiden Händen umfasst und nippte an dem exotisch duftenden Getränk. Der Tee war höllisch heiß.

»Er sagt, er hätte die Miete schon seit Tagen in der Tasche. So ein Unsinn, wer schleppt denn ein paar Tausend Euro mit sich rum«, ärgerte ich mich. »Dann hat er mich stehen lassen, weil er zur Kiesgrube müsse, das hätte ich doch sicher im Radio gehört.« Ich tippte mir mit der flachen Hand an die Stirn. »Sag mal, sind die noch ganz gar da nebenan?«

Burgi schlug die Hand vor den Mund. Trotz des perfekten Make-ups schien sie blass geworden zu sein.

»Ecke ist auch zum Baggersee. Das kam heute Morgen auf Welle Niederrhein.«

Ich legte die Stirn in Falten und beugte mich so nah zu Burgi hinüber, dass ich die Poren in ihrem Gesicht hätte zählen können.

»Was kam auf Welle Niederrhein?«

Burgi presste ihre roten Lippen aufeinander und sah mich mit einem mitleidigen Blick an. »Hast du das denn nicht mitbekommen?«

»Waaas?«

»Ich dachte, deshalb bist du gekommen.«

Ich sprang auf. »Burgi, wovon redest du?«

»Passanten haben in der Kiesgrube, in der Nähe vom Hundeübungsplatz, eine Leiche gefunden.«

Ich sank zurück auf meinen Stuhl und nahm erst einmal einen großen Schluck Tee. Eine Leiche in der Kiesgrube war sicher tragisch, aber wieso glaubte Burgi, ich würde deshalb von Krefeld nach Kempen fahren. So sensationsgierig war ich nicht. Ich stellte den Becher wieder ab. Dann fiel bei mir der Groschen. Konnte das sein? War die Leiche etwa meine vermisste Mieterin?

Jogging mit Hindernissen

Claudia

Samstagmorgen wachte ich erst nach acht Uhr auf. Am Abend vorher hatte ich Michael in seinem Hotel angerufen. Unser Gespräch war leider nicht so romantisch verlaufen, wie ich mir das vorgestellt hatte. Michael war sehr kurz angebunden, weil er und sein Geschäftsführer zum Essen verabredet waren. Also hatte ich mich von Günther Jauch unterhalten lassen, war durch die Programme gezappt und im Anschluss an die Spätnachrichten ins Bett gegangen. Ich las noch ein paar Kapitel im neuen Krefeld-Krimi, bevor ich das Licht ausmachte.

Auch wenn ich es gewohnt war, dass Michael häufig auf Geschäftsreisen war, fehlte er mir doch, als ich aufwachte.

Ich wollte alles tun, um unsere Krise möglichst schnell in den Griff zu bekommen.

Die Sonne schien, es war mild, im Laufe des Tages würde es sicher wieder richtig schön warm werden. Um den Kopf freizubekommen, beschloss ich, zu joggen. Ich packte die Laufschuhe ein, setzte mich in meinen Polo und fuhr Richtung Kempen. Zwischen Königshütte und Scheifeshütte konnte man herrlich um die Kiesgrube laufen; dort war ein Hundeübungsplatz, aber man traf selten auf Spaziergänger.

Ich bog von der Hülser Straße ab, parkte meinen Wagen und zog die Laufschuhe an. Dann machte ich einige Aufwärm- und Dehnungsübungen und trabte los.

Nach dem Besuch bei Leo Lindges war ich fest davon überzeugt, dass die Bilder nicht gestohlen worden waren. Es war viel wahrscheinlicher, dass sie bei dem Durcheinander an Auslieferungen und Sendungen verwechselt wurden. Aber das musste ich natürlich noch beweisen. Die Adressenliste der Käufer würde ich nachher in Ruhe durchgehen.

Katta wollte heute Vormittag zu ihrem Haus nach Kempen fahren. Hoffentlich konnte sie ihre Mieter dazu bewegen, die Miete zu zahlen. Mietnomaden und ähnlichen Ärger konnte sie nun wirklich nicht gebrauchen. Vielleicht wäre es angebracht, wenn unser Freund und Anwalt Horst Pricken ein nachdrückliches Schreiben aufsetzte. Meine Gedanken schweiften zu Horst und Jan. Ob sie auch wieder eine Krise hatten? Mein Gefühl sagte mir, dass sich etwas in der Beziehung der beiden verändert hatte. Jan war deutlich verstimmt gewesen, als Horst letztens im Bistro auftauchte.

Auch über Annette machte ich mir Gedanken, während ich die Kiesgrube schon halb umrundet hatte. Sie schien Probleme mit den Männern zu haben. Ich hatte sie gestern gefragt, ob wir abends etwas zusammen trinken gehen sollten, aber sie lehnte ab, weil sie nicht zu spät nach Hause kommen wollte. Richard Gier hatte sie ganz schön unter der Knute.

Mein Blick schweifte über das Wasser. Auf der Mitte des Sees schien etwas zu schwimmen. Ich konnte nicht genau erkennen, was das sein sollte, so große Fische gab es hier sicher nicht. Dann verlor ich das Etwas wieder aus den Augen. Vielleicht war das auch nur eine Wolke, die sich auf der Wasseroberfläche gespiegelt hatte, dachte ich und sah in den Himmel. Er war strahlend blau.

Eine leichte Brise kam auf und strich sanft über die Wasseroberfläche, die sich kräuselte.

Da war es wieder. Ich blieb stehen. Jetzt sah ich ganz deutlich, dass auf dem See etwas schwamm. Vielleicht eine größere Plastiktüte? Manche Leute waren so rücksichtslos und warfen ihren Plunder einfach in die Landschaft. Die Kiesgrube war kein Badesee, und es war schon vorgekommen, dass Umweltsünder ihren Müll hier entsorgten. Ärgerlich schüttelte ich den Kopf und lief weiter.

Eine laues Lüftchen kam auf. Kleine Wellen platschten ans Ufer. Plötzlich hatte ich dieses schwimmende Etwas wieder im Blick. Ein großer dunkler Fleck, der näher ans Ufer zu treiben schien. Ich verlangsamte mein Tempo. Ein ganzes Stück vor mir stand ein Mann mit Hund am Ufer und starrte auf das Gewässer. Hoffentlich hat er das Tier an der Leine, dachte ich. Die meisten Hunde sind auf Jogger nicht gut zu sprechen, was auch umgekehrt galt. Ich beschloss, einen Bogen um die beiden zu laufen.

In diesem Moment sah der Mann zu mir herüber und winkte hektisch. »Hallo! Kommen Sie mal! Da im Wasser schwimmt doch etwas!«

Er hatte es also auch gesehen.

»Ja, vielleicht hat da jemand seinen Müll entsorgt«, sagte ich.

»Nein, nein! Schauen Sie doch mal. Da schwimmt jemand!«

Ich schüttelte den Kopf. »Hier ist Schwimmen verboten und außerdem bewegt sich dort doch gar nichts.«

Ich blieb neben dem Mann stehen. Von weitem hatte er sehr viel älter gewirkt, jetzt schätzte ich ihn auf Mitte zwanzig. Er war ein gutes Stück größer als ich, schlank und trug ein bedrucktes T-Shirt über der Jeans. Sein Hund, ein Mischling, stand an der Wasserkante und starrte ebenfalls auf den See. Ich kniff die Augen zusammen.

»Ich bin mir ganz sicher, da ist jemand ertrunken.« Der Mann zog sein Handy aus der Tasche, tippte hektisch eine Nummer. »Ich ruf die Polizei und die Rettung!«

Sollte da wirklich ein Mensch schwimmen, käme jede

Hilfe zu spät. Je länger ich auf die Wasseroberfläche starrte, um so mehr kam auch mir das, was dort trieb, wie eine Gestalt vor.

»Ein toter Mann«, sagte der Mann und zeigte auf den See. Seine Bewegungen waren etwas linkisch. »Nein, eher eine tote Frau. Sehen Sie doch mal genau hin, sie trägt ein Kleid. Es muss eine Frau sein!« Endlich schien die Verbindung mit der Polizei zu stehen. »Hier ist jemand ertrunken. Wo? Na, im Wasser. Wo genau? Ich würde sagen, so ziemlich in der Mitte. Namen? Weiß ich nicht, ich kann doch nicht erkennen, wer es ist . . .«

»Man will Ihren Namen wissen! Und wo wir hier sind«, soufflierte ich.

Der Mann sah mich mit großen Augen an, nickte dann. »Erwin. Ich heiße Frank Erwin. E-R-W-I-N, das ist mein Nachname, ja, wie der Vorname. Eigentlich wollte ich mit Raphael zum Hundeübungsplatz, aber dann sah ich die Leiche mitten im See. Hier in der Kiesgrube. Eine tote Frau. Und ich habe auch gehört, dass in Kempen eine Frau vermisst wird. Die Nachbarin von meinem ehemaligen Lehrer. Jawohl. Ja, wir bleiben genau hier stehen.« Er nahm das Handy vom Ohr. »Sie sind unterwegs. Wir sollen hier warten.«

»Aber ich doch nicht. Ich bin dann mal weg . . .«

»Das geht nicht. Bleiben Sie hier! Sie sind eine wichtige Zeugin.«

Ich konnte nur bezeugen, dass etwas im Wasser schwamm und dass Herr Erwin zur Panik neigte.

Es dauerte tatsächlich nicht lange, bis die Polizei auftauchte. Und die Feuerwehr, ein Notarzt- und ein Rettungswagen und schließlich ein Reporter von Radio ‚Welle Niederrhein'. Das waren ja nun genug Menschen, die sich um den Müllsack oder was auch immer dort schwamm, kümmern konnten.

Als ich gerade beschlossen hatte, weiter zu joggen, kam ein Streifenpolizist auf mich zu. »Ihren Namen bitte!«

Ich nannte ihm auch meine Adresse und Telefonnummer.

»Und was haben Sie gesehen?«

»Ich wollte nur um den See joggen. Ich habe gesehen, dass etwas im Wasser schwimmt, aber ich glaube nicht, dass das ein Mensch ist.«

»Ihr Kollege«, er zeigte auf Frank Erwin, »glaubt, dass hier in der Kiesgrube jemand ertrunken ist. Hier kommen unerlaubterweise öfter junge Leute zum Schwimmen hin. Allerdings ist bisher nie etwas passiert.«

Der Journalist der ‚Welle Niederrhein' kam zu uns herüber und wollte ebenfalls wissen, ob ich etwas beobachtet hätte. Ich konnte ihm nicht mehr sagen als dem Polizisten.

»Aber schauen Sie doch mal. Was da schwimmt, ist steif wie ein Brett oder eine Puppe«, ereiferte sich der Reporter. »Das könnte eine Schaufensterpuppe sein. War da nicht mal so ein Fall in Krefeld? Letztes Jahr?«

»Wir werden sicher schnell klären, was dort schwimmt.« Der Polizist nickte uns zu und entfernte sich.

Inzwischen diskutierten mehrere Feuerwehrmänner darüber, wie vorzugehen sei. Anscheinend konnte man sich nicht einigen, ob Taucher zum Einsatz kommen sollten oder ein Boot ausreichen würde.

Immer mehr Leute versammelten sich an der Kiesgrube. Merkwürdig, wo die alle herkamen. Üblicherweise ging man doch samstags gemeinsam einkaufen oder in die Stadt. Plötzlich schien sich die Kiesgrube in ein Ausflugsziel zu verwandeln. Vor meinem geistigen Auge sah ich schon einen Eiswagen und Bratwurst-Paule mit seinem fahrbaren Würstchenstand.

»Was machst du denn hier, Claudia?«, hörte ich eine tiefe, mir bekannte Stimme. Es war Eckehart Geyer, der Mann von Burgi und Kattas ehemaliger Nachbar.

»Hallo Ecke, ich wollte eigentlich nur joggen. Und was machst du hier?«

»Ich kam hier eigentlich nur zufällig vorbei, als ich im Autoradio die Nachricht auf ,Welle Niederrhein' hörte. Da wollte ich mal nachsehen, ob das wirklich stimmt.«

»Ob was stimmt?« fragte ich irritiert.

»Na, dass hier eine Wasserleiche gefunden wurde. Das wäre mal eine echte Sensation für unser beschauliches Kempen.« Sensationslüstern schaute Eckehart sich um. »Hast du etwas gesehen?«

Ich schüttelte den Kopf. »Du bist ja ein richtiger Sensations-Geyer, das hätte ich dir gar nicht zugetraut.« Eckehart grinste, den Vorwurf in meiner Bemerkung überhörte er.

Ein paar Wortfetzen flogen zu uns herüber. Die Fachleute hatten sich noch nicht geeinigt, wie die Leiche oder was auch immer das war, am besten zu bergen sei. Es sah nicht so aus, als ob die Experten zügig zu einer Entscheidung kommen würden. Die Herren der Brandbekämpfung schienen sich im Wasser nicht in ihrem Element zu fühlen.

Eckehart trat auf die Gruppe der Spezialisten zu und nutzte den Augenblick der Überraschung für einen oberlehrerhaften Vortrag. »Taucher wären hier eine Fehlbesetzung, der Körper schwimmt schließlich oben. Was sollen Taucher da ausrichten? Was gebraucht wird, ist ein Boot und Stangen. Damit wird man noch am ehesten etwas ausrichten können. Haben Sie so etwas nicht dabei? Auf einem See braucht man ein Boot, das liegt doch nahe. Ein toter Mensch ist schwer, da die Muskelspannung nicht mehr vorhanden ist. Hat der Körper schon längere Zeit im Wasser gelegen, dann . . .«

Ecke war es gewohnt, fünfundvierzig Minuten ohne Pause zu reden. Er war fähig, zu jedem Thema aus dem Stegreif einen ausführlichen Vortrag zuhalten; ich hatte das oft genug miterlebt. Mehrfach war ich Zeugin, wie er bei diesen Gelegenheiten einfach mal ein paar Behauptungen als Tatsachen in den Raum stellte, auf die sich seine weitschweifenden Ausführungen stützten. Das tat er so bestimmt und selbstsicher, dass selten jemand wagte, ihm zu widersprechen. Auch jetzt löste sich die Ansammlung der Feuerwehrmänner und Experten auf, als wollten sie seiner Empfehlung folgen. Zufrieden kehrte Eckehart zu mir zurück. Dabei musterte er die Menge der Anwesenden. Einige kannte er wohl, denn er grüßte staatsmännisch in verschiedene Richtungen.

»Ach, gucke mal da, der Frank Erwin, der ist aber auch alt geworden.«

»Den kennst du auch?«

»Sicher. Der war mal ein Schüler von mir, das muss aber schon ein paar Jährchen her sein. Hallo Frank!« Eckehart hob die Hand zum Gruß.

Sofort fühlte Herr Erwin sich berufen, sich zu uns zu gesellen. »Herr Geyer, wie schön, Sie zu sehen. Ich habe die Leiche zuerst entdeckt.«

Setzen Frank, fünf, das ist gar keine Leiche, kommentierte ich in Gedanken, zog es aber vor, Herrn Erwin nicht weiter zu beachten.

»Das ist doch ein Ding, nicht wahr? Da finden Raphael und ich tatsächlich eine Leiche. Ich bin ganz aufgewühlt, das ist das erste Mal für mich.«

»Ja, ja, meine Frau war auch ganz aufgeregt«, Ecke nickte gönnerhaft.

»Burgi?«, mischte ich mich ein. »Wieso das denn?«

»Na schließlich ist Frau Nephken, unsere Nachbarin seit einiger Zeit verschwunden, und da liegt es nahe, dass sie die Wasserleiche ist.« Eckehart sah mich an, als sei ich eine minderbemittelte Schülerin.

Nadine Nephken, Kattas Mieterin sollte die Leiche sein, die keine war?

»Die Nadine habe ich auch schon einige Zeit nicht mehr gesehen«, kommentierte Frank Erwin und schaute mit entsetztem Blick zum See. »Wenn das die Nadine ist und ich habe sie entdeckt, das wäre ja schrecklich.«

Seine Stimme klang panisch. Die Logik seiner Worte erschloss sich mir nicht.

»Ja, das hab ich auch gesagt!« Eckes Stimme klang grabesgleich. Ich fürchtete, dass Eckehart im Geiste schon einen Nachruf auf seine Nachbarin formulierte.

»Aber bitte«, warf ich ein, »es ist doch noch gar nicht klar, dass es sich um eine Leiche handelt.«

Mein Blick sollte kühle Überlegenheit spiegeln. Eckehart schien das falsch zu verstehen.

»Das ist typisch weiblich, ein Problem erst einmal zu negieren. Aber Claudia, du hast doch diesen horrend teuren Kurs zur Privatdetektivin gemacht, da müssen wir doch mal die Wahrscheinlichkeiten ausrechnen . . .«

Für einen Mathematikexkurs über Wahrscheinlichkeitsrechnung hatte ich jetzt keine Geduld mehr.

»Ecke, also wirklich«, entfuhr es mir, »du hast du doch vorhin den Fachleuten von der Feuerwehr selbst erklärt, dass ein Toter keine Muskelspannung mehr hat. Eine Leiche würde ganz anders schwimmen als das da!«

Die beiden Männer sahen mich entgeistert an.

»Sieh mal genau hin, dort schwimmt ein steifes Element. Da hängen keine Gliedmaßen dran, da bewegt sich nichts. Das Ding scheint auch leichter zu sein als ein toter menschlicher Körper. Ich halte es für ein längeres Stück Holz zum Beispiel.«

Inzwischen hatte die Feuerwehr ein Boot zu Wasser gelassen, das langsam zur Mitte der Kiesgrube gerudert wurde. Die Menge der Schaulustigen bewegte sich näher zum Ufer. Über unseren Köpfen kreiste ein Rettungshubschrauber. Das würde ja ein teurer Spaß werden, und das alles nur, weil Herr Erwin eine blühende Fantasie hatte und einige sensationslüsterne Mitmenschen hofften, eine echte Leiche zu sehen.

Schließlich wurde, keine vierzig Meter von uns entfernt, die vermeintliche Leiche aus dem Wasser gezogen. Die Menge schien die Luft anzuhalten. Erwin trat nervös von einem Bein auf das andere, sein Hund zog an der Leine. Eckehart atmete hörbar aus. Er war blass geworden. Ich sah ihn an, aber er wich meinem Blick aus.

Ein Polizeibeamter in meiner Nähe, der mit einigen Kollegen versuchte, die Schaulustigen zurückzuhalten, zog sein Walkie-Talkie hervor. »Und, Günther? Wer ist es?«

Ich war kurz davor herauszuplatzen. Es war kein Wer, sondern ein Was. Die erhoffte Leiche war eine Vogelscheuche. Vielleicht hatten Jugendliche sie von einem der umliegenden Felder geklaut und in der Kiesgrube versenkt.

Ich lächelte zu Eckehart und seinem Musterschüler hinüber: »Viel Lärm um nichts.«

Nachdenklich trabte ich zu meinem Wagen zurück. Es blieb die Frage offen, wo Nadine Nephken geblieben war.

Auf dem Parkplatz stellte ich fest, dass man meinen Polo dreist zugeparkt hatte. So war es schweißtreibender, ohne Servolenkung aus der Parklücke herauszukommen, als eine Runde um den See zu joggen. Jedenfalls freute ich mich jetzt erst einmal auf eine Dusche zu Hause.

Gäste und andere Hochstapler

Katta

Montagmorgen regnete es, das erste Mal seit mindestens zwei Wochen. Lisa hatte verschlafen und musste sich beeilen, um pünktlich zur Schule zu kommen. Ich ärgerte mich über die Hektik, die sie verbreitete und ihre Klamotten, die überall herumlagen. Irgendwie lief an diesem Morgen nichts wirklich rund. So kam ich viel später als üblich bei meinem Bistro an. In meinem Wagen befand sich noch benutztes Geschirr, das ich am Vortag abgeholt hatte.

Am Samstag hatte ich ein kleineres Buffet für einen Hochzeitsempfang am Hülser Berg ausgeliefert. Lauter appetitliche Kleinigkeiten und Häppchen, die man gut im Stehen genießen konnte.

Die Nachbarin, die mich auch am Tag der Hochzeit ins Haus gelassen hatte, damit ich die Leckereien im Speisezimmer aufbauen konnten, ließ mich auch am nächsten Tag wieder herein. Sie erzählte begeistert von der gelungenen Feier, während sie mir half, das Geschirr in Container in den geliehenen Lieferwagen zu packen. Das Brautpaar sei direkt nach der Feier, also gegen Mitternacht, zur Hochzeitsreise aufgebrochen. Man gönnte sich eine achttägige Kreuzfahrt.

Wir lästerten ein wenig über diese Art, Urlaub zu machen, bis ich erfuhr, dass das Brautpaar schon Mitte sechzig war. Schließlich stellten wir fest, dass wir gemeinsame Bekannte hatten, und auf diese Art verplauderten wir uns gründlich. So hatte ich das Geschirr im Kofferraum des Lieferwagens gelassen und beschlossen, es erst Montag mit zum Bistro zu nehmen.

Als ich das Geschirr in der Küche ablud, ärgerte ich mich, dass Annette noch nicht da war. Ausgerechnet heute musste sie sich verspäten. Ich räumte die Spülmaschine ein und stellte sie an. Dann begann ich erste Vorbereitungen zu treffen und schließlich fing ich schon mal an zu kochen. Heute standen zusätzlich ein Nudelauflauf, eine Gemüsesuppe und baskisches Zwiebelfleisch auf der Speisenkarte.

Draußen regnete es immer noch, was mich im Moment nicht betrübte, so brauchte ich die Terrasse nicht einzudecken. Kurz nach elf Uhr erschienen Claudia und Jan.

»Hättest du den Anrufbeantworter abgehört, wüsstest du, dass Annette heute etwas später kommen will«, erklärte Claudia.

»Selbst für solche Kleinigkeiten schaltet unsere Freundin inzwischen eine Privatdetektivin ein«, alberte Jan und knuffte Claudia in die Seite.

Jan sah heute mal wieder unverschämt gut aus, und das wusste er natürlich. Seine Haare hatte er nach hinten gekämmt, die grauen Fäden darin ließen ihn distinguiert wirken. Dann die hohe Stirn und die gerade geschnittene Nase, die vielleicht einen Hauch zu lang war, aber das gab ihm einen aristokratischen Touch, fand ich. Mit seiner Größe und dem stets leicht gebräunten Teint musste ihn jeder sofort für ein Model halten.

Außerdem stehe ich auf braune Augen und dunkle Haare. Wenn doch so ein Model-Mann mal meinen Weg kreuzen würde, dachte ich und seufzte. Und wenn er dann auch noch ein bisschen Geld hätte, ungebunden wäre, charmant, ehrlich, treu und nicht schwul . . .

Ich zeigte mir selbst einen Vogel.

Jan begab sich in sein Refugium hinter der Theke. Er befüllte den Kaffeeautomaten und deutete vergnügt an, dass er endlich eine erste Idee für einen neuen Roman hätte.

»Das scheint ja heute mein Glückstag zu werden«, jammerte ich, »meine Köchin meldet sich auf unbestimmte Zeit ab und mein Mundschenk bereitet mich schonend auf seine Kündigung vor. Was ist mit dir, Claudia? Fehlt nur noch, dass du im Lotto gewinnst und eine mehrwöchige Kreuzfahrt antrittst oder etwas in der Preisklasse.«

»Katta, wenn ich etwas zu viel Geld hätte, würde ich die Parzelle nebenan pachten und ein richtig originelles Bistro aufmachen mit Korbstühlen und Holztischen, vielen Bildern, einem unverwechselbaren Ambiente eben.« Claudia machte eine allumfassende Geste, zeigte auf den Kronleuchter, der über uns schwebte und verharrte in dieser Position, wie ein Model in der Werbung. »Und dann würde ich den schönsten Mann hinter die Theke stellen, den man rechts vom linken Niederrhein finden kann.« Sie deutete mit beiden Händen in Jans Richtung und blieb stehen wie ein Pantomime. »Und dazu würde ich eine vorzügliche Köchin einstellen, die immer fröhlich sein müsste und die noch glaubt, sie könne die Welt verbessern, aber ein paar kleinere Spleens dürfte sie schon haben.« Claudia bewegte sich, wie die ‚Living Dolls', die man schon mal in Fußgängerzonen sah und zeigte mit beiden Handflächen auf mich.

»Du dummes Huhn«, lachte ich, »pass auf, was du sagst, sonst kommst du in die Suppe!«

Der Regen war stärker geworden und nur wenige Gäste fanden heute den Weg in mein Lokal. So war es nicht weiter dramatisch, dass Annette nicht zur Arbeit erschienen war. Ich rief bei ihr zu Hause an, um mich zu erkundigen, wie es ihr ging, aber merkwürdigerweise nahm niemand ab.

Nicht mal meine Stammkunden Dieter Krichel und sein Rentnerkollege Carl erschienen heute. Erst nach vierzehn Uhr, viel später als gewöhnlich, tauchte Anton auf, in der üblichen eleganten schwarzen Kleidung. Nachdem er alleine gegessen hatte, brachte ich ihm ein Glas Wein an den Tisch.

»Hier ist es ja richtig ruhig heute im Vergleich zu den letzten Wochen.« Mein Stammgast ließ die Tageszeitung sinken und fuhr sich mit der Hand über die sorgfältig geschnittenen weißen Haare. Er sah mich mit seinen dunkelbraunen Augen über den Brillenrand hinweg an. »Ich hatte gehofft, jemand Bekanntes zu treffen, um nicht alleine hier zu sitzen.« Er zuckte mit den Schultern und grinste. »Alles wasser- und lichtscheues Gesindel.«

Ich zog die lange Kellnerschürze aus, die ich über meinen Jeans trug, und ließ mich an seinem Tisch nieder. »Ich leiste Ihnen doch gerne Gesellschaft.«

»Anton, ich heiße Anton. Da ich dein Lokal als mein Esszimmer betrachte, können wir uns ruhig duzen.« Anton legte die Zeitung zusammen, schob sie auf die freie

Tischhälfte und lehnte sich erwartungsvoll in seinem Korbsessel zurück.

»Katharina, ich bin Katta. Wo sind denn die Kollegen heute?«

Ich machte Jan, der gedankenverloren hinter der Theke Gläser und Tassen polierte, ein Handzeichen, uns zwei weitere Kaffee zu bringen.

»Ach, du meinst Carl und Dieter.« Anton nahm seine Lesebrille ab. »Dieter ist auf Hochzeitsreise.«

»Goldene Hochzeit?«, rutschte es mir heraus, und Anton lachte auf. »Nein, Dieter ist doch gerade erst Mitte sechzig und hat letzten Samstag noch einmal geheiratet.«

»Oh!« Mehr fiel mir dazu nicht ein.

»Was macht denn Dieter so beruflich?« Jan stellte uns zwei Kaffeetassen auf den Tisch und blieb interessiert bei uns stehen. Anton blickte zu Jan, dann zu mir, schließlich zog er seine Kaffeetasse heran.

»Also, Dieter arbeitet ja nicht mehr als Architekt. Als seine Firma seinerzeit den Bach runter ging, ist ihm seine Frau auch abhandengekommen.«

»Scheidung«, stellte Jan fest.

»Teuer«, nickte Anton.

Jan stieß die Luft aus und deutete auf mich: »Witwe.«

»Vermögend?« Der Rentner beugte sich neugierig über den Tisch zu mir hinüber.

»Verarmt«, lächelte ich, versuchte eine Augenbraue hochzuziehen und meinem Lächeln etwas Blasiertes zu geben.

»Schade«, meinte Anton, ließ sich wieder zurückfallen und zwinkerte mir zu. »Ich interessiere mich nur für reiche Witwen. Schließlich muss ich an meine Altersversorgung denken. Langsam gehe ich auf die Siebzig zu.«

Eine Gruppe Schüler betrat wie üblich um diese Zeit das Lokal, und Jan begab sich wieder hinter den Tresen.

»Dieter interessiert sich auch für reiche Witwen?«, nahm ich vergnügt den Faden wieder auf. Mir machte die Unterhaltung Spaß.

»Nein, Dieter ist in einer anderen Branche«, antwortete Anton ernster, als ich erwartet hatte. Er rührte in seiner Tasse herum und sah mich nachdenklich an. Dann nippte er an seinem Kaffee. Am Nebentisch rumorten die Schüler, die sich einen weiteren Tisch an den ihren schoben. Inzwischen war die Gruppe auf acht Jugendliche angewachsen.

»Sondern?«, fragte ich neugierig.

Anton stellte die Tasse ab und rieb sich mit der rechten Hand über den Schnauzbart. »Dieter ist, hm, er arbeitet als . . .«

Mein Gegenüber ließ seine Blicke suchend durch den Raum schweifen, als erwarte er eine Intuition. Jan brachte zwei aufeinandergestapelte Stühle und half, weitere Stühle um die Tische anzuordnen.

»Hochstapler«, murmelte Anton.

»Wie? Bei Staples oder Metro oder wie?« Ich verstand nicht gleich und verschluckte mich, als ich den Kaffee zu schnell hinunterkippte.

»Nicht Gabelstapler. Hochstapler! Das kennst du bestimmt aus dem Kino.«

»Aha.« Ich war verblüfft. »So richtig Hochstapler? Felix-Krull-mäßig?« Ich erinnerte mich dunkel an einen Schwarz-Weiss-Film mit Horst Buchholz.

Carl trank seinen Kaffee aus und stellte die Tasse bedächtig auf dem Unterteller ab.

Ich kam ins Grübeln. »Oder eher wie ein talentierter Mr. Ripley, so richtig kriminell?«

»Dieses Thema wird mir jetzt zu brisant.« Er sah an mir vorbei und winkte Jan. »Bitte einen Veterano für mich.«

Anton legte den Kopf schräg und sah mich mit zusammengekniffenen Augen an, als müsse er scharf nachdenken, was und wie viel er mir erzählen dürfe.

Plötzlich schoss mir durch den Kopf, dass ich auch nicht wusste, welcher Beschäftigung Anton selbst nachging oder nachgegangen war. Aber jetzt war nicht die richtige Gelegenheit, danach zu fragen. Überhaupt hielt ich mich bei Unterhaltungen mit Gästen üblicherweise zurück und stellte keine neugierigen Fragen. Ich ging davon aus, dass sie mir von selbst erzählen würden, was ich wissen sollte.

»Es ist so, Katta – Dieter kürzt zum Beispiel seinen Vornamen mit groß D, klein R, Punkt ab. Die Leute nennen ihn deshalb bereitwillig Doktor Krichel. Es ist ja nicht seine Schuld, wenn die glauben, er habe promoviert. Ist er verpflichtet, das Missverständnis aufzuklären?« Anton zuckte mit den Schultern und hob beide Hände in die Höhe. »Na also. Jeder glaubt doch, was er gerne glauben möchte. Und so fängt das an. Aber Katta, von mir hast du's nicht.«

Ich nickte und räumte nachdenklich die leere Tasse ab.

»Nun guck doch nicht so enttäuscht, Katta, der ist viel zu alt für dich,« flachste Jan, als ich zu ihm hinter die Theke kam. Der Kaffeeautomat zischte wie zur Bestätigung.

Plötzlich betrat Annette das Bistro. Sie grüßte Jan und mich flüchtig und verschwand ohne Erklärung in der Küche.

Ich folgte ihr. »Ist alles in Ordnung? Bist du krank?«

»Tut mit leid, privater Ärger«, murmelte Annette, band ihre Schürze zu und sah sich um, was zu tun sei. Claudia und ich blickten sie ratlos an.

»Tut mir einen Gefallen, fragt nicht. Wenn es eure Neugier befriedigt: Ärger mit meinem Ex.«

Claudia verdreht die Augen und begann, die Spülmaschine einzuräumen. Ich begab mich zurück in den Gastraum.

Inzwischen waren zwei weitere Tische belegt, und Claudia hatte einen Apfel- und einen Käsekuchen auf der Theke platziert. Unser Käsekuchen war äußerst beliebt. Außerdem gab es heute frische Waffeln mit Erdbeeren und Sahne.

Als es am Tisch der Schüler etwas lauter wurde, bemerkte ich, dass sich Gäste darüber mokierten. Da ich auch die

Schüler zu meinen Stammkunden zählte, begab ich mich mit einem Teller voller Waffeln an ihren Tisch, um ihnen im wahrsten Sinne des Wortes die Mäuler zu stopfen.

»So, Leute, das geht aufs Haus«, sagte ich fröhlich. »Hier kommt eine Runde Mitleid sozusagen, denn ich bin dankbar, dass ich meine Schulzeit schon lange hinter mir habe.«

Zwei blonde Mädchen mit Pferdeschwanz warfen mir neidvolle Blicke zu und bedankten sich mit dünnen Stimmchen. Auch einige der anderen vermutlich siebzehn- oder achtzehnjährigen murmelten Nettigkeiten. Genau zwölf Jugendliche quetschen sich an drei Tische.

Ein größerer dunkelhaariger Knabe sprang sogar auf, um mir seinen Stuhl anzubieten. »Das ist voll nett von Ihnen, wir haben hier eine Krisensitzung mit unserem Lateinkurs.« Er trug ein dunkelblaues T-Shirt mit dem Aufdruck ‚Lehrer sind Helden'.

»In welche Klasse geht ihr denn?«, fragte ich, um Interesse zu zeigen und setzte mich dazu. Ich erfuhr, dass sie alle zur selben Schule gingen wie meine Tochter, und dass sie unter derselben Lateinlehrerin litten. Die Schüler, die aus unterschiedlichen Klassen kamen, berichteten unglaubliche Dinge über ihren Lateinunterricht. Das erinnerte mich an Mobbing, wobei es mir ungewöhnlich schien, dass eine Lehrerin einen ganzen Kurs mobbt.

Sie ließen richtig Luft ab, und ich hörte gespannt zu. So hätte Frau Piepenbroeck, die mir schon aus Lisas Erzählungen bekannt war, angekündigt, zwölf von fünfzehn Schülern eine Fünf zu geben, wenn sich ihr Lernverhalten nicht bessern würde. Die Schüler wären bereit gewesen, zu lernen, hätten die Lehrerin um Anleitung und Übungsaufgaben gebeten. Ihre lapidare Antwort lautete, alles was im Buch stünde, würde abgefragt. Nach einem extra einberufenen Elternabend hätte die Lehrerin zugesagt, den Lernwilligen Übungsaufgaben per Mail zu schicken. Diese Mails wären bei den Schülern allerdings nicht angekommen. Das hätten sie beweisen können, aber niemand wollte das wissen. Danach sei es zu weiterem Ärger und unerfreulichen Verbalangriffen der Lehrerin gekommen. Die folgende Klassenarbeit sei ein Desaster gewesen. Es sei Stoff verlangt worden, der nie im Unterricht behandelt worden war. Die Atmosphäre in den Lateinstunden sei kaum noch zu ertragen. Frau Piepenbroeck würde Schüler mit Schimpfnamen betiteln, auf Fragen nicht eingehen und von den beiden besseren Schülern verlangen, dem restlichen Kurs Unterrichtsstoff zu erklären. Mehrfache Versuche, mit ihrer Lehrerin über die verfahrene Situation zu reden, sei mit der Floskel ‚Das diskutiere ich nicht mit euch', abgeschmettert worden.

Je mehr mir die Schüler erzählten, um so dankbarer war ich, dass mein Vater nie darauf bestanden hatte, dass ich Latein lernen musste. Ich hatte Französisch gewählt, weil ich es für einfacher hielt und sicher war, weder Ärztin noch Apothekerin werden zu wollen. Zwar dachte ich nicht wirklich gerne an meine Schulzeit zurück, aber an Lehrer, die ihren Frust derart offensichtlich an ihren Schülern ausließen, konnte ich mich nicht erinnern. Ein starkes Mitgefühl für diese Jugendlichen regte sich in mir. Aber wie könnte ich helfen?

Für die Mehrheit der Schüler würde die Lateinnote den Ausschlag für die weitere Schullaufbahn geben. Auch besseren Schülern würde eine Fünf in Latein das Genick brechen, erklärte eines der Pferdeschwanzmädchen. Eine Fünf in einem WP-Fach ohne Ausgleich bedeute, keine FORQ. Die Bedeutung dieser Worte erschloss sich mir nicht, aber ich spürte, dass dies fatale Folgen für meine jungen Stammkunden haben könnte. Die Kinder taten mir aufrichtig leid.

Ich musste unwillkürlich an Lisa denken, der Ähnliches auch bevorstehen könnte. Als ich vorschlug, einen Vertrauens- oder Beratungslehrer zu Rate zu ziehen, erfuhr ich, das sei schon geschehen, allerdings ergebnislos. Einer ratsuchenden Mutter war gesagt worden, es gäbe eben auch schlechte Lehrer. Jede Klasse müsse die mal eine Zeit lang ertragen, da Lehrkörpern nicht gekündigt werden könne und man sie schließlich bis zur Pensionierung beschäftigen müsse.

Ich war einigermaßen entsetzt. Lisa war bisher eine vergleichsweise gute Schülerin gewesen und immer prima mitgekommen, soweit ich das beurteilen konnte. Jetzt bekam ich Gewissensbisse, sie ausgerechnet an dieser Schule angemeldet zu haben.

An den meisten Gymnasien war das Durchschnittsalter des Lehrerkollegiums ausgesprochen hoch und die Motivation der Lehrer entsprechend abgenutzt. Das war an Lisas früheren Schule nicht wesentlich anders gewesen.

Burgi erzählte mal von ihrem vergreisten Kollegium und war stolz, mit ihren zweiundvierzig Jahren das Durchschnittsalter beträchtlich zu senken. Ich musste gestehen, in der heutigen Zeit und zu den herrschenden Bedingungen beneidete ich keinen Lehrer. Gerade noch hatte ich in der Zeitung von überfüllten Klassenräumen mit nicht funktionierenden Heizungen und anderen baulichen Mängeln gelesen, und dass sich Fenster nicht öffnen ließen, um das Risiko zu minimieren, dass sich Schüler hinausstürzen könnten.

Deshalb gehen so viele Lehrer in die Politik, hatte ich scherzhaft gedacht, sie möchten der schlechten Situation an ihrem Arbeitsplatz entfliehen. Einige haben sicher die Absicht, etwas zu verbessern, sobald sie ein bisschen Einfluss hätten. Aber wenn sie dann ein entsprechendes Pöstchen ergattert haben, greift das Sprichwort ‚Aus den Augen, aus dem Sinn'.

Gerade noch war im Lokalfunk Krefelds Oberbürgermeister zitiert worden, der gesagt hatte: »Eigentlich bin ich Lehrer, aber meine Schüler haben sich sehr gefreut, als ich Oberbürgermeister wurde«.

In meiner Ratlosigkeit schlug ich den Schülern vor, man solle versuchen, die Lehrerin zu einem versöhnlichen Gespräch zu bewegen. Am besten auf neutralem Boden. Vielleicht in meinem Lokal. Dazu wollte ich den ganzen Kurs zusammen mit Frau Piepenbroeck zum Essen einladen. Vielleicht könnte man sich bei einem guten Essen näher kommen und sogar eine Basis für eine bessere Zusammenarbeit schaffen. »Nicht nur Liebe geht durch den Magen«, sagte ich, »sicherlich trifft das auch für gegenseitiges Verständnis und Entgegenkommen zu. Sich an einen Tisch zu setzen und gemeinsam eine Mahlzeit einzunehmen, hat auf jeden Fall etwas Verbindendes, etwas . . .« – ich suchte nach zuversichtlich klingenden Worten.

Ein schmaler Junge mit blond gefärbten Haarspitzen und einem angedeuteten Oberlippenbärtchen, der Totti genannt wurde, kam mir zu Hilfe. »Auch Politiker setzen sich bei Friedensgesprächen zu einem gemeinsamen Essen zusammen«, sagte er hoffnungsvoll.

Wir einigten uns auf den kommenden Samstag, denn dann war üblicherweise wenig los in ‚Kattas Küche'. Ich kam mir wie ein Friedensengel vor und lief knallrot an, als die Schüler sich überschwänglich für mein Angebot bedankten.

»Vielleicht könnten Sie für mich ein gutes Wort bei Frau Piepenbroeck einlegen. Ich heiße Jule und eigentlich bin ich ganz gut in Latein. In der ersten Arbeit hatte ich die einzige Zwei. Aber sie hat mir für die letzte Klassenarbeit eine Sechs gegeben, weil ich nicht mitgeschrieben habe.«

Zwei dunkel geschminkte Augen hinter einem schmalrandigen orangefarbenen Brillengestell blickten mich flehend an. »An dem Tag war die Beerdigung meines Opas. Meine Mutter hatte mir eine Entschuldigung geschrieben, aber die Piepenbroeck hat gesagt, das sei kein Grund zum Fehlen. Sie wolle sich darauf nicht einlassen, ansonsten würden bald reihenweise die Opas sterben.«

Ich schluckte und wusste nicht, was ich erwidern sollte. Am liebsten hätte ich dem Mädchen über das pechschwarze Haar gestreichelt.

»Muss unsere Katta wieder ein bisschen zur Weltverbesserung beitragen?« Jan stand am Tisch von Anton und kniff mir ein Auge.

»Häppäppä«, antworte ich schnippisch, weil ich mich durchschaut fühlte. Das Gespräch mit den Schülern hatte mich richtig aufgewühlt, solche Ungerechtigkeiten konnte ich nur schwer schlucken. Alle meine Probleme schienen dagegen in den Hintergrund zu rücken.

Ich litt mit diesen Jugendlichen, weil sie so abhängig vom Wohl und Wehe ihrer Lehrer waren. Und diese Lehrer waren schließlich auch nur Menschen mit Schwächen und Fehlern und eigenen Problemen. Möglicherweise fehlte auch Frau Piepenbroeck nur jemand, der sich einmal ihre Probleme anhörte, Verständnis für sie zeigte und nett zu ihr war. Vielleicht könnte sie dann etwas von diesem Verständnis an ihre Schüler weiter geben.

Mir kam ein Sprichwort in den Sinn, das Tante Margarethe so gerne benutzte: ‚Nur wer sich selbst liebt, kann andere lieben'.

Nachdenklich saß ich nach Feierabend mit Claudia und Jan an Tisch neun. Horst war vorbei gekommen und wir vier gönnten uns Käsekuchen und Absacker.

»Es ist einfach zu schwierig, als Mutter alles richtig zu machen«, sinnierte ich. »Als die Schüler sich heute Nachmittag beklagten, dass ihre Lehrer häufig nur die Noten verkünden, Klassenarbeiten aber gar nicht zurückgäben, fiel mir ein, dass Lisa das auch schon mal behauptet hatte. Ich habe ihr das nicht geglaubt, weil das nach meinem Verständnis Unsinn ist. Wie kann man aus Fehlern lernen, wenn man nicht erfährt, was man falsch gemacht hat? Ich habe von den Schülern heute so unsägliche Dinge gehört, einiges wollte ich auch kaum glauben. Also, ich kann mich nicht erinnern, dass wir irgendeine Klassenarbeit mal nicht zurückbekommen hätten. Du, Claudia?«

»Ach, Katta, da siehst du mal, wie alt wir sind«, grinste

meine beste Freundin. »Jetzt fängst du schon an mit ‚früher war alles besser'.«

»Ganz im Ernst«, warf Jan ein, »wenn ich solche Sachen höre, bin ich froh, keine Kinder zu haben. Die ganze Schulzeit noch einmal zu durchleben, muss die Hölle sein. Das Schlimmste ist doch, dass du tatenlos danebenstehst und außer gute Ratschläge zu erteilen nichts tun kannst.«

»Da kann ich nicht mitreden, meine Schulzeit war gar nicht so übel. Ich habe selten bis nie Hausaufgaben gemacht. Bei Klassenarbeiten hab ich meist erfolgreich gepfuscht oder bei Klassenkameraden abgeschrieben. Wenn ich mal eine Arbeit verhauen habe, konnte ich das meistens im Mündlichen wieder wettmachen.« Horst ließ sich zufrieden auf dem Sofa zurückfallen. »Manchen Lehrer habe ich in Grund und Boden geredet. Die waren sicher froh, wenn ich mich setzte und den Mund hielt.«

Horst lachte, ihn schienen die Erinnerungen an seine Schulzeit ausgesprochen zu erheitern. »Ich war auch bei meinen Klassenkameraden beliebt. In der Zeit, in der ich redete, kam schon kein anderer dran. Außerdem drängte ich mich gerne vor, wenn Referate verteilt wurden. Oft genug habe ich nur mit einem Blatt voller Stichpunkte vor der Klasse gestanden und meine Plädoyers gehalten. Wenn ich fertig war, war die Stunde vorbei.«

Jan war aufgestanden, und kam mit vier Gläsern Prosecco zurück. »Kommt Leute, trinken wir auf bessere Zeiten.«

»Auf die Zukunft«, toastete Horst und sah Jan tief in die Augen.

»Auf den Weltfrieden«, sagten Claudia und ich wie aus einem Munde.

Hausmeister und Kellergeister

Claudia

Nachdem es am Montag mal ordentlich geregnet hatte und ein um paar Grad abgekühlt war, herrschte Dienstag wieder schönster Sonnenschein. Der kräftige Regenguss hatte dafür gesorgt, dass die Frühlingsblumen in den Gärten einen ordentlichen Schuss getan hatten. Die Glyzinie an unserem Haus trug unzählige blassblaue Blütenrispen.

Das helle Sonnenlicht, das durch die Vorhänge des Schlafzimmers fiel, hatte mich früh geweckt. Ich war aufgestanden und hatte den Frühstückstisch besonders schön gedeckt. Im Vorgarten schnitt ich einige Fliederzweige ab und stellte sie in eine Vase. Als ich Michael in der oberen Etage im Badezimmer hörte, bereitete ich Rühreier mit Kräutern und Speck vor.

Liebe geht durch den Magen, hatte Katta mir in letzter Zeit mantramäßig vorgebetet und mir ihr Rezept für Lammkoteletts mit Backofenkartoffeln verraten. Im Bistro hatten wir das zusammen gekocht, und als Michael am Sonntagabend von seiner Geschäftsreise zurückkam, hatte ich es zu Hause nachgekocht. Michael öffnete für uns eine Flasche Rotwein, während ich zwei Salatteller zurechtmachte. Wir hantierten und redeten zusammen in der Küche wie in alten Zeiten. So sprach mein Mann zum ersten Mal mit mir darüber, dass es seiner Firma gar nicht gut ginge und er ernsthafte Befürchtungen hatte, seinen Job zu verlieren.

Merkwürdigerweise war ich erleichtert. Ich war mir sicher, dass wir auch dieses Problem meistern würden, solange wir zusammenhielten. Dass wir wahrscheinlich auch nicht mehr lange mit meinem sicheren Einkommen in der Firma meines Onkels rechnen konnten, schien mir an dem Abend einfach nicht wichtig. Wir hatten uns wieder angenähert und irgendwie würde es schon weitergehen.

Dieser positiven Einstellung folgend, durchsuchte ich Montag und Dienstag die Tageszeitungen nach Stellenanzeigen. Ich gab prophylaktisch eine Anzeige unter der Rubrik ‚Stellengesuche' auf und noch einmal eine, in der ich mich als Sammlerin von alten Uhren ausgab. Schließlich wollte ich im Fall Inderfurth auch weiterkommen.

Dienstagmorgen fuhr ich früher als üblich ins Bistro und traf zusammen mit Katta die Vorbereitungen für das Mittagsgeschäft.

Das Kochen machte mir inzwischen immer mehr Spaß. Ich übernahm diesmal die Salatteller. Katta hatte ein raffiniertes Rezept für eine fruchtige Salsa dazu. Also würfelte ich Melone und schnitt Chilischoten klein. Dann vermengte ich das mit klein geschnittenen roten Zwiebeln, salzte, fügte Orangenpfeffer, eine Prise Zucker, einen Spritzer Zitronensaft und etwas Haselnussöl hinzu. Im Kühlschrank konnte die Salsa nun gut durchziehen.

Sobald jemand Salat bestellte, würde ich die gewaschenen und kleingezupften Salatblätter auf dem Teller anrichten, zwei großzügige Löffel Salsa dazugeben, ein wenig Ziegenfrischkäse, nochmal würzen und fertig. Zufrieden schnibbelte ich vor mich hin.

Später nahm ich mir die Käuferliste der Bilder von Leo Lindges vor. Bei einigen seiner Kunden hatte ich schon angerufen. Dabei hatte ich vorgegeben, eine Befragung vorzunehmen über die Zuverlässigkeit und Kundenzufriedenheit des Kurierdienstes, mit dem die Bilder verschickt worden waren. Bei allen Käufern, mit denen ich bisher gesprochen hatte, waren die Sendungen ohne Beanstandungen und innerhalb der garantierten dreitägigen Zustellungsfrist angekommen. Einen gewissen Wolfgang Kenner aus Düsseldorf hatte ich allerdings mehrfach ohne Erfolg versucht, telefonisch zu erreichen.

Schließlich blieb er als letzter auf meiner Liste übrig. So entschloss ich mich, nach Düsseldorf zu fahren und ihn persönlich aufzusuchen. Wenn es beim Versand der Kunstwerke zu einer Verwechslung gekommen war, dann war die Wahrscheinlichkeit, dass bei ihm die verschwundenen Bilder angekommen waren, am größten.

Ich fand die Adresse im Düsseldorfer Stadtteil Volmerswerth überraschend schnell. Sogar an Parkplätzen herrschte in dieser bevorzugten Wohngegend kein Mangel. Alte gut gepflegte Backsteinhäuser mit Erkern, Veranda und Sprossenfenstern lagen umgeben von schlichten modernen Mehrfamilienhäusern ohne architektonische Experimente. Ich parkte meinen Polo in der Nähe einer größeren Parkanlage. Das Haus von Herrn Kenner lag in der zweiten Reihe und war ein modernes Mehrfamilienhaus, das vermutlich in vier Eigentumswohnungen aufgeteilt war. Im Erdgeschoss hatte ein Zahnarzt seine Praxis. Ich betätigte den Klingelknopf neben dem Namensschild von Wolfgang Kenner und Renate Emmerich-Kenner. Eine brüchige weibliche Stimme, begleitet von starkem Rauschen, fragte durch die Gegensprechanlage nach meinem Begehr.

»Guten Tag. Mein Name ist Claudia Neukirchen. Es geht um Bilder des Künstlers Leo Lindges.«

»Von der Kirche? Welche Kirche?«, schrie die verzerrte Stimme.

»Ich bin Privatdetektivin und ich suche Bilder von Leo Lindges.«

»Lindgren? Der wohnt hier nicht?«

Ich stöhnte leise. Das konnte ja heiter werden. Warum öffnete mir diese Person nicht einfach?

»Ich habe nur ein paar Fragen, es geht um Bilder des Fotokünstlers Leo Lindges«, erklärte ich geduldig.

»Bilder? Reden Sie von Kunst? Da kann ich Ihnen nicht weiter helfen, da müssen Sie meinen Sohn fragen«, krächzte es. Ich sinnierte, dass diese Apparaturen ‚Gegensprechanlagen' heißen, weil sie gegen das Sprechen sind und das Verstehen boykottieren.

»Darf ich dann bitte mit Ihrem Sohn sprechen?«

»Mit meinem Sohn sprechen?«

»Ja, bitte!«, seufzte ich.

»Der ist nicht da.« Es rauschte und knackte in der Sprechanlage. »Was ist denn mit diesen Bildern? Sind das Fälschungen?«

»Nein, die Bilder sind alle Originale«, stöhnte ich. »Würden Sie mir bitte mal die Tür öffnen, ich möchte hier nicht länger auf der Straße herumschreien.«

»Sagen Sie das doch gleich, dass Sie rein wollen, kleinen Moment.«

Etwas knatterte und wenig später summte der Türöffner. Erleichtert betrat ich das gepflegte schneeweiß gestrichene Treppenhaus und begab mich in die erste Etage. An der Kopfseite hing ein großformatiges Bild, das mehrere ineinander geschachtelte Fassaden zeigte. In der unteren Ecke war mit L.L. signiert. Ein echter Lindges, schmunzelte ich. Die Wohnungstür auf der rechten Seite wurde einen Spalt geöffnet.

»Sind Sie das?«

»Mein Name ist Claudia Neukirchen, ich komme aus Krefeld und bin einigen Bildern des Fotokünstlers Leo Lindges auf der Spur.«

»Ich kann Ihnen nicht weiter aufmachen, meine Schwiegertochter ist nur schnell einkaufen.« Die kleine ältere Frau musterte mich misstrauisch.

»Das ist sehr vernünftig, dass sie nicht jeden hereinlassen«, lobte ich. »Ich würde gerne mit Ihrem Sohn sprechen.«

»Mein Sohn ist in der Firma, der kommt erst heute Abend wieder. Möchten Sie so lange warten?«

»Nein, danke. Können Sie mir sagen, wo Ihr Sohn arbeitet?«

»Einen Moment.« Die alte Dame schloss die Tür. Ich bildete mir ein, raschelnde Geräusche zu hören. Im Erdgeschoss wurde eine Tür zugeschlagen, kurz darauf knallte die Haustür ins Schloss. Vermutlich ein unzufriedener

Patient des Zahnarztes. Ich vertiefte mich in das Bild mit den ineinander verschobenen Hausfassaden. Das Motiv kam mir vage bekannt vor, war aber per Computer verfremdet worden. Nach einigen Minuten überlegte ich, erneut zu klingeln; gut möglich, dass Frau Kenner senior mich vergessen hatte. Unvermittelt öffnete sich die Tür und das faltige Gesicht lachte mich verschmitzt an.

»Gucken Sie mal, das ist die Visitenkarte von meinem Sohn. Die hat seine Firma für ihn gemacht.«

»Meinen Sie, ich könnte Ihren Sohn dort aufsuchen?«

»Das ist eine gute Idee. Machen Sie das.«

Ich bedankte und verabschiedete mich, als Frau Kenner noch etwas einfiel. »Sie sind Privatdetektivin? Dann tun Sie mir doch einen Gefallen. Wenn mein Sohn nicht im Büro ist, sagen Sie mir Bescheid. Immer wenn ich anrufe, sagt seine Sekretärin, er sei in einer Besprechung. Ich habe aber einen ganz anderen Verdacht. Als kleiner Junge hat er auch schon immer die Schule geschwänzt.«

»Natürlich, ich verstehe. Vielen Dank für Ihre Hilfe.«

Als ich die Haustür von innen aufzog, rief eine krächzende Stimme durch die Sprechanlage: »Auf Wiedersehen, Frau Kommissarin.«

Es dauerte eine Weile, bis ich die Adresse in der Innenstadt gefunden hatte und noch länger, bis ich in einem nahegelegenen Parkhaus einen Platz für meinen Polo fand. Die Werbeagentur, in der Herr Kenner arbeitete, schien ein erfolgreiches Unternehmen zu sein. Das Gebäude wirkte ziemlich nobel, eine von Chrom und Glas blitzende Empfangshalle, schwarze Ledersitzgarnitur, Marmorfußboden, Hydrokultur-Palmen.

Ich fragte am Empfang nach Herrn Kenner.

»Einen Moment«, sagte die Dame, die gebannt auf ihren Computer blickte und für mehrere Telefone zuständig zu sein schien. Sie wirkte wie eine etwas in die Jahre gekommene Modepuppe. Für ihre spitz gefeilten schwarzen Fingernägel benötigte sie wahrscheinlich einen Waffenschein. Sie tippte eine Nummer ein und hauchte in ihr Telefon.

»Herr Kenner ist im Haus«, flötete sie. »Dritte Etage, Sie werden dort abgeholt. Der Kunden-Aufzug ist hier vorne links.«

Die dritte Etage war mit dickem, weichen Teppichboden in einem vogelaugenahornblauen Farbton ausgelegt. Eine junge Frau im engen schwarzen Kostüm kam mir entgegen und musterte mich kritisch.

»Ich möchte zu Herrn Kenner«, wiederholte ich höflich.

»In welcher Angelegenheit?« Sie betrachtete mich eingehend. Ob es ihr verdächtig vorkam, dass ich genauso schwarz gekleidet war wie sie?

»In einer eher privaten Angelegenheit«, gab ich zurück.

»Privat? Können Sie das spezifizieren?«

»Es geht um ein Bild, das Herr Kenner bei dem Krefelder Fotokünstler Leo Lindges gekauft hat.«

Die junge Frau strahlte mich an. »Ach, Sie kommen von Leo Lindges. Bitte kommen Sie doch mit. Wen darf ich anmelden?«

Ich nannte meinen Namen und folgte ihr den schmalen Flur entlang. Nachdem ich wenige Augenblicke in einer Art Warteraum abgestellt wurde, der mit mehreren Fotografien verfremdeter Körperteile bestückt war, begleitete sie mich zum Büro von Herrn Kenner.

In der Mitte des hellen Raumes stand ein riesiger Schreibtisch, den ein moderner Apple-Computer dominierte.

An den Wänden hingen eine Menge Bilder verschiedener Stilrichtungen, vor dem Fenster stand eine Skulptur aus Gips oder einem ähnlichen Material. Herr Kenner schien ein wahrer Kunstkenner und -liebhaber zu sein.

»Frau Neukirchen, leider habe ich nicht viel Zeit, aber was führt Sie zu mir?« Er wies auf zwei Sessel und einen niedrigen Tisch unter einem rahmenlosen Bild mit nicht näher zu identifizierendem Motiv. Ich setzte mich und versank im weichen Polster.

»Herr Kenner, Sie haben vor ein paar Wochen auf einer Vernissage in Krefeld ein Bild von Leo Lindges gekauft. Das Bild ist mit einem Kurierdienst versendet worden, und ich würde gerne wissen, wann und ob es bei Ihnen eingetroffen ist.« Ich lehnte mich gespannt nach vorne.

»Jetzt wo sie es sagen. In den letzten Tagen war hier so viel los. Es ist Messe, da habe ich an das Bild gar nicht mehr gedacht.« Kenner runzelte die Stirn, sprang auf und betätigte das Telefon auf seinem Schreibtisch.

»Fragen Sie bei Herrn Krause mal nach, ob in letzter Zeit ein Paket aus Krefeld für mich abgegeben worden ist.«

Er ließ das Telefon sinken. »Ich lasse mir Bilder und andere Sendungen immer in die Firma schicken. Unser Hausmeister kümmert sich darum, er ist sehr zuverlässig.«

Mir brauchte er nichts zu erklären, ich hatte seine Mutter kennengelernt. Aber das sagte ich ihm nicht.

Die Bürotür öffnete sich und die schwarzgekleidete Sekretärin erklärte, dass Herr Krause seit fast drei Wochen krank sei und ein gewisser Herr Dingens ihn vertreten würde.

»Würden Sie Herrn Dingens dann bitten, einmal kurz zu mir zu heraufzukommen, Steffi?«

Dann wandte sich Herr Kenner wieder an mich. »Weshalb fragen Sie eigentlich nach dem Bild, Frau Neukirchen? Ist irgend etwas nicht in Ordnung?«

»Bisher sind alle Bilder zur vollen Zufriedenheit der Kunden ausgeliefert worden, aber eventuell sind Bilder vertauscht worden. Jedenfalls sind drei Bilder nach der Vernissage verschwunden und nicht bei dem Adressaten angekommen.«

Auf der Stirn von Herrn Kenner bildeten sich zwei steile Falten. »Dann will ich mal sehr hoffen, dass nicht mein Bild verwechselt wurde.«

Bevor er weiterreden konnte, trat die schwarze Steffi ein, gefolgt von Herrn Dingens. Herr Kenner sprang auf und begrüßte den Aushilfshausmeister, als wäre er sein bester Kunde. Das war vermutlich ein Trick. Ich hatte über die Marketingstrategie gelesen, im Geschäftsleben Leute überschwänglich freundlich zu begrüßen und ihnen das Gefühl zu geben, der wichtigste Mensch auf Erden zu sein.

»Herr ähm . . .«, der Hausmeister sah verschämt zu Boden. Er blickte überall hin, nur nicht seinem Gegenüber ins Gesicht. Entweder war er hochgradig schüchtern, hatte kein Selbstwertgefühl oder Dreck am Stecken.

»Herr Dingens, wie schön, dass Sie Herrn Krause vertreten. Ich wurde gerade unterrichtet, dass ein Bild aus Krefeld für mich geliefert wurde.«

»Heute is nix gekommen«, murmelte der Hausmeister.

»Nein, nicht heute, vermutlich schon in der letzten Woche.«

»Das ist ja schon 'ne Weile her. Das war bestimmt vor dem Rohrbruch in der ersten Etage.«

»Ganz sicher.« Herr Kenner lächelte immer noch freundlich.

»Da hatte ich ne Menge zu tun . . .«

»Das steht außer Zweifel. Es geht mir jetzt um dieses Bild.«

»Hier gibt's ja immer was zu tun, in so einem großen Haus, vor allem mit der Elektrik.«

»Das mag sein.« Der Tonfall von Herrn Kenner wurde etwas schärfer. »Um auf das Paket zurückzukommen – ist etwas für mich abgegeben worden?«

»Da müsste ich mal in mich gehen und nachdenken.«

»Dann tun Sie das bitte.«

Herr Dingens runzelte die Stirn. Er vergrub seine Hände in die Hosentaschen, zog sie wieder hervor, betrachtete seine Finger, atmete tief ein, zuckte die Schultern. Ich war kurz davor, ihn zu packen und zu schütteln.

»Herr Dingens, wo könnte die Sendung verblieben

sein?«, fragte Herr Kenner erstaunlich geduldig.

Der Hausmeister sah kurz auf. »Schon möglich, dass etwas abgegeben wurde. Ich bin noch nicht so lange hier. Krause war ja schon krank, als ich kam. Böse Sache, ganz schlimme Bandscheibengeschichte.«

Herr Kenner holte tief Luft, aber der Aushilfshausmeister fuhr fort: »Krause ging es wohl 'ne Weile schon nicht mehr gut, und einiges ist liegen geblieben. Ich habe mich bemüht, das in Ordnung zu bringen. Da kann ich doch nicht jede Lieferung auswendig kennen.«

Endlich hob er den Kopf und sah uns mit einem strafenden Blick an, als träfe uns die Schuld, dass er soviel Arbeit hätte.

»Was machen Sie denn, wenn ein Paket abgegeben wird oder eine Lieferung kommt?« Herr Kenner war die Geduld in Person, ich bewunderte ihn dafür.

»Na, die bring ich zu dem, der sie bekommen soll. Meistens. Oft. Oder ich tu sie in den Keller. Wenn derjenige nicht da ist oder so.«

»Dann wollen wir mal gemeinsam im Keller nachschauen.« Und das taten wir nach kurzem Protest von Herrn Dingens dann auch.

Wir fuhren mit einem anderen Aufzug als dem, mit dem ich hochgefahren war. Unten angekommen, stapfte der Hausmeister voraus. Steffi, Herr Kenner und ich folgten ihm durch den langgestreckten sauberen Gang des Kellers, von dem mehrere feuerfeste Türen abgingen. Herr Dingens ließ die Schultern hängen, er machte einen unglücklichen Eindruck, zudem murmelte er permanent vor sich hin.

»Lieferungen«, brummte er, »als wenn ich hier als Postbote angestellt wäre. Immer dasselbe mit den Chefs, dabei tu ich schon mein Möglichstes. Aber bin ich Jesus, trag ich Latschen?«

Wir erreichten einen der hinteren Kellerräume, dessen schwere Eisentür offen stand. Mehrere große Stahlregale standen an den Wänden. Sie waren gefüllt mit allerlei Dingen und erinnerten stark an das Kunstwerk von Beuys, das im Kaiser-Wilhelm-Museum in Krefeld steht. Angefangen bei inzwischen verwelkten Blumensträußen, über Pizzakartons bis hin zu diversen Paketen in unterschiedlichen Formaten.

»Was ist das?«, fragte Herr Kenner; seine Geduld schien doch Grenzen zu haben.

»Das sind die Sachen, die in der letzten Zeit geliefert worden sind.« Herr Dingens schien den Tränen nahe. Er hätte einfach nicht gewusst, wohin er die Sachen bringen sollte. Die meisten Namen sagten ihm nichts, weil er die Mitarbeiter des Hauses nicht kannte. So hatte er alles, was während seiner Arbeitszeit abgegeben wurde, ordentlich in die Regale verteilt.

Unter all den Schätzen fand sich nicht nur ein Päckchen, das Steffi schon vermisst und reklamiert hatte, sondern auch die Lieferung aus Krefeld. Der Keller war trocken und warm, ungünstig, um Blumensträuße tagelang ohne Wasser aufzubewahren, aber zur Lagerung von Bildern sehr geeignet.

Herr Kenner hob gemeinsam mit dem schuldbewussten Hausmeister das große Paket aus dem Regal. Sie legten es auf den Arbeitstisch und Kenner entfernte vorsichtig das Verpackungsmaterial.

»Das sind ja vier Bilder und nicht eines!«, rief er erstaunt aus. Wir stellten die Bilder nebeneinander.

»Ich habe nur dieses hier gekauft und bezahlt«, bestätigte Herr Kenner mit einem Blick und betrachtete sein Kunstwerk zufrieden.

Auf den Rückseiten der drei überzähligen Bilder waren Klebezettel befestigt. ‚OB' stand darauf und es waren eindeutig die drei mutmaßlich gestohlenen Kunstobjekte.

»Na, so löse ich meine Fälle am liebsten«, strahlte ich. »Ich würde die anderen Bilder gerne mitnehmen und sie direkt zu Leo Lindges zurück bringen.«

Herr Kenner sah mich nachdenklich an.

»Wenn Sie Zweifel haben, rufen Sie Herrn Lindges ruhig an.« Ich lächelte verbindlich. »Richten Sie ihm aus, dass seine verschollenen Bilder aufgetaucht sind, und dass er sie heute zurück bekommt.«

Ich fuhr nach Krefeld zurück und brachte die Bilder dem nicht wirklich begeisterten Fotokünstler.

»Schade eigentlich«, sinnierte Leo Lindges. »Die verschwundenen Kunstwerke waren für die Presse viel interessanter als die vorhandenen. Und ich hatte überall eine spannende Geschichte zu erzählen.«

Für mich war dies endlich mal ein richtig erfolgreicher Tag.

Weitere Ermittlungen und ein Todesfall

Claudia

Den Fall ‚Bilderraub', der ja streng genommen gar kein Fall war, hatte ich geklärt und bewiesen, dass meine Freundin Katta damit nichts zu tun hatte. Aber in der Sache mit dem Wechselgeld, das sich häufig in Luft aufzulösen schien, war ich nicht weiter gekommen und auch im Fall Inderfurth trat ich auf der Stelle. Meine Anzeige im ‚Stadt-Spiegel', in der ich mich als Käuferin von alten Uhren und Schmuck ausgab, hatte bisher keine Resonanz gebracht. Das wäre ja auch zu schön gewesen, wenn meine Erfolgssträhne angehalten hätte.

Als ich Mittwochnachmittag von der Arbeit in ‚Kattas Küche' nach Hause kam, sortierte ich zuerst die Post. Ich fand einige Rechnungen, die ich zunächst ungeöffnet ließ.

Als ich gerade den Brief einer ehemaligen Studienkollegin überflog, die ein Treffen organisieren wollte, klingelte das Telefon. Auf dem Display erschien eine Nummer, die mir nicht bekannt war und ich meldete mich mit: »Ja bitte.«

»Haben sie die Anzeige im ‚Stadt-Spiegel' aufgegeben?«, fragte eine männliche Stimme. Sie hörte sich sehr jung an.

»Haben Sie alte Uhren anzubieten?«, fragte ich gespannt, langte nach einem Block und einem Kugelschreiber.

Das Telefonat dauerte nur wenige Minuten, dann stellte ich schmunzelnd fest, dass der junge Mann mir eine Rolex anbieten wollte. Richtig alt war die auch nicht, seine Eltern hatten sie ihm vor fünf Jahren von einer Chinareise mitgebracht.

Am nächsten Morgen fuhr Michael besonders früh zu seiner Firma. Er schien beinahe ein schlechtes Gewissen zu haben, dass er so viel arbeiten musste und wir so wenig Zeit zusammen verbringen konnten. Er versprach, so früh wie möglich Feierabend zu machen und ich kündigte an, mir bei Katta ein neues Rezept abzugucken und etwas Leckeres für uns zu kochen.

Als Michael aus dem Haus war, überlegte ich, Frau Inderfurth noch einmal aufzusuchen. Ich wollte wissen, ob es ihrem Mann besser ging und sie bitten, mir die Fotos von ihrem Schmuck zu zeigen, die sie seinerzeit für die Versicherung gemacht hatte. Vielleicht würde ich dann in dem Fall weiter kommen.

Kurz nach neun Uhr rief ich bei Frau Inderfurth an.

»Oh, die Fotografin, das ist sehr nett, dass Sie sich nach meinem Mann erkundigen.« Die Stimme von Frau Inderfurth hörte sich zuversichtlich an, obwohl sie nicht von gesundheitlichen Fortschritten ihres Mannes zu berichten wusste.

»Frau Inderfurth, ich arbeite nicht nur als Fotografin,

sondern auch als Privatdetektivin,« begann ich zögernd. »Ich wäre daran interessiert, aufzuklären, wer bei Ihnen eingebrochen hat.«

»Sie können sich vorstellen, dass das auch in meinem Interesse liegt. Möchten Sie vielleicht noch einmal vorbeikommen?«, fragte Frau Inderfurth.

Ihre Stimme klang ausgesprochen sanft und freundlich. Das lief ja besser, als ich gehofft hatte. Frau Inderfurth fühlte sich geschmeichelt, als ich vorschlug, sofort zu ihr zu fahren. Mein Telefonat hatte dieselbe Wirkung gehabt wie dieser Managertrick - meine Kundin, obwohl sie das noch nicht war, hatte das Gefühl, die Wichtigste zu sein.

Als ich an dem Haus auf der Kempener Allee klingelte, fiel mir auf, dass außer dem Audi, der Frau Inderfurth gehörte, noch ein weiterer Wagen in der Einfahrt parkte. Der silberne Mini Cooper stand schräg vor der Haustür, als wäre jemand in großer Eile vorgefahren und ausgestiegen.

Es dauerte eine ganze Weile, bis mir geöffnet wurde. Die gepflegte Frau in meinem Alter hatte halblange, aschblonde Haare und gerötete Augen. Ihr Gesicht war verquollen, als wenn sie geweint hätte.

Sie musterte mich kurz, nickte und machte eine Geste, dass ich eintreten solle. »Sie sind die Privatdetektivin? Meine Mutter ist im Wohnzimmer«, sagte sie, ohne mich anzusehen.

Frau Inderfurth erhob sich aus ihrem Sessel, als ich den Raum betrat. An der Art, wie sie sich bewegte und mit versteinert wirkender Mine auf mich zukam, erkannte ich sofort, dass etwas geschehen war. Als ich registrierte, dass sowohl sie als auch ihre Tochter schwarz gekleidet waren, wusste ich, was es war. Ich schluckte, nahm die Hand, die sie mir entgegen streckte, und drückte sie.

»Frau Inderfurth, es tut mir sehr leid . . . wann . . . ?«

Ich wurde gebeten, Platz zu nehmen, die Tochter stellte lautlos wie ein Geist ein Tablett mit Tassen und Kaffee auf den Tisch und schenkte ein. Eine Weile saßen wir uns schweigend gegenüber. Die Witwe schien mir sehr gefasst. Es sah nicht so aus, als wenn sie geweint hätte; kerzengerade saß sie in ihrem Sessel.

»Mein Mann ist in den Morgenstunden verstorben. Das Krankenhaus hat meine Tochter benachrichtigt und sie ist sofort hierher gekommen. Das war kurz nach unserem Telefonat.«

Die Tochter nickte, als müsse sie die Worte ihrer Mutter bestätigen. Dann zog sie ein Taschentuch hervor, presste es vor den Mund.

»Oh, dann wollen sie doch sicher sofort zum Krankenhaus . . .«

Ich fühlte mich unwohl. Wie konnte ich mit ihr über Ermittlungen reden, wenn sie jetzt sicher von ihrem Mann Abschied nehmen wollte. »Ich störe nur, ich kann ein anderes Mal wieder kommen«, sagte ich und wollte mich erheben.

Die Witwe legte eine Hand auf mein Knie. »Es spielt keine Rolle, wann wir zum Krankenhaus fahren. Mein Mann hat jetzt alle Zeit der Welt.«

Unvermittelt stand die Tochter auf und verließ schluchzend den Raum.

»Sie sagten vorhin am Telefon, Sie wollen ermitteln, wer für den Einbruch und den Tod meines Mannes verantwortlich ist.«

Ich erklärte Frau Inderfurth, dass ich genau das herausfinden wollte, um zu beweisen, dass meine Freundin Katharina nichts mit der Sache zu tun hat.

Ein Zucken huschte über das Gesicht der Witwe. »Und wenn ich Sie nun beauftragen würde, den Täter zu finden, gegen entsprechende Bezahlung natürlich, und es würde sich herausstellen, dass Ihre Freundin sich doch schuldig gemacht hat. Wie würden Sie sich verhalten?«

Frau Inderfurth nahm mit bedächtigen Bewegungen eine Kaffeetasse vom Tisch, ließ ein Stückchen Zucker hineingleiten und rührte um. Dabei hielt sie den Blick starr auf mich gerichtet.

»Wenn ich in einem Fall ermittle und es stellt sich heraus, eine mir nahestehende Person ist darin verwickelt, täte ich dieser Person keinen Gefallen, wenn ich die Ermittlungen manipulieren würde. Ich würde dieser Person helfen, Verantwortung für die Tat zu übernehmen und sich zu stellen. Und nur so könnte ich mir selbst in die Augen sehen.«

Frau Inderfurth hatte aufgehört, in ihrer Tasse zu rühren. Sie stand auf, nahm einen großen braunen Umschlag aus einer Schublade der Anrichte und legte ihn vor mir auf den Tisch. »Ich glaube Ihnen. Was Sie gesagt haben, klingt vernünftig und ich möchte Sie hiermit beauftragen. In dem Umschlag sind Fotos von den gestohlenen Schmuckstücken. Vielleicht brauchen sie die, um den Täter zu überführen. Meine Tochter ist fest davon überzeugt, dass Ihre Freundin Schuld auf sich geladen hat. Es würde mich freuen, wenn es nicht so wäre. Aber wie auch immer. Beweisen Sie, wer der Täter war. Schreiben Sie mir Ihre Rechnung; ich werde jeden Preis bezahlen, wenn Sie die Wahrheit herausfinden.«

Anrufer und andere Quälgeister

Katta

Donnerstag wäre ich besser im Bett geblieben, hätte den Tag einfach verschlafen. Es gibt diese Tage, die man lieber aus seinem Leben löschen würde.

Es fing schon damit an, dass ich durch einen Schuss aus meiner Tiefschlafphase gerissen wurde. Ich schreckte hoch und ein Blick auf meinen Wecker liess mich wissen, dass es erst sechs Uhr vierundvierzig war. Eigentlich zu spät für Einbrecher. Die arbeiten üblicherweise bevorzugt zwischen zwei und vier Uhr nachts, hatte ich mal gelesen. Ich lauschte eine Weile konzentriert in die Dunkelheit meines Schlafzimmers, konnte aber ausser meinem eigenen Herzschlag nichts hören.

Erst langsam wurde ich richtig wach und mir fiel ein, dass Einbrecher sich eher ruhig verhielten und nicht gleich durch die Gegend ballerten. Also, wohl doch eher kein Schuss.

Dann plätscherte irgendwo Wasser. Ganz eindeutig kam das aus unserem Badezimmer. Jemand duschte. Das wiederum war ein Zeichen, dass es sich nicht um Einbrecher handelte. Ob Uschi-Lisa gestern wieder bei uns Asyl gefunden hatte? Meine Tochter und ihre Freundin waren abends im Kino gewesen, in »Fluch der Karibik III«. Ein Film mit Überlänge, wie sich herausstellte, als ich ihr um dreiundzwanzig Uhr eine SMS sendete, weil sie noch nicht zu Hause war. In der Nachricht, mit der Lisa mir geantwortet hatte, schrieb sie sie, dass heute die ersten beiden Stunden ausfallen würden und sie ausschlafen könnte.

Warum stand sie dann derart früh auf? Eine Zeit lang blieb ich noch liegen, aber mit der Ungewissheit konnte ich nicht wieder einschlafen. Also stand ich auf und klopfte im Nachthemd an Lisas Zimmertür. Es kam keine Antwort. Auf dem Weg ins Bad stieß ich mit meiner Tochter zusammen.

»Warum bist du denn so früh auf? Hat sich dein Stundenplan über Nacht geändert?«, fragte ich wenig begeistert.

Lisa hatte sich in ein Handtuch gewickelt und ein zweites um ihren Kopf drapiert. Sie duftete blumig nach meiner Bodylotion.

Meine Tochter zog einen Flunsch. »Ach, Kacke, ich hab mich vertan. Ich werd' wach, guck auf die Uhr und denke, es sei schon eine Stunde später. Zu blöd, dass ich keine Digitaluhr in meinem Zimmer habe. Erst im Bad ist mir mein Irrtum aufgefallen.« Sie tippte sich an die Stirn. »Und ich dachte schon, mein Handy ist kaputt, weil es nicht zur Weckzeit geklingelt hat.«

»Na, dann freu' dich über eine gewonnene Stunde«, sagte ich leichthin, obwohl ich mich ärgerte, auch früher aufgestanden zu sein. Selbst schuld, schimpfte ich mit mir. Warum war ich nicht einfach liegen geblieben?

Sollte Lisa doch aufstehen wann sie wollte oder nicht wollte. Warum mischte ich mich da ein? Diesen übertriebenen Fürsorgesinn musste ich mir dringend abtrainieren. So ein Unsinn, dass ich ständig versuchte, alles unter Kontrolle zu haben. Vermutlich fehlte der starke Mann an meiner Seite, dem die Aufgabe zufiel, die Familie zu beschützen. Als Alleinerziehende lag das nun auch in meinem Ressort, versuchte ich mich vor mir selbst zu rechtfertigen.

Um mit diesen komplizierten Gedankengänge nicht den ganzen Morgen zu verschwenden, duschte ich ausgiebig, putzte das Bad anschließend, befüllte die Waschmaschine und stellte sie an. In der Küche kochte ich mir einen Kaffee mit dieser Miniaturkaffeemaschine, unter die man nur eine Tasse stellt. Tante Margarethe hatte mir dieses Teil geschenkt, um mir jeden Tag mein Singledasein zu verdeutlichen. Oder vermutlich eher, um mich am frühen Morgen schon darin zu bestärken, an diesem Zustand schnellstmöglich etwas zu ändern.

Als Lisa gefrühstückt hatte und aus dem Haus war, las ich gründlich die Zeitung, räumte die Spülmaschine ein und schaltete sie an.

Unvermittelt klingelte das Telefon. Als ich auf dem Weg in die Diele war, gab es ein dumpfes Geräusch, und dann ging das Licht plötzlich aus. Ich erschrak dermaßen, dass ich über eine große Tasche mit Sportsachen fiel, die Lisa in der Diele zurückgelassen hatte.

Ich strauchelte und stieß mit dem Schienbein gegen die Kante das kleinen Glastisches. Jaulend vor Schmerz ließ ich mich auf den Dielenboden fallen und betupfte die blutende Stelle an meinem Bein. Das Telefon klingelte weiter und meine Neugier siegte über den Schmerz. Im Sitzen angelte ich nach dem Hörer auf dem Tischchen.

»Katta Lintfort«, meldete ich mich und fügte mechanisch hinzu: »Party- und Büfettservice Lintfort, was kann ich Ihnen tun?«

»Mörderin!«, schrie eine helle Stimme in mein Ohr.

Entsetzt drückte ich die rote Symboltaste, die das Gespräch unterbrach. Ich verharrte auf dem Fußboden in meiner Diele. Durch mein Bein fuhren stechende Schmerzen, es war dunkel und still. Mir wurde bewusst, dass weder Spül- noch Waschmaschine rumorende Laute von sich gaben. Das ließ darauf schließen, dass nur die Sicherung herausgesprungen war.

Seit ich hier mit Lisa eingezogen war, hatten wir sicher noch nie beide Maschinen gleichzeitig laufen lassen. Wahrscheinlich hatte ich einfach nur das Stromnetz in diesem Altbau überfordert. Ich rappelte mich auf, öffnete den Sicherungskasten, der sich hinter dem Spiegel befand. Wie vermutet, zeigte einer der Schalter in eine andere Richtung als seine Kollegen.

Nachdem ich die Spülmaschine ausgestellt hatte, drückte ich den Sicherungsschalter in die entsprechende Position. Das Licht flammte auf und ein leises Murmeln deutete darauf hin, dass die Waschmaschine ihre Tätigkeit wieder aufgenommen hatte. Ich humpelte ins Bad und trug eine Salbe auf mein schmerzendes Bein auf.

Bis zu diesem Zeitpunkt hatte ich das Telefonat verdrängen können, jetzt schob es sich unangenehm in den Vordergrund meiner Gedanken.

»Mörderin!«, hatte die Frau gerufen. Daran gab es nichts zu deuteln, ich hatte sie genau verstanden. Aber die Stimme hatte ich nicht erkannt. Es musste sich um eine Verwechslung handeln, ganz sicher. Ich hatte ein reines Gewissen und natürlich niemanden umgebracht. Aber wer war die Frau, die glaubte, dass ich einen Menschen auf dem Gewissen haben könnte und warum rief sie mich an? Ich saß auf dem Rand der Badewanne, hielt das Telefon in der Hand und marterte mein Hirn. Hätte ich nicht reflexartig das Gespräch unterbrochen, wären diese Fragen vermutlich schon längst geklärt worden. Warum war ich so voreilig gewesen?

Ich schaute auf meine Armbanduhr, eigentlich war es Zeit, zum Bistro zu fahren. Aber ich würde den ganzen Tag nicht in Ruhe arbeiten können, wenn ich jetzt nicht klärte, wer diese Anruferin war und ich das Missverständnis ausräumen würde, denn nur um ein solches konnte es sich handeln.

Nachdem mich Grübeln nicht weiter brachte, holte ich die Gebrauchsanweisung meines Telefons. Da ich in technischen Dingen nicht der hellste Stern am Firmament war, sammelte ich alle Gebrauchsabweisungen sämtlicher Haushalts- und anderer Geräte und heftet sie ordentlich ab. Man muss nicht alles wissen, sagte Tante Margarethe immer, Hauptsache man weiß, wo man nachlesen kann. Und tatsächlich fand ich relativ schnell den Abschnitt, indem erklärt wurde, welche Tasten ich in welcher Reihenfolge drücken musste, um die Nummer des letzten Anrufers im Display anzeigen zulassen. Ohne weiter nachzudenken, probierte ich die Knöpfe aus.

»Inderfurth«, sagte eine helle weibliche Stimme.

»Driss«, entfuhr es mir. »Falsch verbunden«, fügte ich schnell hinzu.

»Nein, Sie haben richtig gewählt. Ich weiß, wer Sie sind.«

Ich antwortete nicht. Konnte sie auch meine Nummer auf ihrem Display sehen? Meine Gedanken rasten, ein kalter Schauer lief meinen Rücken hoch und setzte sich im Nacken fest. Was sollte ich tun oder sagen?

»Frau Inderfurth«, begann ich zögernd. »Haben Sie mich soeben angerufen?«

»Ja, und ich werde Ihnen keine Ruhe lassen, bis der Tod meines Vaters gerächt ist.«

»Ihr Vater? Ihr Vater ... ich meine, Herr Inderfurth ist verstorben? Das wusste ich nicht. Es tut mir sehr leid, das müssen Sie mir glauben.«

»Nichts muss ich. Sie haben meinen Vater auf dem Gewissen.«

»Hören Sie bitte, ich habe nichts mit dem Einbruch bei Ihren Eltern zu tun.«

»Dass Sie sich nicht schämen! Mein Vater hat Ihren Vater gut gekannt. Ein ehrenwerter, feiner Herr. Ich habe schon gehört, dass Sie gar nicht seine richtige Tochter sind. Er hat sie in seiner großen Güte aufgezogen und das ist jetzt der Dank. Sie ruinieren den Ruf seiner Familie. Sie sollten in Grund und Boden versinken.«

»Bitte, regen Sie sich nicht auf, Frau Inderfurth, es ist nicht so, wie Sie denken«, sagte ich laut, dabei dachte ich nur: ‚Du bösartige Hexe.'

»Ich rede gar nicht mehr mit Ihnen. Gehen Sie zur Polizei und stellen Sie sich. Sonst werde ich dafür sorgen, dass Sie keine ruhige Minute mehr haben. Ich hänge jetzt ein«, sagte die Frau und legte auf.

Ich schloss die Augen und versuchte ruhig zu atmen. Das Schlimmste war passiert. Davor hatte ich mich gefürchtet. Heinz Inderfurth war gestorben, ohne aus dem Koma zu erwachen und der Polizei zu erklären, dass nicht ich der Einbrecher war, den er nach seiner Geburtstagsfeier überrascht hatte. Mein Puls raste, mein Hals war trocken und ich fühlte mich elend.

Ich versuchte Claudia anzurufen, aber auf ihrem Handy war nur die Mailbox zu sprechen. Wie in Trance nahm ich meine Handtasche und meine Jacke und fuhr zum Bistro. Am Moltke-Gymnasium übersah ich beinahe einen eiligen Radfahrer, vermutlich ein Schüler, der wie ich viel zu spät dran war. Auf der Sprödentalstraße war wieder eine Baustelle und es herrschte reger Verkehr. Dreimal sprang die Ampel auf Rot, bevor ich endlich zum Gelände des Großmarktes abbiegen konnte.

Vor den Lokalen und Parzellen auf dem Gelände standen vereinzelt Autos, aber Claudias Polo konnte ich nicht ausmachen.

Auch Annette und Jan waren noch nicht im Bistro. Ich stand alleine mitten in meinem Lokal und hatte Angst. Da ich mir nicht anders zu helfen wusste, tippte ich mit zitternden Fingern erneut Claudias Nummer. Zum ersten Mal an diesem Tag hatte ich Glück.

»Claudia, endlich! Du musst unbedingt sofort zum Bistro kommen. Ich habe eine furchtbare Neuigkeit«, jammerte ich. »Wenn du wüsstest, was gerade passiert ist. Ach, Claudia, du musst dringend etwas für mich herausfinden. Das ist ganz wichtig, machst du das?«

»Katta, reg' dich nicht auf. Ich bin schon unterwegs. Natürlich werde ich herausfinden, wer Herrn Inderfurth auf dem Gewissen hat.«

Verstört hielt ich das Mobiltelefon in der Hand. Was hatte Claudia gesagt? Woher wusste sie, um was ich sie bitten wollte?

Dann hörte ich Claudias angenehme, warme Stimme wieder. »Anneliese Inderfurth hat mich gerade beauftragt, den Schuldigen am Tod ihres Gatten zu überführen, besser gesagt, die Schuldige.« Claudias Stimme klang belustigt; mir war nicht klar, wo die Stelle zum Lachen war.

»Sie hat sich ein bisschen anders ausgedrückt, aber ich habe ihren Auftrag natürlich angenommen. Jetzt bezahlt sie mich dafür, dass ich herausfinden werde, dass du unschuldig bist. Mach dir mal keine Sorgen. Ich bin in fünf Minuten da, koch uns schon mal einen leckeren Kaffee.«

Mir fiel ein Stein vom Herzen und ich hätte jubeln können, dass es Claudia gab. Meine Freundin würde mir aus dem Schlamassel helfen. Ich schloss die Augen und versuchte tief und gleichmäßig zu atmen. Alles wird sich aufklären.

Als ich die Augen wieder öffnete, stand eine vermummte Gestalt vor mir. Ich kreischte auf, weil ich sie nicht sofort erkannte. Annette trug ein Kopftuch und eine große Sonnenbrille, die ihr halbes Gesicht verdeckte. Das, was von ihrem Gesicht zu erkennen war, sah geschwollen aus und war lila-bläulich verfärbt.

»Annette, was ist denn mit dir passiert?« Entsetzt und wenig zartfühlend starrte ich meine Küchenhilfe an. Sie sah aus, als sei sie verprügelt worden.

»Hattest du einen Unfall?«

Annette nickte und hielt mir ein Blatt Papier entgegen. Es war die Bescheinigung vom Arzt, dass sie krankgeschrieben war.

»Wie ist denn das passiert?«, wollte ich wissen.

Annette murmelte etwas, aber ich verstand sie nicht.

»Mit dem Auto? Hattest du einen Autounfall?«, riet ich.

Sie schüttelte den Kopf, Tränen liefen ihr die Wangen hinunter.

»Mein Gott, setz dich erst einmal, kann ich etwas für dich tun?«, fragte ich unbeholfen.

Meine Köchin zog die Schultern hoch, verzog ihr Gesicht vor Schmerz, wandte sich ab und ging. Als sich die Tür hinter ihr schloss, stand ich wie angewurzelt alleine in meinem Bistro. Es war elf Uhr durch, in einer Stunde würde ich mein Lokal öffnen. Ich hatte noch nichts vorbereitet, mein Kopf war leer, ich wusste nicht was ich tun, geschweige denn, wo ich anfangen sollte. Aber es sollte noch schlimmer kommen an diesem Tag.

Ich stand in der Küche und schnibbelte geistesabwesend Kartoffeln und Möhren, als zeitgleich Claudia, Jan und Tante Margarethe auftauchten. Meine Tante übernahm das Kommando in der Küche und Claudia ließ mich ausführlich über die Vorkommnisse des Vormittags berichten. Währenddessen malte Jan auf die Tafel: Heute Pfannekuchentag, Apfel-, Speck- oder Bauernpfannekuchen. Etwas später entdeckte Tante Margarethe anscheinend die

Gemüsesuppe, die ich am Vorabend vorbereitet hatte, und Jan ergänzte die Speisekarte entsprechend.

»Katta ist nicht die Kurzform von Katastrophe, oder?«, witzelte er, aber darüber konnte ich nicht lachen.

Ich weiß nicht mehr, wie ich den Tag überstanden habe. Zum Glück wurde es zur Mittagszeit nicht so voll wie üblich. Tante Margarethe und ich arbeiteten schweigend in der Küche und Claudia und Jan übernahmen den Service.

Als nach der Mittagszeit gerade der letzte Gast das Bistro verließ, erschienen Hauptkommissar Greifzu und sein Kollege Baldower vom KK11. Sie teilten mir mit, dass mein ehemaliger Kunde Heinz Inderfurth verstorben sei. Dann erfuhren wir, dass einem Antiquitätenhändler auf der Sternstraße Schmuckstücke angeboten worden waren, die zu der Beute gehörten, die der oder die Einbrecher im Hause Inderfurth gemacht hatten. Der Antiquitätenhändler hatte sich von der Frau, die ihm den Schmuck verkauft hatte, eine Adresse geben lassen.

Ich hatte keine Erklärung dafür, warum sie meinen Namen und meine Adresse angegeben hatte.

»Natürlich kann jeder die Telefonnummer von meiner Freundin angeben. Das ist doch noch kein Indiz«, ereiferte sich Claudia. Sie stellte den Kommissaren Fragen und unterrichtete sie darüber, was sie herausgefunden hatte.

Ich saß nur teilnahmslos daneben. Sollte ich jetzt verhaftet werden? Was sollte aus Lisa werden und was aus meinem Lokal? Nachdem Jan mir einen Cognac aufgedrängt hatte, bekam ich alles nur noch wie durch eine dicke Schicht Watte hindurch mit. Wenn ich dem Gespräch richtig gefolgt war, hatte der Antiquitätenhändler zwei Schmuckstücke gekauft und sie bei E-Bay versteigern wollen. Im Internet hatten die Spezialisten der Kriminalpolizei die Stücke wiedererkannt, dank der detaillierte Liste, die Frau Inderfurth von ihrem gestohlenen Schmuck aufgestellt hatte.

»Das Einfachste wäre doch eine Gegenüberstellung«,

schlug Claudia vor. »Der Antiquitätenhändler muss die Frau doch beschreiben können, die ihm die Stücke gebracht hat.«

»Sind Sie damit einverstanden, uns zu dem Geschäft zu begleiten?«, fragte Hauptkommissar Greifzu. Ich blickte meine Freundin fragend an.

»Natürlich«, antwortete Claudia für mich. »Je eher, desto besser.«

Die freundliche Inhaberin des Antiquitätengeschäftes, Frau Ramschrath, sprach mit leicht ausländischem Akzent. Sie war kleiner als ich, sehr schlank, hatte kurze dunkle Haare und trug ein rotgemustertes Kleid. Entschuldigend versicherte sie, dass ihr Ehemann innerhalb der nächsten halben Stunde zurückkehren würde. Dann bot sie Claudia und mir an, auf zwei zierlichen Kirschholzstühlen mit Originalbezügen, vermutlich spätes Biedermeier, Platz zu nehmen. Kommissar Baldower ließ sich auf eine Chaiselongue mit grünlichem, samtartigen Polster fallen. Das gute Stück knackte verdächtig und Frau Ramschrath erklärte, dass es ‚aus der Zeit' sei. Sie strich liebevoll mit der Hand darüber, an ihren Fingern blitzten vier Ringe. Hauptkommissar Greifzu blieb an der Tür stehen, als wolle er verdeutlichen, dass allein der Gedanke an Flucht zwecklos war.

Das kleine Geschäft bestand aus einem quadratischen Raum, der spärlich beleuchtet war. An den Wänden reihten sich Kommoden, Anrichten, Schränke und Vitrinen in verschiedenen Stilrichtungen aneinander. Davor waren Sitzmöbel und Tische aus hellen und dunkleren Hölzern und aus unterschiedlichen Epochen aufgestellt. Direkt neben der Eingangstür befand sich ein massiger schwarzer Schreibtisch, auf dem Unterlagen, Bücher, Zeitschriften, Schreibutensilien und Krimskrams eine malerische Unordnung bildeten.

An den Wänden hingen Bilder in Goldrahmen, auf denen die Hirsche nur so röhrten, aber auch idyllische Landschaften mit Kopfweiden zu sehen waren. Eine Zeichnung, in deren Mittelpunkt drei Männer standen, weckte Claudias Interesse. Sie stand auf, um das Bild genauer zu betrachten und Frau Ramschrath erklärte ihr eilfertig, dass es sich um einen echten ‚Huhnen' handeln würde. Natürlich war uns Fritz Huhnen, der als Künstler in Krefeld gelebt und gearbeitet hatte und dessen Bilder in mehreren Krefelder Lokalen hingen, ein Begriff.

»Hier habe ich auch noch einen ‚Görgemanns'.« Frau Ramschrath zeigte auf das bekannte Motiv, das den Brunnen am Schwanenmarkt hinter der alten Kirche zeigte. »Genau das hängt bei uns zu Hause«, sagte Claudia.

Ich konnte mich nicht erinnern, das Bild schon einmal bei ihr gesehen zu haben. Kommissar Baldower trommelte nervös mit den Fingern auf einer Tischplatte herum und die Inhaberin informierte ihn mit strahlendem Lächeln, dass es sich um ein Einrichtungsstück ‚aus der Zeit' handeln würde, massive Eibe in bestem Zustand. Der Kommissar verschränkte die Arme vor der Brust.

Hinter einem hölzernen Paravent, der mit chinesisch anmutenden Szenen bemalt war, ging es in eine Art Hinterzimmer, einem länglichen Schlauch, an dessen Seitenwänden sich meterlange Regale erstreckten. Sie waren gespickt mit Porzellan, Keramik, farbigem Glas, angelaufenem Silber und Nippesfiguren. Am Kopfende befanden sich zwei Holzböcke, über die eine Spanplatte gelegt war. Darauf ein Rechner mit Monitor, die vermutlich beide auch aus ‚der Zeit' stammten.

Nach etwa einer Viertelstunde, in der sie fast ununterbrochen geredet hatte, goss Frau Ramschrath uns Kaffee in zierliche, goldrandige Porzellantassen auf kleinen Füßchen, die mindestens schon einhundert Jahre alt waren. Seit mindestens fünfzig Jahren waren sie nicht mehr gespült worden. Ich nahm die Tasse entgegen und stellte sie auf einem niedrigen Beistelltischchen aus hellem Holz mit

Intarsien ab. Das Tischchen schwankte und der Kaffee schwappte über.

»Möchte jemand Kaffeesahne oder Zucker?« Frau Ramschrath reichte ein silberfarbenes, handtellergroßes Tablett herum. Darauf standen eine Dose Milch von A&P und ein Kristallschüsselchen mit Zuckerstücken. Ich schätzte sie auf spätes achtzehntes Jahrhundert - die Zuckerbröckchen.

»Also, falls Ihnen das hilft«, wandte sich Frau Ramschrath an mich, »die Dame, die uns die beiden Schmuckstücke brachte - das waren übrigens eine sehr schöne Brosche mit floralem Motiv und mehreren kleinen Edelsteinen, vermutlich Jugendstil und ein Ring mit Granaten, ganz fein gearbeitet, aber den Schmuck hat die Polizei bei uns schon wieder abgeholt - also, die Frau könnte so in etwa ihre Größe gehabt haben. Doch, da bin ich mir sehr sicher. Sie hatte eine gute Figur, genau wie Sie.«

Frau Ramschrath nickte mir freundlich zu, dann sah sie auf ihre Armbanduhr und machte eine entschuldigende Geste, bevor sie weiter sprach. »Allerdings hat die Frau mit meinem Mann verhandelt. Mein Mann ist nämlich viel geschäftstüchtiger als ich.«

Kommissar Baldower räusperte sich und Frau Ramschrath wandte sich wieder an mich. »Ich habe die Frau nur ganz kurz von hinten gesehen. Weil ich an dem Nachmittag so in Eile war, denn ich sollte noch ein Päckchen zur Post bringen, und unsere Tochter Lisa wollte in die Stadt für eine Freundin ein Geburtstagsgeschenk kaufen. Ich sollte ihr Geld geben, hatte aber nur große Scheine in der Kasse. Also musste ich auch noch zur Bank.«

»Ja, ich kenne das«, unterbrach ich sie. »Meine Tochter heißt auch Lisa.«

In diesem Moment erschien der Antiquitätenhändler, begleitet von dem Klimpern des Windspiels über der Tür. Der hagere Mann mit dem dünnen Schnauzbart nickte in die Runde. Dann machte er ein paar Schritte auf Claudia zu, zog die Augenbrauen zusammen und sagte: »Dat isse nich.« Kommissar Baldower verdrehte die Augen, er deutete auf mich.

»Ich bin es«, sagte ich und erhob mich von meinem Sitzmöbel. Herr Ramschrath warf mir einen flüchtigen Blick zu. »Ne, die isset auch nich.«

»Können Sie die Frau, die Ihnen den Schmuck verkauft hat, vielleicht beschreiben?«, erkundigte sich Claudia.

Hauptkommissar Greifzu blickte meine Freundin vorwurfsvoll an.

»Ihre Frage.« Claudia machte eine entschuldigende Geste.

»Tja, wie soll die ausgesehen haben?« Der Antiquitätenhändler sah mich an und zog die Nase kraus. »Dicker.«

»Sicher?«, fragte der Hauptkommissar mit finsterer Miene. Er hätte es sicher lieber gehabt, wenn Herr Ramschrath mich erkannt hätte. Vermutlich tat es ihm leid um die vertane Zeit. Das ging mir nicht anders.

»Wenn ich et doch sach. Dicker on älder.« Herr Ramschrath nickte bestätigend, als sei das Gespräch nunmehr beendet.

»Das ist eine sehr präzise Beschreibung, Herr Ramschrath, das hilft uns allen enorm weiter«, säuselte Claudia. »Ist da vielleicht noch ein Merkmal, an das Sie sich erinnern können?«

»Die war nich so blass.«

Mir reichte es jetzt. Ich bedankte mich bei Frau Ramschrath für den leckeren Kaffee.

»Wir können doch jetzt sicher gehen«, wandte ich mich der Höflichkeit halber an den Hauptkommissar. Sichtlich enttäuscht nickte er. Wir verabschiedeten uns und Claudia hielt mir die Tür auf.

»Und wenn Sie noch mal etwas suchen, schauen Sie gerne wieder rein«, rief Frau Ramschrath uns nach.

Kommissar Baldower murmelte etwas Unverständliches und Frau Ramschrath antwortete mit freundlicher heller

Stimme: »Aber sicher, Frau Lintfort ist eine gute Kundin. Sie hat schon mehrere Thonetstühle bei uns gekauft und eine antike Garderobe ‚aus der Zeit'.«

Claudia

Ich war früher als sonst nach Krefeld zum Großmarkt gefahren, sodass ich zeitgleich mit Katta vor ihrem Bistro ankam. Für die Feier von Horst wollten wir noch einiges vorbereiten und das normale Mittagsgeschäft war auch noch abzuwickeln.

Katharina fiel mir zur Begrüßung um den Hals. »Ach Caudia, bin ich froh, dich zu sehen!«

»Das ist alles ein bisschen viel in letzter Zeit. Aber denk dran, gemeinsam sind wir unausstehlich! Wir kriegen das schon hin!«, verkündete ich zuversichtlich, als wir den Gastraum betraten.

»Wenigstens läuft das Bistro zurzeit richtig gut«, meinte Katta optimistisch. »Wenn das so bleibt und sich meine Mieter endlich dazu durchringen würden, zu bezahlen, hätte ich eine solide finanzielle Basis. Dann könnte ich dir eine Festeinstellung anbieten.«

Als wir Licht gemacht hatten und alle Fenster zum Lüften geöffnet waren, sah mich Katta erwartungsvoll an. »Nun sag, schon, würdest du mein Angebot annehmen? Ich bezahle dir das gleiche, was du bei deinem Onkel bekommst. Und du hättest auch genug Zeit für deine Fälle und könntest deine Detektei noch weiter ausbauen. Und wenn das so chaotisch weiter geht in meinem Leben, hast du mich direkt als Stammklientin.« Sie lachte ein wenig gezwungen.

Mir fiel ein Stein vom Herzen. Ich hatte noch mit niemandem darüber gesprochen, dass mein Onkel Willy mir heute Morgen am Telefon seine Entscheidung mitgeteilt hatte. Das Schicksal seiner Firma war sozusagen besiegelt.

»Ich werde mir das durch den Kopf gehen lassen«, grinste ich.

Katta knuffte mich in die Seite. »Du altes Pokerface!«

Wir hatten gerade den Speiseplan und die Reihenfolge der Vorbereitungen besprochen, als Annette eintraf. Auch sie war heute früher als sonst. Ihr rechtes Auge war dick verquollen, ein Teil ihres Gesichtes schillerte in lila Farbtönen. Annette murmelte etwas zur Begrüßung, Katta und ich sahen uns ratlos an. Was konnten wir tun, wie sollten wir Annette helfen? Vielleicht indem wir sie erst einmal in Ruhe ließen und möglichst normal weiter arbeiteten.

Katharina schob einen Kuchen in den Ofen, dann deckte sie die Tische im Gastraum und auf der Terrasse ein. Sie wollte mir Gelegenheit geben, alleine und in Ruhe mit Annette zu sprechen. Wenn man gemeinsam kocht, entsteht schnell eine vertraute Atmosphäre. Deshalb wollte ich Annette helfen, die beiden Fischgerichte vorzubereiten, die heute auf der Karte standen. Seelachs in Knusperteig mit Pellkartoffeln und Kräuterquark und Knurrhahn.

»Wie machen wir die Knusperpanade für den Seelachs?« Ich versuchte, möglichst unbefangen ins Gespräch zu kommen.

»Mit Erdnüssen.«

Eine Weile arbeiteten wir schweigend nebeneinander her. Dann versuchte ich es mit einem Frontalangriff. »Sag mal, wer hat dich so zugerichtet? War das dein Exmann?«

Annette drehte sich zu mir um. Das Auge sah wirklich schlimm aus, an ihrer Schläfe befand sich eine Schürfwunde und ihre Lippe schien aufgeplatzt zu sein.

»Es war ein Unfall, kannst du das akzeptieren?«

»Nein.« Ich blieb hartnäckig. »Ich kann das nicht verstehen. Eine frühere Bekannte von mir hat über einen längeren Zeitraum hinweg behauptet, sie habe Unfälle gehabt, sei ungeschickt gewesen oder ein Schrank sei ganz unglücklich genau auf sie gefallen. Niemand im Freundeskreis hat das geglaubt, aber man wollte sie nicht zusätzlich quälen. Zufällig habe ich dann herausgefunden, dass ihr Ehemann sie regelmäßig krankenhausreif geprügelt hat. Selbst dann hat sie ihn in Schutz genommen und bei sich selbst die Schuld für sein Verhalten gesucht. Nachdem er seine Frau geschlagen hatte, tat es ihm jedes Mal leid. Sie haben sich versöhnt und sie hat ihn nie angezeigt. Aber ein Mann, der einmal diese Schwelle übertreten hat, tut es in der Regel immer wieder. Oft sind diese Männer in der Kindheit selber geprügelt worden. Der Ehemann meiner ehemaligen Bekannten hat eines Tages zu fest zugeschlagen. Seine Frau ist innerlich verblutet, er hat sich später im Gefängnis erhängt.«

Annette hackte wütend auf die Kräuter ein, die vor ihr auf dem Schneidebrett lagen. »Warum erzählst du mir solche Schauergeschichten?«

Schweigend rührte sie die Kräuter in den Quark, gab ein wenig Naturjoghurt dazu, goss etwas Öl hinzu und würzte mit grobem Meersalz. Dann stellte sie die Schüssel mit dem Kräuterquark in den Kühlschrank und knallte die Tür zu, dass es schepperte.

»Mein Ehemann hat mich nie geschlagen. Der versucht, mich ganz anders fertig zu machen. Wir haben noch einen gemeinsamen Kredit abzubezahlen. Aber er trägt seinen Anteil nicht ab und die Bank hält sich bei mir schadlos. Dabei weiß ich genau, dass er im Geld schwimmt, schließlich hat er eine gut bezahlte Stelle. Außerdem wohnt jetzt bei seiner neuen Tussi in ihrem schicken Bungalow in Hamminkeln. Die ist Lehrerin mit A14 oder wie das heißt. Sie fährt ein teures Auto, die beiden machen schicke Reisen und spielen High Society im Tennisclub. Udo wird sie ausnehmen wie eine Weihnachtsgans, darauf wette ich. Und er kann sich dieses Schlitzohr von Anwalt leisten, der behauptet, Udo hätte nichts. Weil wir keine Kinder haben und ich immer gearbeitet habe, bin ich jetzt die Dumme. Und ich stehe da mit diesem arbeitsscheuen Schönling und seinen halbseidenen Geschäften und kann gucken, wie ich über die Runden komme. Das ist alles so eine Scheiße!«

Annette wusch die Fische so gründlich ab, dass das Wasser nur so spritzte. Dann entfernte sie Köpfe und Schwänze, als lägen ihre Männer vor ihr auf dem Schneidebrett.

»Katta und ich würden tun was wir können, um dir zu helfen«, warf ich zaghaft ein. Ich wollte sie animieren, weiter zu reden. Aber Annette blieb stumm wie ihre Fische.

Ich wischte mir ein paar Tränen weg, Zwiebeln schneiden, macht mich immer traurig. Als Annette so gar nicht mehr reden wollte, änderte ich meine Taktik. »Gestern war die Polizei wieder hier. Katta musste zu einer Gegenüberstellung.«

Anette sagte nichts, sondern reagierte jetzt ihren Ärger an den Erdnüssen ab.

»Der Antiquitätenhändler hat Katta aber eindeutig nicht als die Person identifiziert, die ihm den Schmuck verkauft hat.« Ich tat so, als bräuchten die kleinen Kartoffeln, die ich mit der Bürste abschrubbte, meine ganze Konzentration.

»Welchen Schmuck?«

»Eine Brosche und ein Granatring, die aus dem Einbruch bei Inderfurth stammten.«

»Eine Brosche und ein Ring?« Annette schnappte nach Luft.

»Ja, der Schmuck war einem Antiquitätenhändler angeboten worden und der wollte ihn übers Internet weiterverkaufen«, plauderte ich möglichst beiläufig und füllte die sauberen Kartoffeln in einen großen Topf, während ich Annette aus den Augenwinkeln beobachtete.

»Welcher Antiquitätenhändler?«, fragte Annette fast tonlos. Plötzlich sah sie sehr blass aus. Ich sah sie nur an, antwortete aber nicht. Annette trat neben mich.

»Es war Ramschrath, habe ich recht?« Ihre Stimme kippte.

»Ja.«

»Oh Gott!« Sie schlug die Hände vor den Mund. Ich befürchtete, sie würde ohnmächtig werden, nahm sie am Arm und setzte sie auf den Elefantenfuß, der in der Küche stand. Ohne seine Hilfe kam ich nicht an die oberen Regale heran.

»Das war ich.«

»Du warst was?«

»Ich habe Ramschrath am Dienstag den Schmuck verkauft. Und ich habe Katharinas Namen angegeben, weil es mir peinlich war.«

Jetzt kam ich nicht mehr ganz mit. »Du möchtest doch damit nicht sagen, dass du den Schmuck bei Inderfurth gestohlen hast?«

Ich wollte es nicht wahrhaben, aber das wäre die logische Schussfolgerung gewesen. Deshalb gab es also keine Einbruchsspuren. Annette konnte genauso gut wie Katta den Schlüssel benutzt haben. Außerdem hatte Annette soeben selbst von ihrem finanziellen Engpass erzählt. Sollte sie Kattas Vertrauen missbraucht, sich die Schlüssel angeeignet und nach dem Ausliefern der Buffets die Wohnungen der Kunden nach Wertgegenständen durchsucht haben?

»Du hast den Schmuck bei Inderfurth gestohlen?« Mir wurde ganz flau.

»Nein! Ich habe nichts gestohlen«, jammerte Annette. »Ich habe den Schmuck nur an Ramschrath verkauft, weil ich dringend Geld brauchte. Ganz dringend. Richie hat mir den Schmuck am Sonntag zum Geburtstag geschenkt. Und er war schrecklich wütend, als er herausbekommen hat, dass ich sein Geschenk versilbert habe. Deshalb hat er mich doch so verprügelt. Verdammt, ich mache aber auch alles verkehrt.« Annette schluchzte hemmungslos. Ich hielt ihr eine Küchenrolle hin. Als Katta in der Tür erschien, schüttelte ich den Kopf und machte ich eine abwehrende Geste, sodass sie wieder verschwand. Ich war fest entschlossen, auch noch zu erfahren, wo Richie den Schmuck herhatte.

Ich sah auf meine Armbanduhr, es war höchste Zeit, dass wir mit den Vorbereitungen für den Mittagstisch fertig wurden. Annette kühlte sich ihr Gesicht mit kaltem Wasser. Ich strich ihr tröstend über den Rücken. »Es hilft alles nichts, wir müssen diese Sache so schnell wie möglich aufklären.«

Langsam drehte sich Annette zu mir um. »Du denkst hoffentlich nicht, dass Richie den Schmuck gestohlen hat. Er hat gesagt, dass er die Sachen ganz preiswert auf dem Trödelmarkt auf dem Sprödentalplatz gekauft hat. Das wäre so ein Schnäppchen gewesen, da hätte er einfach zugreifen müssen. Ich glaube ihm das. Er macht bestimmt auch ein paar krumme Sachen, aber Richie hat nichts mit den Einbrüchen zu tun.«

Sie sah mich flehend an und tat mir furchtbar leid. Erst wurde sie von ihrem Exmann aufs Kreuz gelegt und jetzt hatte sie ihr Lover in kriminelle Machenschaften verwickelt.

»Annette, wir müssten jetzt eigentlich die Polizei informieren, das ist dir schon klar?«, begann ich vorsichtig. »Wenn Richie den Schmuck wirklich bei einem Händler gekauft hat, muss er das aussagen und die Kripo wird weiter ermittel.«

Annette schloss die Augen und sank wieder auf den Hocker. Sie schien genau so wenig an Richies Unschuld zu glauben wie ich.

Mit beiden Händen packte sie meinen Arm und hielt ihn so fest, dass es schmerzte. »Richie ist mit einem Kumpel unterwegs. Er kommt erst am Samstag zurück. Der schlägt mich tot, wenn er glaubt, dass ich ihn verpfiffen habe. Könntest du nicht erst mit ihm reden? Bitte Claudia, bitte, tu das für mich.«

Rechtsanwälte und andere Männer

Katta

Als die Mittagsgäste gegangen waren, stellten wir eine Tafel mit der Aufschrift: ‚Heute geschlossene Gesellschaft' vor die Tür. Jan sollte auf ausdrücklichen Wunsch von Horst heute Abend nicht arbeiten. Für ihn sprangen Lisa und ihre Freundin Uschi-Lisa ein, die sich unter Tuscheln und Kichern von ihm in die Geheimnisse des Kaffeeautomaten einweihen ließen.

Derweil stellten Claudia und ich die Tische um. Von unserem Haus-und-Hof-Schreiner hatte ich drei runde Tischplatten geliehen, die wir auf je vier meiner Holztische befestigten. An jedem dieser so entstandenen großen runden Tische hatten bis zu zehn Personen Platz. In die Mitte platzierten wir jeweils ein rundes Tablett, das sich auf Kugellagern drehen ließ. So würde sich jeder nach Herzenslust von den Leckereien, die wir später anbieten würden, selbst bedienen können. Damit entfiel das Lästige ‚könnten Sie mir mal das Brot reichen' oder ‚ich hätte gerne noch etwas von dem sensationellen Dipp' und ‚wenn ich dann noch um eine Dattel bitten dürfte'.

Wir verzichteten auf Tischtücher, sondern deckten mit silberfarbenen Platztellern ein; drei Gläser an jedem Platz, in denen sich die aberhundert Lämpchen der Lichterketten spiegelten, die wir an der Fensterfront befestigt hatten. Lisa dekorierte mit Teelichtern und weißen Blüten und stellte auf jeden Teller eine weiße Serviette, die sie auf unterschiedliche Arten gefaltet hatte, fächer-, spitzhut- und kronenförmig. Es sah schon alles ziemlich edel aus, befand ich stolz. Auf der Theke prangte ein üppiges Bukett mit weißen Rosen, Freesien und Lilien neben den mit Sektgläsern bestückten Tabletts.

Vor ein paar Tagen hatte Horst mich abends angerufen. Er klang unglücklich und ich schlug sofort vor, zu ihm nach Kempen zu kommen. Aber dann hatten wir lange telefoniert und der erfolgreiche Anwalt Dr. Horst Pricken druckste herum, bis ich aus ihm herausquetschte, dass er diese Party eher aus privaten als geschäftlichen Gründen geplant hatte.

Er wollte sich mit Jan verloben. Endlich war es heraus. Ich schluckte, hätte aber nicht erklären können warum. Wir wussten ja, dass die beiden ein Paar waren und auch im Kollegen- und Bekanntenkreis hatten sie nie ein Geheimnis daraus gemacht. Als Jurist wollte Horst seine Beziehung legitimieren, stellte ich mir vor, aber das war natürlich auch in unserer sogenannten modernen aufgeklärten Zeit irgendwie ungewöhnlich.

Jedenfalls hätte Jan sich geweigert, an dieser Party teilzunehmen, wenn Horst von seiner Idee nicht abließe. Es wäre zu einer heftigeren Diskussion gekommen, in deren Verlauf Jan drohte, auszuziehen.

Als ich noch mit Lisa in unserem großen Haus in Kempen wohnte, kurz nachdem mein Mann verschwunden war, hatte Jan vorübergehend bei uns gewohnt. Unter meinem Dach hatte er seinen Roman fertiggestellt, der dann so erfolgreich wurde. Damals hatte es die erste größere Krise im Zusammenleben der beiden gegeben. Aber Jan war schließlich zu Horst zurückgekehrt.

Ich redete lange auf Horst ein und zeigte Verständnis für seinen Wunsch, auch nach außen hin die Beziehung zu seinem Lebensgefährten zu besiegeln, eine Art offizielle Anerkennung anzustreben.

Am Ende des Gespräches hatten wir uns dann gegenseitig davon überzeugt, dass es nicht weniger wert war, wenn man ohne amtlichen Segen, Trauschein oder dergleichen zusammenblieb. Es war doch nur wichtig, welche Bedeutung man selbst seiner Beziehung beimaß, nicht was andere darüber dachten. Schließlich schien Horst halbwegs getröstet. Ich konnte ihn für den Gedanken begeistern, ohne speziellen Anlass zu feiern, einfach nur aus Freude darüber, mit netten Menschen zusammen zu sein, aus Dankbarkeit, dass es uns allen so relativ gut ging, einfach aus Lebensfreude.

Als Jan am nächsten Tag auftauchte, nahm er mich kurz in den Arm, sagte: »Unsere Katta«, und ich wusste, was er meinte. Ein wohliges Gefühl durchfuhr mich, ich lächelte glücklich. Wir verstanden uns. Es war schön, solche Freunde zu haben.

Horst hatte für zwanzig Uhr eingeladen und in seiner Branche schien man mehr als pünktlich zu sein. Einige der Gäste kannte ich von der letzten Party vor einem halben Jahr, als ich von Horst den ersten Auftrag für mein Catering-Unternehmen bekommen hatte.

Auch Elke und Leo Lindges waren wieder dabei. Horst kaufte öfter Bilder von Leo für seine Kanzlei.

»Na, wo ist denn deine Spaß-Verderber-Freundin?«, rief Leo augenzwinkernd, als er mich erblickte. Er hatte seine große kräftige Gestalt ganz in Weiss gehüllt. Weiße Schlabberhose, ein weites weißes Hemd und dazu der weiße Bart und weißes langes Haar, das ihm inzwischen in Wellen bis auf die Schultern fiel. Sein markanter, runder Kopf und die Brille mit den runden Gläsern waren sein Markenzeichen gewesen. Ich vermutete, dass es mit seinem fünfzigsten Geburtstag, also etwa der Lebensmitte, zu tun hatte, dass er sein Erscheinungsbild so radikal geändert hatte. Oder war das Kunst?

»Mensch, da wär ich doch um ein Haar auf meine alten Tage richtig berühmt geworden.« Leo schrieb mit seinen Händen in die Luft: »Der erste Krefelder Fotokünstler, dessen Werke schon zu Lebzeiten gestohlen werden und auf Schwarzmärkten in aller Welt . . . ich darf gar nicht daran denken, die ganze Publicity und wie die alle heißen.«

»Mensch Leo, du bist doch schon richtig berühmt«, lachte ich und umarmte Elke zur Begrüßung. »Du hast schon

Ausstellungen in Spanien, Portugal, USA und wer weiß, wo sonst noch gehabt.«

»Ach, das war doch nur . . .«, setzte Leo bescheiden an, aber da wurde er schon von einem weiteren Gast entdeckt.

»Sieh an, der weiße Riese persönlich erhellt diese finstere Hütte!« Es war Eckehart Geyer, mein ehemaliger Nachbar.

Ich hielt nach seiner Frau Burgi Ausschau, aber Leos breiter Rücken versperrte mir den Blick. So schlängelte ich mich mit meinem Tablett voller Sektgläser durch die Menge. Hier und da begrüßte ich Bekannte und fast überall waren Leo und seine nicht gestohlenen Bilder das Hauptthema. Eine bessere Werbekampagne hätte er für Geld nicht kaufen können.

»He, Katta, hängt da denn auch ein Werk von Leo an deiner Bilderwand?«, wollte Eckehart wissen.

»Das ist hier der reinste Bildungstempel«, dröhnte Leos tiefe Stimme. »Kunst bildet ja auch, deshalb sagt man ja bildende Kunst.«

»Bild dir deine Meinung.« Ecke hielt den Zeigefinger hoch. »Das sag ich meinen Schülern immer.«

»So gesehen ist jeder Lehrer, jeder Lehrkörper, ja auch ein Künstler, er hat täglich mit Bildung zu tun. Stelle ich mir mal so vor.«

»Wie ich meinen Leo kenne, schreibt er Lehrkörper mit zwei ‚e'«, mischte sich Elke ein.

»Ne, mit drei.«

»Solange er nicht Hohlkopf zu mir sagt, können wir Freunde bleiben«, konterte Eckehart. »Komm Leo, darauf trinken wir einen. Prost Kollege.«

Lisa und ihre Freundin Uschi-Lisa befragten die Gäste nach ihren Getränkewünschen und servierten, als täten sie seit Jahren nichts anderes. Die beiden trugen ihre Haare hochgesteckt und hatten schwarze Westen über weiße taillierte Blusen angezogen.

»Ihr seht ja richtig appetitlich aus«, hatte Leo kommentiert. Mir wäre es lieber gewesen, sie hätten ein paar Knöpfe mehr geschlossen.

Endlich erspähte ich Burgi. Sie unterhielt sich angeregt mit einem gut aussehenden, dunkelhaarigen Mann. Seiner drahtiger Figur und der Hautfarbe nach zu urteilen, konnte er ein Spanier oder Italiener sein. Das pechschwarze Haar war akkurat gescheitelt und glänzte. Burgi sah wie immer totschick aus in einem langen, roten Kleid und einer neuen glatten Kurzhaarfrisur mit rötlichem Schimmer. An ihren Ohren baumelten rote Kugeln fast bis auf die Schultern. Sie hielt den Kopf leicht geneigt und lachte ihr Gegenüber an. Der Mann sprach sehr gestenreich, vielleicht ein Künstler, der ihr Skulpturen beschrieb? Er hielt ein volles Sektglas in der linken Hand - also keiner, der erst mal ein paar Bierchen zum Auflockern in sich hineinkippte - und vermutlich war er Linkshänder, kombinierte ich.

Claudias Spürsinn färbte schon auf mich ab. Ein Mann, dem Burgi über längere Zeit zuhörte, musste ein geistreicher Gesprächspartner sein. Der Typ interessierte mich.

Ich prüfte schnell mein Spiegelbild in einem der größeren, verglasten Bilder. Meine Haare lagen ausnahmsweise mal nicht so platt am Kopf wie sonst, und meinen leider sehr blassen Teint hatte ich mit etwas Make-up aufgefrischt. Ich trug eine weise Bluse, denn Lisa hatte behauptet, dass mir das viel besser stünde als kragenlose T-Shirts.

Ich pirschte mich unauffällig an Burgi und den feurigen Südländer heran, um etwas von ihrem Gesprächsthema aufzuschnappen. Vielleicht könnte ich mich mit einer intelligenten Bemerkung einklinken.

Doch Burgi blickte unvermittelt in meine Richtung. »Katharina, da bist du ja endlich! Das sieht hier ja alles perfekt aus! Wie du das immer machst!« Ich löste mich aus ihrer Umarmung.

»Burgi, du siehst perfekt aus, so gar nicht nach Lehrerin«, zog ich sie auf. »Und du hast ein neues Parfum! Sehr voluminös, aber blumig mit einer leichten Fruchtnote und verführerisch im Abgang.«

Dann sah ich mich suchend um. Der interessante Südländer hatte sich abgewendet und war von der Menge verschluckt worden.

»Wer war denn der coole Typ gerade? Ich wollte ihn dir bestimmt nicht vertreiben.«

Burgi lachte spitz auf. »Ich danke dir, dass du mich erlöst hast. So ein Schwätzer, der rückte mir so unangenehm nahe auf den Pelz. Ich hatte dauernd das Gefühl, der geht mir gleich an die Wäsche. Wo Horst den wohl aufgegabelt hat. Vermutlich ein Klient, ich tippe auf Mafia oder größerer Kleinganove.«

Ich schluckte. Soviel zum Thema Menschenkenntnis.

Burgi zupfte mich am Arm und stellte sich auf die Zehenspitzen. »Lauf bloß nicht weg, ich habe dir jemand richtig Nettes mitgebracht.« Sie reckte sich. Sie war mindestens einen Kopf kleiner als ich, und da noch niemand Platz genommen hatte, war es etwas unübersichtlich. »Im Moment sehe ich ihn nicht, aber ich werde euch gleich bekannt machen. Ecke hat ihn bei einem Turnier im Golfclub kennengelernt. Ein Kollege aus Bayern, dort sind gerade Pfingstferien.«

Ich verzog das Gesicht, ausgerechnet ein Bayer, die kann man doch gar nicht verstehen, aber Burgi fuhr unbeirrt fort: »Ecke hat ihm angeboten, dass er übers Wochenende bei uns wohnen kann. Ein ganz reizender Typ, der würde gut zu dir passen. Er ist zwar auch Lehrer, und ich weiß natürlich, du stehst nicht auf Beamte. Aber eine sichere Pension ist auch ein Argument.« Sie zwinkerte mir zu.

Ich ließ meinen Blick über die vielen eleganten Frauen und die gut gekleideten Männer schweifen, aber einen verbeamteten Bayern konnte ich nicht erkennen. Dafür kam Horst in bester Gastgeberlaune auf mich zu. Wir verabredeten, dass es etwas zu Essen geben sollte, sobald er seine Gäste dazu bewegt hätten, sich zu setzen.

»Der erste Fotokünstler, der seine Bilder selbst klaut. Diese Geschäftsidee ist ja Gold wert, kann ich die kaufen?«, rief ein schlanker blonder Mann, den ich nicht kannte.

Ich suchte Burgis Blick. Sie schüttelte den Kopf, das war schon mal nicht der Traummann, den sie mir versprochen hatte.

»Eine Idee wie ein Bild«, witzelte Leo. »Du, ich mache da ein Bild draus und du kaufst es mir ab.«

Nachdem sich alle ausgiebig begrüßt und mit Sekt angestoßen hatten, sprach mich eine elegante Dame an. Sie trug eine Frisur wie aufgewickelte Zuckerwatte.

»Entschuldigen Sie, wenn Sie zufällig ein Armband finden sollten, mir ist eines abhanden gekommen. Ein goldener Reif mit eingearbeiteten Perlen. Falls ihn jemand bei Ihnen abgibt, wäre es nett, wenn Sie an mich denken.«

Die Dame war reichlich mit Gold geschmückt. Die nackten Schultern und Arme hätte ich an ihrer Stelle mit etwas mehr Stoff dekoriert.

»Wenn Sie ihn hier verloren haben, wird er sicher wieder auftauchen. In geschlossenen Räumen geht nichts verloren, sagt meine Tante Margarethe immer«, fügte ich überflüssigerweise hinzu.

Sie lächelte und entschwand. Ich informierte die beiden Lisas und verzog mich zu Claudia in die Küche. Eigentlich zählten Claudia und Michael auch zu den Gästen, aber da Michael mal wieder geschäftlich verhindert war, machte es Claudia nichts aus, für mich die Küchenhilfe zu geben.

Die beiden Mädchen versorgten die Gäste weiterhin mit Getränken. Mit einem Ohr bekam ich mit, dass Horst eine kurze lockere Rede hielt. Reden konnte er wirklich. Ich beneidete ihn um die Wortspielereien, die er leichthin aneinanderreihte.

Bis jetzt verlief der Abend bestens. Nachdem die Lisas und ich Kräuterbrot, Dipps, mit Schinken umwickelte Grissinis, Bruschettas und eine große Auswahl anderer Appetizer auf die drehbaren Tabletts gestellt hatten, erschien eine Chansonnette, die von einem Saxofonisten begleitet wurde. Die beiden waren eine Überraschung von Jan und absolut einmalig. Sie stellte sich als Jutta aus Köln vor und sang wunderbar freche Texte zu eingängigen Melodien.

Wenn die Texte nicht so kriminell pfiffig gewesen wären, dass man kein Wort verpassen wollte, hätte man aufspringen und sich zu der mitreißenden Musik bewegen müssen. Leider dauerte ihr Auftritt nur kurz.

Jan steckte mir stolz ihre Karte zu, die beiden sollten nicht zum letzten Mal in meinem Lokal gewesen sein.

»Übrigens, Katta«, Jan beugte sich diskret zu mir herab, »ein Herr Ich-hab-den-Namen-gerade-vergessen glaubt, am Waschbecken der Herrentoilette seinen Ring abgelegt zu haben. Jetzt ist er nicht mehr da – der Ring. Falls du ihn findest, sag mir doch bitte Bescheid.«

Dass die Leute nicht selbst auf ihre sieben Sachen aufpassen konnten. Und warum mussten es ausgerechnet Preziosen sein? Mir wäre es lieber gewesen, wenn es sich nur um ein Aldi-Feuerzeug gehandelt hätte.

Claudia und ich waren im Rhythmus der Musik durch die Küche getänzelt und plötzlich fiel mir ein, was ich meiner Freundin schon die ganze Zeit hatte mitteilen wollen. »Burgi hat sich vorhin mit einem Typen unterhalten, der mir aufgefallen war. Vom Aussehen her eher ein Südländer, vielleicht Italiener.«

»Aha«, gab Claudia mit zweideutigem Unterton von sich und zog die wenigen Buchstaben lang, obwohl ich nichts davon gesagt hatte, dass ich mich für ihn interessierte.

»Es kam mir merkwürdig vor, dass er mir ausgewichen ist. Zuerst habe ich mir nichts dabei gedacht. Nur seit alle an den Tischen sitzen, habe ich ihn nicht mehr entdecken können. Horst sagt aber, es seien alle da, die er begrüßt hat.«

»Du willst sagen, dir kam der Italiener spanisch vor?«, kalauerte Claudia.

Ich nickte. »Ja, besonders da inzwischen schon zwei Gäste Schmuck vermissen.«

»Oh, oh!«

»Zufall?«

»Unwahrscheinlich.«

Wir brachten als Hauptgang Pasta-Variationen auf den Tisch und die entsprechenden italienischen Weine. Anschließend ein Zitronensorbet und zum Abschluss servierten die beiden Lisas unter Jans Anweisung Kaffeespezialitäten. Die Mitternachtssuppe war auch schon vorbereitet. Es lief alles wie am Schnürchen.

Plötzlich stand Burgi in die Küchentür. »Hallo ihr zwei Fleißigen.« Sie griff sich an den Hals. »Ich habe gerade festgestellt, dass ich meine Kette verloren haben muss. Die ist nicht zufällig abgegeben worden?«

Ich wechselte einen Blick mit Claudia. »Wie genau sah die Kette aus?«

»Wieso sprichst du von meiner Kette in der Vergangenheitsform?«, empörte sich Burgi, es sollte lustig klingen.

Dann stellte sich heraus, dass es sich ausgerechnet um die Goldkette mit antikem Anhänger handelte, die Burgi zum zehnten Hochzeitstag von Ecke geschenkt bekommen hatte.

»Mir schwant Übles«, murmelte Claudia. Dann ließ sie sich von Burgi und mir den spanischen Italiener genau beschreiben.

»Aus einem geschlossenen Raum kann ja bekanntlich nicht verschwinden«, behauptete Burgi. Sie war fest davon überzeugt, dass ihre Kette wieder auftauchen würde.

»Nun komm aber doch gleich mal zu uns an den Tisch, Katta. Du weißt schon . . .«, raunte sie mir zu.

Es war mir nicht entgangen, dass Burgi ganz hibbelig wurde, weil sie mich endlich mit diesem Traummann bekannt machen wollte, die alte Kupplerin. Ich vermutete, dass es sich um den dunkelhaarigen Endvierziger handeln musste, der zwischen Burgi und Ecke eingekeilt saß. Nun, der würde mir ja nicht weglaufen.

Meine Tochter und Uschi-Lisa waren richtig aufgedreht. Ihnen hatte die Arbeit Spaß gemacht und sie waren überschwänglich gelobt worden. Trotz Protesten schickte ich die beiden Mädchen kurz vor Mitternacht mit einem Taxi nach Hause. Nicht nur Horst hatte ihnen ein üppiges Trinkgeld zugesteckt.

Nun hätte auch für Claudia und mich der gemütlichere Teil des Abends beginnen können, wenn wir nicht ständig nach den vermissten Schmuckstücken gefahndet hätten. Beim Servieren suchte ich mit den Augen den Fußboden ab, ich war in den Wasch- und Toilettenräumen gewesen, als sich dort niemand aufhielt, aber der Schmuck blieb verschwunden.

Claudia und ich vermuteten, dass sich der falsche Italiener unter die Gäste gemischt, sich einiger Wertgegenstände bemächtigt hatte und dann wieder verschwunden war. Solange keiner der Gäste darauf bestand, wollten wir nicht die Polizei verständigen. Bisher glaubten Burgi und die anderen Opfer ja noch, sie hätten ihren Schmuck verloren. Noch wusste keiner, dass außer ihm noch jemand etwas vermisste.

Wir mussten selbst herausfinden, wer der Dieb war und das Diebesgut möglichst wieder beschaffen. Es wäre das Ende von ‚Kattas Küche', wenn publik würde, dass in meinem Bistro die Gäste bestohlen wurden.

»Wie willst du herausfinden, wer der Typ ist?«, fragte ich wenig zuversichtlich.

»Ich könnte wetten, er wird noch mal hier erscheinen. Für ihn ist alles sehr glatt gelaufen und er hat anscheinend nicht zu oft zugeschlagen, sodass seine Anwesenheit gar nicht bemerkt worden ist. Die Gäste glauben, sie hätten ihre Wertgegenstände verloren. Wenn er dir nicht aufgefallen wäre, hätten wir gar keinen Verdächtigen.«

»Und jetzt?«

»Jetzt arbeiten wir weiter daran, dass unsere Gäste einen unvergesslichen Abend haben werden«, lächelte Claudia. Ich schluckte.

Burgi gelang es endlich, mich mit Eckes verbeamteten Golffreund bekannt zu machen. Er war ein ganzes Stück größer als ich und eher schlaksig, dabei hätte ich erwartet, dass er als Bayer einen Bierbauch vor sich hertrug. Das Styling seiner kurzen blonden Haare erinnerte mich an Jörg Pilawa, und er sprach sogar richtiges Deutsch, da er in Hamburg aufgewachsen war. Er war nicht unsympathisch, aber das war auch schon alles.

Ich hatte das Gefühl, Burgi pries mich an, als sei ich ein Restposten aus der letzten Saison, der dringend wegmüsste. Während wir beim Small Talk zusammenstanden, rückte Horst plötzlich in mein Blickfeld. Neben ihm stand der italienische Südländer, sie schienen ins Gespräch vertieft.

»Und wie sensationell Katharina kochen kann, hast du ja selbst gerade probieren dürfen«, plauderte Burgi.

»Das war wirklich ausgezeichnet«, rang sich der hanseatische Bayer ab.

»Danke«, sagte ich und wandte mich ab. Es gab jetzt Wichtigeres, als mir von Burgi einen Mann schönreden zu lassen. Ich musste zurück in die Küche und Claudia melden, dass sie recht gehabt hatte.

Unser Verdächtiger war an den Tatort zurückgekehrt. Der mutmaßliche Meisterdieb hatte Horst eine Hand auf die Schulter gelegt. Ich überlegte kurz, konnte mich aber nicht entsinnen, dass Horst Goldkettchen trug, aber bestimmt eine sehr teure Uhr. Bisher hatte ich mich nicht eingehend mit Preisen von Armbanduhren beschäftigt.

Während meiner Ehe mit Jörg gönnte ich mir gerne schon mal eine neue Swatch, die es farblich passend zu allen Modeerscheinungen gab. Leider hatte ich die Angewohnheit, meine Uhr schon mal zu verlegen. Dass es Menschen gab, die das Zehnfache für eine Armbanduhr ausgaben, war mir unbegreiflich, und als Eckehart mal in Erwägung zog, sich eine Rolex anzuschaffen, hatte ich an seinem Verstand gezweifelt.

Auf dem Weg in die Küche räumte ich einige leere Flaschen ab, ohne meine Zielperson aus dem Blickwinkel zu verlieren.

Claudia war nicht in der Küche. Auf der Toilette war sie auch nicht. Schließlich entdeckte ich sie bei dem Gitarristen, der seine Anlage links neben der Theke aufbaute. Es sollte schließlich noch Musik und Tanz geben.

»Er ist wieder hier«, raunte ich ihr zu und zeigte in die Richtung, wo soeben Horst gestanden hatte.

Da kam Horst schon auf uns zu. »So, jetzt werdet ihr gleich von den Socken sein«, strahlte er und griff nach dem Mikrofon.

Er würde doch nicht entgegen unserer Abmachung seine Verlobung mit Jan bekannt geben wollen? Mich befiel eine üble Vorahnung. Hilfesuchend sah ich zu Claudia. Sie zuckte nur mit den Schultern.

Als Horst das Mikro zum Mund führte, rutschte sein Anzugsärmel hoch. An seinem rechten Handgelenk befand sich keine Armbanduhr.

Jan stand plötzlich neben mir. »Kattalein, ich soll dich fragen, ob du noch irgendwo etwas von dem göttlichen Sorbet versteckt hast, an unserem Tisch dürstet jemand danach.«

»Jan, weißt du, wer der Typ ist, der Dunkelhaarige, der da gerade bei Elke steht?« Leichte Panik schwang in meiner Stimme mit.

»Der sieht klasse aus, oder?«

»Ob du den kennst? Ist der eingeladen?«

Jan zog die Augenbrauen hoch, doch bevor er mir antworten konnte, bat Horst um Aufmerksamkeit. Ich hielt meinen Blick fest auf den italienischen Spanier geheftet, als könnte ich ihn so an der Flucht hindern.

Da erwiderte er meinen Blick, lächelte und zwinkerte

mir zu. Voll dreist, hätte Lisa gesagt. Mechanisch fasste ich mir an die Ohrläppchen. Meine Perlenstecker waren noch da.

Horst kündigte einen weiteren Programmpunkt an. In seiner Kindheit sei er nicht nur von Kasperle und Seppel fasziniert gewesen, besonders die dunklen Gestalten hätten ihn angezogen. Allen voran der Räuber, der ihn ganz besonders geprägt haben müsse, deshalb sei er wohl später Rechtsanwalt geworden. Allgemeines Gelächter und Applaus. Am meisten aber hätte ihn der Zauberer beeindruckt. Ihn hätte er wegen seiner Fähigkeiten, Dinge verschwinden und wieder auftauchen zu lassen, beneidet. Darum freue er sich, uns heute einen echten Zauberer zu präsentieren, Marc Moreno, einen Meister seines Fachs.

»Was ich sagen wollte«, Jan beugte sich zu mir herab, als wieder Applaus ertönte, »da drüben das ist Franz Schädler alias Marc Moreno.«

»Wäre ich jetzt nicht drauf gekommen«, antwortete ich. »Sag deinem hungrigen Gast, der böse Zauberer hätte das ganze Sorbet verschwinden lassen.«

Claudia und ich verfolgten den Auftritt des Zauberers mit misstrauischem Interesse. Erst lieh er sich das weiße Jackett eines Gastes, um darin eine Zigarette auszudrücken, ohne Brandflecken zu hinterlassen. Er ließ sich einen Ring geben, der unter einem Tuch verschwand. Claudia und ich tauschten Blicke. Dann kam ein Kästchen zum Vorschein, das einen Beutel enthielt, dem er immer wieder kleiner werdende Stoffsäckchen entnahm. Aus dem kleinsten Beutelchen fischte er schließlich eine Kette.

Burgi kreischte begeistert, als sie ihr Hochzeitstagsgeschenk erkannte. So tauchten der perlenbestückte Armreif, der Herrenring, ein silbernes Feuerzeug, eine Brosche, eine Herrenarmbanduhr und mehrere Portemonnaies und Brieftaschen wieder auf. Einige der Wertgegenstände waren noch gar nicht vermisst worden.

Claudia wollte sich gar nicht mehr einkriegen vor Begeisterung. »Das muss ich auch lernen, das ist faszinierend! Eine großartige Idee, Horst.«

Ich war eigentlich nur erleichtert, dass es nicht wirklich ein Taschendieb gewesen war, der meine Gäste beklaut hatte. Ich kam mir ein bisschen wie eine Spaßbremse vor, als mir herausrutschte, dass es mir lieber gewesen wäre, Horst hätte mich eingeweiht.

»Ein bisschen spannend sollte der Abend für dich ja auch sein«, grinste Horst und legte Marc Moreno seinen Arm um die Schulter. »Ihr zwei seid ja gewissermaßen Kollegen. Du zauberst in der Küche und Marc auf der Bühne.«

»Ich habe da noch etwas für Sie.« Der Zauberer sah mir in die Augen, als wolle er mich auf der Stelle in Hypnose versetzen. Dann zog er langsam seine Hand aus der Hosentasche und darin hielt er meine Armbanduhr.

Ich fasste an mein Handgelenk, es musste tatsächlich meine Uhr sein. Mit gewinnendem Lächeln nahm der Zauberer meinen Arm und befestigte meine Uhr wieder daran. Dabei stellte er sich außergewöhnlich ungeschickt an und kam mir so nahe, dass ich sein Aftershave riechen konnte. Es kam mir bekannt vor. Ich glaubte, es war dasselbe, das Michael manchmal benutzte.

»Ich habe wohl bemerkt, dass Sie ein Auge auf mich geworfen haben«, raunte er mir zu. Ich wurde rot und hoffte, dass die anderen das nicht mitbekamen.

»Nur, weil ich Sie für einen gewöhnlichen Taschendieb hielt«, konterte ich.

»Und ich dachte schon, ich hätte Ihr Herz gestohlen. Das würde ich übrigens nicht so ohne Weiteres zurückgeben.«

Süßholzraspler! Endlich war er fertig mit dem Gefummel und gab meinen Arm frei.

»Danke Herr, ähm, Schädling.« Ich rauschte davon, räumte leere Flaschen weg und stellte neue auf die Tische.

Dabei versuchte ich im Blick zu behalten, wo sich der Zauberer der Herzen gerade aufhielt, und ärgerte mich, wenn er meine Blicke auffing oder mir zulächelte. Ich gab mir große Mühe, dem Schädling aus dem Weg zu gehen. Niemals hätte ich zugegeben, dass ich ihn ausgesprochen attraktiv fand. Einer wie der wickelt die Frauen doch um den Finger, um sie am ausgestreckten Arm verhungern zu lassen.

So schlechte Erfahrungen, wie Annette mit Männern gemacht hatte, wollte ich mir ersparen. Als Witwe mit Kind war ich vermutlich auch für Heiratsschwindler eine leichte Beute. Und Heiratsschwindler zählten ja schon zu meinen Stammkunden.

Endlich begannen einige Gäste zu tanzen. Burgi versuchte noch mehrmals, mir ihre Neuerwerbung schmackhaft zu machen, aber mir war der Abend auch so anstrengend genug. Ich entschuldigte mich damit, dass ich mich um die Getränke kümmern musste.

Übereifrig räumte ich Geschirr und Gläser weg. Später beobachtete ich, wie Claudia sich von dem Süßholz-Schädling in ein Gespräch verwickeln ließ. Hoffentlich hatte sie hinterher noch ihre fünf Sinne beisammen.

Als die letzten Gäste gingen, hatten Claudia und ich die Küche schon wieder in Ordnung gebracht, alles glänzte. Jan und Horst halfen noch, die runden Tischplatten wegzuräumen.

»Die Party war spitzenklasse«, freute sich Jan und legte seinen Arm um Horst.

»Und das Lokal sieht beinahe so aus, als sei nichts gewesen«, sagte Horst und zwinkerte mir zu, »das grenzt ja fast an Zauberei.«

Nach- und Lebenshilfe

Claudia

Obwohl ich erst gegen zwei Uhr morgens ins Bett gefallen war, wachte ich zeitig auf. Mit Burgi hatte ich mich auf der Party über Kattas Mieter unterhalten und interessante Informationen erhalten. Deshalb nahm ich mir vor, mich heute persönlich um Herrn Brink zu kümmern.

Burgi hatte immer ein wachsames Auge auf ihre neuen Nachbarn. Von ihr wusste ich, dass es sich der junge Mann zur Gewohnheit gemacht hatte, Samstagsvormittags in der Fußgängerzone von Kempen einkaufen zu gehen.

Also parkte ich meinen Polo kurz nach neun Uhr auf dem kleinen Parkplatz am Viehmarkt gegenüber dem Haus, das Kattas Mieter bewohnten. Ich hatte mir eine Thermoskanne mit Tee und ein Butterbrot mitgenommen und wartete.

Schon einige Zeit lang hatte ich keine Observierungen mehr vorgenommen und so genoss ich es, einfach in meinem Wagen zu sitzen, aus dem Fenster zu sehen und abzuwarten.

Es tat sich nicht viel im morgendlichen Kempen. In Kattas Haus waren die Vorhänge nicht zugezogen, aber es war auch kein Licht zu sehen. Ich beobachtete einzelne Fußgänger, eine ältere Dame, die ihren Hund ausführte und sich an der Straßenecke mit einer Bekannten unterhielt. Ein weiteres Fahrzeug fuhr auf den Parkplatz, Autotüren schlugen zu und jemand betätigte den Parkscheinautomaten.

Ich goss mir einen Tee in den Deckel der Warmhaltekanne, der gleichzeitig als Becher diente. So praktisch, wie ich geglaubt hatte, war die Kanne nicht. Als ich sie wieder zuschrauben wollte, tropfte mir ein Teerest auf die Jeans.

Zum Glück trug ich eine schwarze Hose, da fiel der feuchte Fleck nicht weiter auf. Als ich wieder durch die Windschutzscheibe blickte, verließ Herr Brink gerade das Haus. Er trug eine helle Jeans und einen altmodischen Trenchcoat, irgendwie erinnerte er mich an einen Exhibitionisten. Der junge Mann, ich schätzte ihn auf Mitte zwanzig, überquerte die Fahrbahn und schlenderte über den Marktplatz.

Langsam stieg ich aus, zog ein Ticket am Parkscheinautomaten und beobachtete, wie Herr Brink den nächstgelegenen Supermarkt ansteuerte. Als er den Laden betreten hatte, ging ich zurück zu meinem Wagen und platzierte den Parkschein ordnungsgemäß hinter der Windschutzscheibe. Dann bezog ich vor der Parfümerie Position. Ausgiebig studierte ich die Auslagen im Schaufenster, während ich darauf wartete, dass mein Beschattungsobjekt wieder auftauchte. Als ich mich an all den Parfümflakons, Augenfalten-, Tages-, Nacht- und Aufbaucremes sattgesehen hatte, inspizierte ich die Auslagen zweier weiterer Geschäfte. Entweder kaufte Herr Brink einen größeren Vorrat für die nächsten Wochen, was sehr ungünstig wäre, denn dann würde er seine Beute vermutlich auf dem schnellsten Weg nach Hause schleppen und meine Observation wäre beendet. Oder es war brechend voll, weil es ein nicht zu übertreffendes, günstiges Schnäppchen zu einem Supersonderpreis gab oder vielleicht zwanzig Prozent auf Tiernahrung. Das konnte sich die Bevölkerung des Örtchens nicht entgehen lassen und vermutlich war auch nur eine Kasse geöffnet, sodass er ewig in der Schlange warten musste. Aber vielleicht war er auch nur knapp bei Kasse und verglich ausgiebig Angebote und Preise.

Gerade als ich in Erwägung zog, den Supermarkt nach Herrn Brink zu durchsuchen, trat er aus der Tür. In der rechten Hand hielt er eine Einkaufstüte und über dem linken Arm den Exhibitionistenmantel. Anscheinend war ihm warm geworden beim Einkauf. Herr Brink schlenderte

Richtung Kirche und steuerte dann die nächste Bäckerei an. Er hatte Glück und ich auch, es war nur ein älteres Ehepaar vor ihm an der Reihe. Die freundliche Bäckereifachverkäuferin reichte ihm zügig ein Stangenbrot über die Theke, sodass er wenige Minuten später wieder in der Fußgängerzone stand.

Ich überlegte fieberhaft, unter welchem fadenscheinigen Vorwand ich ihn ansprechen könnte, als Herr Brink auf seine Armbanduhr sah und zum Buttermarkt spazierte. Zielsicher steuerte er ein Café an und nahm an dem letzten freien Tisch Platz.

Jetzt hatte ich leichtes Spiel. Herr Brink verstaute sein Gepäck auf einem der drei Stühle, und als er aufsah, blickte ich ihn fragend an. »Ist bei Ihnen wohl noch ein Platz frei oder warten Sie auf jemanden?«

»Oh nein, bitte sehr, setzen Sie sich ruhig. Hier ist es samstags um diese Zeit immer sehr voll.«

Das hatte Burgi mir auch berichtet. Ich bedankte mich artig und setzte mich. Nachdem die Kellnerin uns mit Getränken versorgt hatte, verwickelte ich den jungen Mann in ein Gespräch, indem ich behauptete, nach Kempen ziehen zu wollen. Bereitwillig erzählte er mir, wie er und seine beiden Freundinnen das Haus auf dem Moorenring gefunden hätten, und dass er eine wirklich nette Vermieterin hätte. Das wusste ich schon.

»Ja, das ist wichtig, dass man ein gutes Verhältnis zu seinem Vermieter pflegt«, warf ich ein. »Einer Bekannten von mir ist gekündigt worden, nur weil sie zwei Monatsmieten im Rückstand war«, behauptete ich. »Dabei war sie nur vorübergehend in einem finanziellen Engpass. Aber der Vermieter ließ nicht mit sich reden und das Gesetz gab ihm recht.«

Ich beobachtete, wie Herr Brink schluckte. Seine Gesichtsfarbe wurde noch eine Spur blasser.

»Ja, bei uns gibt es da auch einige Schwierigkeiten«, murmelte er und stützte seinen Kopf mit einem Arm ab.

»Meine Freundin hat zwar versprochen, für die Miete aufzukommen, aber da gibt es im Moment persönliche Probleme, ich meine, wie soll ich das erklären?«

Er druckste einen Moment lang herum, aber er schien mich für einen mütterlichen Typ zu halten, bei dem man seine Sorgen abladen kann. So erzählte er mir, dass er mit seiner Geliebten Nadine und deren Freundin Carina zusammen das Haus gemietet hatte. Eigentlich sei ihm von Anfang an klar gewesen, dass Nadine ihn schon über hatte und nur die günstige Wohngelegenheit nutzen wollte.

Er hätte sich Hoffnungen gemacht, ihre Beziehung neu beleben zu können. Nadine sei eine faszinierende Frau, so unkonventionell und in keine Schublade zu ordnen.

Doch vor kurzer Zeit sei Nadine einfach wortlos verschwunden. Er war in Sorge, sie könne sich etwas angetan haben. Er habe sogar befürchtet, Carina könne Nadine etwas angetan haben. Die beiden Frauen wären, seit sie mit ihm zusammengewohnt hätten, wie Katz und Maus gewesen. Inzwischen hätte Nadine ihre Sachen abholen lassen, obwohl das nicht viel gewesen sei. Sie habe einen reichen, alten Knacker gefunden, bei dem sie sich ins gemachte Nest setzen wolle.

Der junge Mann führte seine Tasse zum Mund, stellte dann fest, dass sie schon leer war. »Ja, und jetzt wo Nadine weg ist und ich mit Carina zusammenlebe, habe ich herausgefunden, dass wir viel besser zusammenpassen. Und da ist noch etwas, Carina liebt mich.«

»Das ist doch wunderbar«, säuselte ich. »So sind Sie mit Nadine auch Ihre Probleme losgeworden. Oder fehlt jetzt Nadines Mietanteil, sind jetzt finanzielle Probleme aufgetreten?«

Die Kellnerin fragte, ob wir noch etwas wünschten und ich bestellte eine weitere Runde Kaffee. Das Gebräu hier schmeckte fast so gut wie der Kaffee von Jan.

»Ja und nein. Carina hat viel Geld geerbt und hat ein eigenes kleines Geschäft. Ich habe nur eine Lehre in der

Gastronomie aufzuweisen, ein abgebrochenes Studium und außer dem Job in Carinas Kaffeeladen keine eigenen Einnahmen. Ich fürchte, ich mache mich zu abhängig von ihr.« Er fuhr sich über den Dreitagebart und warf mir einen verzweifelten Hundeblick zu. »Verstehen Sie, ich komme mir vor wie eine Ehefrau, die nur in der Firma mitarbeitet, aber nichts Eigenes hat. Das ist keine gute Voraussetzung für eine Partnerschaft oder sogar eine Ehe, finde ich.«

Der Kaffee wurde vor uns abgestellt und ich rührte nachdenklich Milch in mein Getränk. »Ich sehe das sicher zu pragmatisch«, behauptete ich und leckte den Löffel ab. »Aber was spricht dagegen, wenn Sie sich eine Stelle suchen? Dann verdienen Sie eigenes Geld und können sich unabhängig fühlen.«

Herr Brink schüttelte resigniert den Kopf. »Ich will ja halbe Tage in ihrem Laden helfen, sonst hat sie den Eindruck, ich würde sie hängen lassen. Aber in der Gastronomie einen Halbtagsjob zu finden, ich weiß nicht . . .«

Nun konnte ich mir ein Lächeln nicht verkneifen. »Also, das kann in Ihrem Fall nun wirklich nicht so schwer sein. Sie sagten, Frau Lintfort ist Ihre Vermieterin?« Ich war mir nicht sicher, ob er Katta namentlich erwähnt hatte, aber das spielte keine Rolle. »Zufällig kenne ich sie sehr gut, wie das hier eben so ist. Jeder kennt jeden oder ist sogar verwandt. Daher weiß ich, dass Katharina Lintfort ein neues Bistro in Krefeld auf dem Großmarkt führt. Das Lokal läuft prima und über kurz oder lang sucht sie sicher zuverlässiges Personal. Sie als ihr Mieter haben doch da schon einen Fuß in der Tür.«

Ich strahlte ihn an, aber der junge Mann brach nicht in Begeisterung aus, sondern runzelte stumm die Stirn. Vermutlich dachte er über seine Mietschulden nach. Recht so!

»Haben Sie mir nicht erzählt, dass Sie Probleme mit ihrer Vermieterin hätten?«, forschte ich nach.

»Oh nein, haben wir nicht«, beeilte er sich zu sagen, »keine, die sich nicht schnellstens klären ließen, meine ich.«

Komm Junge, einfacher kann ich es dir nicht machen, dachte ich ungeduldig und trank meinen Kaffee aus. Langsam wurde es Zeit, dass ich zum Großmarkt fuhr. Sicher wartete Katta schon auf mich.

Plötzlich sprang Herr Brink auf. »Das war bestimmt kein Zufall, dass ich Sie hier getroffen habe.«

Wie Recht er hatte, wirklich ein cleveres Kerlchen, schmunzelte ich.

»Ich danke Ihnen, ich danke Ihnen sehr! Durch das Gespräch mit Ihnen bin ich mir über meine Situation sehr viel klarer geworden. Ich werde Frau Lintfort anrufen, fragen kostet nichts. Es ist wirklich ein Glück, dass ich Sie getroffen habe. Der Kaffee geht natürlich auf mich. Aber ich habe mich gar nicht vorgestellt. Ich heiße Bernd Brink.«

»Oh, Claudia Neukirchen. Es war mir ein Vergnügen, mit Ihnen zu plaudern, und ich würde mich freuen, wenn wir uns mal wieder sehen.«

Ich erhob mich, bedankte mich für den Kaffee und entfernte mich beschwingten Schrittes. Hoffentlich würde meine Rechnung aufgehen und er bekam bei Katta einen Halbtagsjob. So hätte er ein eigenes Einkommen und könnte seinen Mietkostenanteil direkt von seinem Gehalt bezahlen. Katta bekäme regelmäßig ihre Miete, könnte sich einen weiteren Angestellten leisten und alle wären glücklich.

Jan würde vermutlich bald seine Schaffenskrise überwunden haben. Ich wusste, dass er schon über einen neuen Roman nachdachte. Deshalb würde Katharina in absehbarer Zeit auf jeden Fall einen neuen Barmann brauchen. Ich fand es genial, dass der auch noch Beziehungen zu einer kleinen Kaffeerösterei in Kempen unterhielt.

Ich drängte mich durch die Menge der Kauflustigen in der Fußgängerzone in Richtung Viehmarkt. Hoffentlich war meine Parkuhr inzwischen nicht abgelaufen.

Schüler am Samstag ...

Katta

Samstags öffnete ich mein Bistro üblicherweise nur für Gesellschaften, Feiern und ähnliche Anlässe.

Die Schüler hatten frei, die Geschäftsleute, die oft bei mir zu Mittag aßen, arbeiteten nicht. Überhaupt gehen die Krefelder samstags gerne in die Stadt, erst recht bei so angenehmen Temperaturen und Sonnenschein wie heute. An der Dionysiuskirche findet der Bauernmarkt statt, in den Straßencafés trifft man Bekannte und in der Fußgängerzone herrscht Hochbetrieb.

Hier auf dem Großmarkt wurde es an Samstagen erst gegen Abend wieder rappelvoll. Wenn man nicht reserviert hatte, fand man beim Griechen, dem Spanier oder in der Trattoria nur mit Glück einen freien Platz. In dem italienischen Restaurant saß man recht elegant an chromfarbenen Tischen und Stühlen mit farblich abgestimmten Polstern. Der wintergartenähnliche Teil war mit Hunderten kleiner Lämpchen beleuchtet. Die Terrasse wurde mit Blumenkübeln abgetrennt, die mit Oleander und Olivenbäumchen bepflanzt waren. Für ein gutes italienisches Lokal waren die Preise recht moderat, und nicht nur die Lokalprominenz, die sich hier gerne traf, wurde vom Inhaber persönlich begrüßt.

Die Sonne strahlte und auf den Terrassen am Großmarkt waren alle Sonnenschirme aufgespannt. Es wehte ein angenehmes Lüftchen. Da es nachts geregnet hatte, wirkte der Asphalt wie frisch gewischt und war kein bisschen staubig.

Vor der Terrasse der Großmarkt-Kantine parkten schon mehrere Autos ordentlich aufgereiht. Überhaupt war es erstaunlich, wie relativ gesittet hier geparkt wurde, obwohl es keinerlei Markierungen gab. Vor einigen der Parzellen, die als Lagerhallen genutzt wurden, waren Schilder angebracht, auf denen um das Freihalten der Ausfahrten gebeten wurde. Erst seit einiger Zeit war die Fahrbahn vor den Lokalen durch entsprechende Beschilderung zur Einbahnstraße erklärt worden. Aber das hatten noch nicht alle Fahrer verinnerlicht, was wiederum die Gäste auf den Terrassen oft - die ‚Geisterfahrer' betreffend - zu mehr oder weniger launigen Sprüchen herausforderte.

Zur Mittagszeit erwartete ich heute meine Schüler zu dem ‚Friedensgespräch' mit ihrer Lehrerin. Frau Piepenbroeck unterrichtete zwar auch Lisa in Latein, doch ich hatte sie bisher noch nicht kennengelernt.

Claudia war schon früh erschienen, da sie unbedingt dabei sein und nichts verpassen wollte. Annette und ich hatten Salatteller, verschiedene Platten mit Fingerfood und außerdem Karamellpudding als Nachtisch vorgesehen und so weit wie möglich vorbereitet. Jan war natürlich auch überpünktlich zum Dienst erschienen.

Wir hatten nach längeren Überlegungen sieben Tische L-förmig aneinander gestellt und eingedeckt. Wenn Frau Piepenbroeck in der Mitte Platz nehmen würde, könnten alle Schüler nicht zu weit von ihr entfernt sitzen. Ich hatte hellgrüne Servietten und Teelichter in verschiedenen Grüntönen dekoriert, die Farbe der Hoffnung.

Jan bestand darauf, dass weiß die Symbolfarbe für den Frieden sei. Deshalb stellten wir auf alle Tische Glasflaschen mit weißen Margeriten. Lisa hatte kleine Tafeln mit der Speisefolge beschriftet und auf Miniatur-Staffeleien befestigt. Jan konnte es sich nicht verkneifen, Zahnstocher mit weißen Papierstückchen zu versehen und diese Friedensfähnchen in die Vasen und an die Tafeln zu stecken.

Ich hatte ein ungutes Gefühl, ob Frau Piepenbroeck diese Art von Humor zu schätzen wüsste.

Um halb zwölf erschienen zu meiner Überraschung auch Carl und Anton. Die beiden sahen aus, als hätten sie sich für einen besonderen Anlass herausgeputzt. Anton, der meistens ganz in Schwarz gekleidet war, trug eine helle Hose und ein weißes Hemd zum pastellfarbenen Pullover.

Weil doch heute die Schüler ihr Gipfeltreffen hätten, wollten die Senioren ihnen als Ältestenrat zur Seite stehen, wenn nötig, erklärte Anton nach der herzlichen Begrüßung. Dann bestellten sie erst einmal einen Aperitif und nahmen auf der Terrasse Platz.

Es war zwar sonnig, aber nach dem nächtlichen Regenguss noch nicht wieder so warm wie vor ein paar Tagen.

Unvermittelt fiel mir ein, dass Anton mir neulich erzählt hatte, dass Dieter Krichel gerade geheiratet hätte. Ich wollte demnächst darauf achten, ob er einen Ehering trug. Vielleicht hatte Anton sich aber auch nur einen Scherz mit mir erlaubt. Ich konnte mir nicht wirklich vorstellen, dass Dieter sich als Hochstapler seine Brötchen verdiente. War ich jetzt Mitwisser und machte mich strafbar, wenn er bei mir das Geld ausgab, das er mit Gaunereien verdiente?

Bei nächster Gelegenheit würde ich Horst danach fragen. Ich beschloss, meine Stammkunden im Auge zu behalten.

Nach und nach trudelten die Schüler ein. Ich hatte sie fast alle schon einmal bei mir bewirtet. Das Mädchen, das sich als Jule vorgestellt hatte, lobte höflich die ausgefallene Tischdekoration, andere kicherten, als sie die Friedensfähnchen entdeckten.

Jan platzierte gerade einige Kühler für Wasserflaschen auf die eingedeckten Tische und ich servierte meinen Rentnern die Getränke, als ein schnittiger Sportwagen vorfuhr und mit laufendem Motor vor meinem Lokal stehen blieb. Ich versuchte, mit strengem Gesichtsausdruck einen Blick auf den Fahrer zu werfen, aber durch die Scheiben konnte ich niemanden erkennen.

»So eine Rücksichtslosigkeit, hier die Luft zu verpesten«, schimpfte ich.

»Da muss et aber einer jut können«, entfuhr es Anton.

Ich nahm an, dass sich seine Bemerkung auf Preis und Marke des Wagens bezog. Mit Autos kannte ich mich nicht besonders gut aus und Marken konnte ich nur zuordnen, wenn ich auf der Motorhaube oder am Kofferraum das entsprechende Zeichen erkannte.

Das Fahrzeug fuhr mit einem heulenden Geräusch wieder an, offensichtlich suchte der Fahrer oder die Fahrerin einen günstigeren Parkplatz.

»Das wollte ich dir auch geraten haben«, murmelte ich und begab mich wieder in den Gastraum.

Wenig später betrat eine gut aussehende Frau mit dunklem Kurzhaarschnitt mein Lokal, was die Männer auf der Terrasse zu weiteren Bemerkungen animierte. Die beiden blickten sich um und ich hätte wetten können, Carl pfiff ihr hinterher.

Ich hatte die Frau hier noch nie gesehen. Sie mochte Ende vierzig sein, war schlank, sehr gepflegt und trug ein schlichtes Etuikleid. Die auffallenden schwarzen Ohrringe und ein schmales Brillengestell gaben ihrem hübschen Gesicht eine extravagante Note. Mit suchendem Blick betrat sie mein Bistro. Da mir jetzt erst bewusst wurde, dass ich sie die ganze Zeit über angestarrt hatte, ging ich ihr entgegen.

Unvermittelt schoss mir der Gedanke durch den Kopf, dass vielleicht auch Carl und Anton in Sachen Heiratsschwindel tätig waren. Bisher hatte ich noch nicht in Erfahrung gebracht, welchen Tätigkeiten die beiden nachgingen. Hatten sie sich deshalb so in Schale geschmissen, weil sie hier mit potenziellen Opfern verabredet waren?

Schon häufiger hatte ich die drei Herren auch in weiblicher Begleitung bei mir bewirtet. Immer war ich mehr oder weniger naiv davon ausgegangen, dass es sich um Damen aus ihrem Bekanntenkreis handelte, vielleicht alleinstehende Frauen oder Witwen, die alle zu einer Clique gehörten. Ich versuchte mich zu erinnern, wer bezahlt hatte, wenn sie in weiblicher Gesellschaft hier gegessen hatten. Waren sie von den Damen ausgehalten worden? Das war ja nun weder sittenwidrig noch strafbar. War es möglich, dass die drei mein Lokal als Zentrale für zweifelhafte Machenschaften auserkoren hatten? War ‚Kattas Küche' ihr Stützpunkt, ihr Hauptquartier und ich ihr Mitwisser? Meine Kehle wurde unangenehm trocken.

»Sie sind Frau Lintfort nehme ich an. Mein Name ist Piepenbroeck«, ließ eine angenehme, tiefe Stimme meine Befürchtungen zerplatzen.

Trotzdem war ich nicht wirklich erleichtert, als die Dame mir lächelnd die Hand reichte. Nach Lisas Schilderungen wäre ich im Traum nicht darauf gekommen, dass diese sympathisch wirkende Frau die verhasste Lehrerin sein könnte. Ich hätte eher eine verknöcherte Sechzigjährige mit grauem Dutt und heruntergezogenen Mundwinkel erwartet. Neben dieser eleganten Erscheinung fühlte ich mich mit meiner effen Jeans und dem T-Shirt in die Rolle des Aschenputtels gedrängt.

»Ich bin die Mutter von Lisa«, begrüßte ich sie unsicher und deutete auf den Tisch, den wir für die Schüler hergerichtet hatten. Dort verstummte das Stimmengewirr.

»Lisa? Lisa Lintfort?«, wiederholte Frau Piepenbroeck und auf ihrer Stirn zeigte sich eine senkrechte Falte, »in welcher Klasse ist ihre Tochter, sagten Sie?«

Kurz musste ich überlegen, die Zeit verging so schnell. »In der Elften. Sie hat die Schule gewechselt, weil wir Ende letzten Jahres von Kempen nach Krefeld gezogen sind«, antwortete ich. Als sich so gar kein Zeichen des Erkennens im Gesicht der Lehrerin spiegelte, fügte ich hinzu: »Sie ist sehr gut in Latein.«

»Sehr gut?« Frau Piepenbroeck zog die Brauen hoch und musterte mich über den Rand ihrer Brille hinweg, als hätte ich eine ungeheuerliche Behauptung aufgestellt. »Aha«, sagte sie. Offenbar konnte sie sich nicht erinnern, Lisa zu unterrichten.

»Bitte.« Ich machte eine einladende Handbewegung und begleitete sie zu dem Tisch, an dem bis auf zwei Plätze inzwischen alles belegt war.

Jan servierte die Getränke, und ich hörte, wie Frau Piepenbroeck auf die Frage, was sie gerne trinken möchte, erwiderte, sie wolle sich erst einmal in Ruhe hinsetzen.

Ich verzog mich zu Claudia und Annette in die Küche.

»Hoffentlich verläuft der Rest der Veranstaltung etwas glücklicher als diese Vorstellung«, bemerkte ich verunsichert.

Claudia machte eine aufmunternde Geste, »Katta, alles wird gut! So in fünfzehn Minuten servieren wir die Suppe, ist das in Ordnung?«

Ich nickte. »Jan und du, ihr könntet jetzt Brot und Kräuterdipp auf die Tische bringen.« Ich wandte mich den Speisen zu, die meine beiden Rentner bestellt hatten.

Jan schaute zur Küche herein. »Hui, die ist ja ein Eisklotz, diese Lateinlehrerin, man könnte glauben, jemand hätte die Kühlschranktür aufgelassen. Und sie hat sich noch Verstärkung mitgebracht. Gerade ist ein weiterer Lehrkörper erschienen«, verkündete Jan. »Das wird spannend heute.« Er zwinkerte uns zu. »Kann eine von euch mal kurz beim Getränkeservieren helfen?«

Ich blickte unglücklich zu Claudia. Sie schnitt eine Grimasse und streckte einen Daumen nach oben. »Was würde der Krefelder sagen? Et es noch ömmer jot jejange.«

Leider lief alles schief. Kaum war die Suppe serviert worden, als es am Tisch der Schüler recht laut wurde. Ein Mädchen stürzte weinend zur Toilette. Ich hörte, wie Jan versuchte, sie zu beschwichtigen. Sie solle ganz ruhig und sachlich bleiben, und sie dürfe Bemerkungen nicht persönlich nehmen.

Dann tauchte Lisa auf und ich dachte, es sei eine gute Idee, wenn sie am Tisch der Schüler beim Bedienen helfen würde. Um die Situation zu entspannen, wollte ich möglichst schnell den nächsten Gang herausbringen, Kartoffel-Schinken-Omelette mit Salat.

Dummerweise war ich so nervös, dass mir einige Omeletts zu dunkel wurden und die Kartoffeln anbuken. Das war mir noch nie passiert. Ich musste improvisieren.

Jan informierte uns zwischendurch über den aktuellen Stand der ‚Friedensverhandlungen'. Es schien eine zähe Angelegenheit zu werden. Ich hatte die Wirkung eines guten Essens offenbar weit überschätzt. Enttäuscht registrierte ich, dass Lisa noch halbvolle Teller in die Küche zurückbrachte.

»Die andere Lehrerin ist Sozialpädagogin an unserer Schule. Sie hat gesagt, sie will die Rolle einer Moderatorin übernehmen«, erklärte meine Tochter und verzog geringschätzig das Gesicht. »Läuft aber nicht so toll. Die beiden lassen die Schüler kaum zu Wort kommen. Eben hat die Alte zu Lars wörtlich gesagt, mit vollem Mund spricht man nicht. Dabei ist der voll der Nette.«

Ich schluckte. Warum hatte ich mich eingemischt? Und wenn jetzt all meine Bemühungen umsonst waren oder sich durch meine Aktion das Verhältnis von Schülern und Lehrerin nur verschärfte? Würde Frau Piepenbroeck jetzt Lisa auf dem Kieker haben und ihr eine schlechtere Note geben? Ich fühlte mich elend und mit einer hektischen Bewegung stieß ich eine Schüssel mit Karamellpudding um.

»Mamski, was ist denn mit dir los?« Lisa holte eilfertig einen Lappen, um die Sauerei wegzuwischen.

Claudia schickte mich hinter die Theke. Ich sollte mir einen Schnaps in den Kaffee schütten oder umgekehrt, bevor ich in der Küche ein noch größeres Chaos verbreiten würde. Außerdem war alles so weit fertig.

Annette schnorrte bei Claudia eine Zigarette und verschwand, wie sie glaubte, unauffällig nach draußen. Ich hatte schon bemerkt, dass sie seit ein paar Tagen wieder rauchte.

Als ich den Gastraum betrat, sagte gerade ein kräftiger Knabe mit blondem Kurzhaarschnitt, dass er als Kurssprecher gewählt sei und deshalb einige Punkte vorbringen wolle. Das hörte sich für mich sachlich und vernünftig an. Vielleicht bestand ja doch eine Chance, dass sich die Positionen annäherten. Ich schüttete mir einen Sambuca ein, den Kaffee ließ ich weg.

Inzwischen war die Sonne hinter Wolken verschwunden, auf der Terrasse saß niemand mehr. Carl und Anton hatten sich nach innen gesetzt. Sie verfolgten stumm, was am Schülertisch vor sich ging. Ich auch.

»Da gibt es nichts zu diskutieren. Das Einzige, was ich verlange, ist, dass ihr Hausaufgaben macht und lernt.« Die Stimme der Lateinlehrerin hätte ich jetzt nicht mehr als dunkel und angenehm beschrieben.

»Vor der letzten Arbeit haben wir Gruppen gebildet und uns auch am Wochenende getroffen, um zu lernen, und obwohl . . .«

»Dann hat das offensichtlich nicht gereicht«, unterbrach Frau Piepenbroeck.

»Sie hatten uns genau angegeben, welcher Stoff abgefragt würde, aber . . .«

»Das war sehr entgegenkommend von mir. Ich konnte erwarten, dass ihr auch etwas tut.« Ihre elegante Aufmachung wirkte auf mich plötzlich lächerlich.

»Allerdings bestand wieder ein Teil der Arbeit aus Grammatik und Vokabeln, die im Unterricht noch nicht besprochen worden waren.« Der Schülersprecher ließ sich nicht beirren. Er machte seine Aufgabe sehr gut, fand ich.

»Mein lieber Lars, das ist durchaus legitim, dass ich auf diese Art teste, wer logisch denken kann oder sich sogar selbstständig schon mit dem folgenden Kapitel im Buch befasst hat.«

»Frau Piepenbroeck, Sie hatten versprochen, dass in dieser Arbeit nur gelernter Stoff abgefragt würde. Wir haben uns darauf eingestellt.«

»Darüber diskutiere ich nicht mit dir. Sieh dir den Notenspiegel an, keine Eins, keine Zwei, zwei Dreien. Da kann mir doch niemand erzählen, dass ordentlich gelernt wurde.«

»Ich möchte das gerne erklären.« Der Junge war wirklich die Ruhe selbst. Die übrigen Jugendlichen verhielten sich mäuschenstill. Ich kippte den Rest Sambuca runter.

Annette kam von draußen wieder herein und stellte sich neben mich. »Gib mir auch einen«, flüsterte sie mit versteinertem Gesichtsausdruck. Sie atmete hastig, eine leichte Wolke von Zigarettenqualm umwehte sie.

»Alles in Ordnung?«, fragte ich besorgt. Sie nickte eine Spur zu hastig und schütte den Schnaps hinunter. »Da draußen habe ich meinen Ex gesehen. An einem Wagen mit Weseler Kennzeichen. Mein Gott, woher weiß der, dass ich hier arbeite?«

Ich wusste nicht, was ich sagen sollte und sah mich nach Claudia um, sie stand in der Tür zur Küche.

»Wenn Aufgaben gestellt werden, die nicht durchgenommen wurden, tendiert die Chance, eine fehlerlose Arbeit abzuliefern, also eine Eins zu schreiben, gegen null. Auch eine Zwei . . .«

»Lars, Schluss jetzt!«, fuhr die Sozialpädagogin ihm über den Mund.

Lisa hatte gerade einige Portionen der Nachspeise auf den Tisch gestellt. Nun hielt sie das Tablett vor den Bauch gepresst und sagte mit fester Stimme: »Es wäre fair, wenn Sie Lars auch mal ausreden lassen würden.«

»Was mischst du dich da ein?«, rief die Sozialpädagogin mit leichter Empörung in der Stimme.

»Ich habe auch Lateinunterricht bei Frau Piepenbroeck.«

»Ja, und deiner Mutter hast du erzählt, du stündest sehr gut.« Die Lateinlehrerin zog die beiden letzten Worte in die Länge und betonte sie übertrieben. Unverschämt, wie die mit meinem Kind sprach. So hatte ich das gar nicht gesagt.

»In der letzten Arbeit hatte ich als Einzige eine Zwei«, erklärte Lisa.

»Da bist du von ‚sehr gut' aber noch weit entfernt.«

»Die Zwei habe ich auch nur bekommen, weil Stoff abgefragt wurde, den ich in meiner alten Schule schon durchgenommen hatte. Die anderen Schüler in meinem Kurs konnten diese Aufgaben gar nicht richtig beantworten.«

Ich war stolz auf Lisa.

»Du willst also sagen, du hast deine gute Note zu unrecht bekommen«, kommentierte Frau Piepenbroeck.

»Nein«, beharrte Lisa, »hätten Sie der Klasse den neuen Stoff erklärt, hätten alle eine bessere Arbeit schreiben können.«

»Es ist nicht meine Aufgabe, etwas zu erklären.«

Ich war fassungslos. Am liebsten hätte ich sie angebrüllt, was denn dann ihre Aufgabe sei? Wofür sie denn sonst bezahlt würde?

Carl erhob sich. Die Beine seines Stuhles kratzten über den Boden, sodass ein unangenehm raues Geräusch entstand. Er trat an den Tisch der Lehrerinnen und sagte etwas, was ich leider nicht ganz verstand, irgendetwas wie Missbrauch der pädagogischen Autorität.

»Schüler, die in Kneipen abhängen, statt zu lernen«, hörte ich die Lateinlehrerin sagen, »werden so enden wie Sie. Ich kann das beurteilen, ich stamme aus einer alten Lehrerfamilie. Schon mein Vater und mein Großvater haben unterrichtet.«

Das war zu viel. Ich gab meine Deckung hinter der Theke auf. »Ich möchte Sie herzlich bitten, meine Gäste nicht zu beleidigen. Auch Ihre Schüler sind meine Gäste. Man soll andere immer so behandeln, wie man selbst auch behandelt werden möchte.«

Frau Piepenbroeck erhob sich und erst jetzt fiel mir auf, dass sie ein ganzes Stück größer war als ich.

»Gute Frau. Ich weiß nicht, was Sie sich von dieser Veranstaltung versprochen haben. Vermutlich ist Ihnen nicht klar, dass ich großes Entgegenkommen gezeigt habe, indem ich in meiner Freizeit hierher gekommen bin. Ich wohne in Hamminkeln und brauche fast eine Autostunde, um auf Ihren Großmarkt zu gelangen. Das nur zu Ihrer Information.«

»Wären Sie mal besser dort geblieben«, hörte ich Carls Stimme hinter mir und hoffte, dass man das am Tisch nicht gehört hatte.

»Wenn Sie aus ihrer Tochter auch nur eine Tellerträgerin machen wollen, können Sie sie direkt von der Schule nehmen. Schüler sollten sich auf das Lernen konzentrieren. Es ist eine Unsitte geworden, dass sie während ihrer Schulzeit schon arbeiten gehen.« Sie legte einen Zehneuroschein auf den Tisch. »Für mich ist die Angelegenheit hiermit beendet. Wer gute Noten in Latein haben möchte, muss dafür Vokabeln lernen und Hausaufgaben machen. Mehr habe ich dazu nicht zu sagen.« Frau Piepenbroeck nahm ihre Handtasche, nickte ihrer Kollegin zu und wenige Minuten später verließen die beiden mein Bistro.

Einen Moment verharrten wir alle dort, wo wir gerade standen oder saßen. Es hatte den Anschein, als hielten wir alle die Luft an.

Plötzlich löste sich die Starre. Lars klopfte mit den Knöcheln auf den Tisch und ein Schüler nach dem anderen folgte seinem Beispiel. Das rhythmische Klopfen wurde schneller und lauter.

»Ich möchte mich bedanken. Das war sehr nett von Ihnen, dass Sie uns unterstützt haben«, sagte Lars, dann zuckte er die Achseln, »aber manchmal läuft man eben gegen Wände.«

»Dann muss man diese Wände einreißen«, rief Anton energisch herüber.

»Wir hätten ihr Gift ins Essen tun sollen«, murmelte Jule.

»Die Bremsen ihres Sportschlittens durchzutrennen wäre besser«, schlug ein anderer Schüler vor.

»Nein, man müsste sie mit dem Kopf gegen die Wand

schlagen, bis das Blut nur so spritzt und das Gehirn herausquillt«, sagte jemand.

Lisa fügte hinzu: »Genau, sie sollte lange leiden.«

Ich war entsetzt.

Gierige Freunde ...

Claudia

Michael hatte sich für Sonntagvormittag mit einem Kollegen zum Segeln verabredet. Er war bestens gelaunt, schien aber ein leicht schlechtes Gewissen zu haben, dass er auch an diesem Wochenende nichts mit mir zusammen unternahm. Das war die beste Gelegenheit, Michael von der Entscheidung meines Onkels zu berichten, seine Firma zu verkaufen und seinen Lebensabend in Spanien zu verbringen. Geschickt platzierte ich, wie gut Kattas Bistro lief und ich dort schon die nächste Anstellung in Aussicht hätte.

»Wenn du jetzt weg bist, werde ich noch mal zum Großmarkt fahren«, ließ ich wie beiläufig fallen. Schließlich wollte ich mir heute Richard Gier vorknöpfen. Michael mochte diesen Teil meiner Detektivarbeit nicht. Da ich ihn nicht beunruhigen wollte, musste ich ihm meine wahren Beweggründe, nach Krefeld zu fahren, nicht unbedingt auf die Nase binden. Natürlich freute ich mich, dass ich bei Katharina mitarbeiten konnte, aber im Grunde meines Herzens hätte ich mich lieber als Detektivin selbstständig gemacht, als in die Gastronomie einzusteigen.

Michael sah mich überrascht an. »Es ist Sonntag, da ist das Bistro doch geschlossen.«

»Aber ich muss meiner Chefin zeigen, wie motiviert ich bin«, lachte ich. »Außerdem ist immer etwas zu tun. Vorgestern war die große Party, gestern waren die Schüler da. Katta ist auf jeden Fall im Bistro und ich werde ihr zur Hand gehen. Wenn sie Zeit hat, bringt sie mir außerdem das Kochen bei.«

Michael küsste mich auf die Stirn, dann sah er verstohlen auf seine Armbanduhr.

Katharina und Jan saßen gemütlich an Tisch neun und plauderten. Ich setzte mich zu ihnen und Jan reichte mir eine Kaffeevariation, irgendwas mit Vanillearoma, es duftete köstlich.

»Wollte Annette nicht auch kommen?«, fragte ich möglichst beiläufig. Ich hatte Katta noch nichts von meinen neuen Erkenntnissen erzählt, erst wollte ich mit Richie persönlich sprechen.

»Annette? Ich weiß nicht, ob sie heute kommt.« Jan sah Katta fragend an, Katharina zuckte die Schultern. »Ich weiß von nichts.«

In diesem Moment ging die Tür auf und Annette betrat das Bistro. Trotz Schminke sah ihr Gesicht immer noch lädiert aus.

»Hallo Annette, schön, dass du auch kommst!«, sagten Katta und ich wie aus einem Mund.

»Möchtest du einen Kaffee?« Jan sprang auf. »Ich habe da eine ganz neue Kreation für dich.«

Annette trat zögern an den Tisch, lächelte gequält und schüttelte den Kopf. »Kannst du mal mitkommen, Claudia?«, fragte sie. Ich stellte meine Tasse ab. »Richie ist draußen«, flüsterte Annette mir zu.

»Warum kommt er nicht rein?«

»Ich weiß nicht. Er hat mich nur hergefahren und ich wusste nicht, was ich ihm sagen sollte.« Annette sah sich fragend um. »Ich habe gesagt, ich müsste nur meinen Mantel holen, den hätte ich vergessen.«

»Wir könnten uns unauffällig in die Küche zurückziehen«, schlug Jan vor. »Er braucht ja gar nicht zu merken, dass wir auch hier sind.«

»Aber es gibt doch jetzt keine Schlägerei in meinem Lokal oder was?« Katta war aufgestanden.

»Du willst, dass ich alleine mit ihm rede?«, wandte ich mich an Annette.

»Ja, ich glaube das ist besser. Nachher wird er wieder böse auf mich. Er wartet in seinem Auto nebenan vor der Kantine.«

»In Ordnung.« Ich atmete tief durch und verließ das Lokal. Ich hatte Richie noch nie gesehen, aber so viele Männer, die Sonntagsmorgens in ihren Wagen vor der Großmarktkantine saßen, würde es ja nicht geben.

Ich erkannte ihn sofort. Er war etwa einsachtzig groß und schlank, hatte ergrautes Haar, und ich schätzte ihn auf Mitte vierzig. Er stand neben seinem Wagen, stützte einen Arm auf dem Autodach ab und rauchte. Ich winkte auffällig hinüber.

»Hallo, Herr Gier, kommen Sie doch mal!«

Der Mann sah sich unentschlossen um, schmiss die Kippe weg und kam dann gemächlich auf mich zu. Sein breitbeiniger, leicht federnder Gang wirkte etwas albern.

»Das ist nett, Sie auch mal kennenzulernen. Sie hinterlassen ja schillernde Eindrücke, wie ich gesehen habe.«

Seine blauen Augen verengten sich.

»Kommen Sie herein! Ich bin Claudia Neukirchen und arbeite mit Annette zusammen in der Küche. Mein Kollege Jan Aerbeck hat bestimmt einen leckeren Kaffee für Sie.« Ich hielt die Tür auf.

Annette war anscheinend in der Küche verschwunden.

Missmutig ging Gier zur Theke und setzte sich auf einen der beiden Barhocker. Jan nickte Richie nur leicht zu und schob ihm einen Kaffee über den Tresen. Dann begrüßte Katta Herrn Gier übertrieben freundlich. Ich kam mir vor wie eine Schauspielerin in einem Bühnenstück.

»Wo ist Annette denn? Ich denke, sie will nur etwas holen.« Misstrauisch sah sich Gier um.

»Annette kommt gleich.« Ich lächelte, obwohl mir die Gegenwart dieses Mannes unangenehm war. Ich blieb neben ihm stehen, und obwohl er auf dem Barhocker saß, wirkte er bedrohlich groß. Ob er sich bewusst nicht an einen Tisch gesetzt hatte, weil er dann mit mir auf Augenhöhe gewesen wäre?

»Annette hat mir von dem Schmuck erzählt«, begann ich, aber Richard Gier fiel mir sofort ins Wort.

»Das war auch selten dämlich, damit zum Antikfritzen zu rennen.«

»Annette hat ihn zum Altrüscher gebracht und unter dem Namen ihrer Chefin verkauft«, sagte ich und lächelte unverbindlich. »Das war in der Tat nicht besonders geschickt. Zumal der Schmuck aus einem Einbruch stammte.«

»Ja, das war wirklich blöd.« Er sah mich an und stutzte. »Einbruch, wieso? Ich habe ihr den Schmuck zum Geburtstag geschenkt und die bringt ihn zum Altrüscher. Das kann ja wohl nicht sein«, knurrte Gier. Er spielte mit seinem Kaffeebecher, fuhr mit dem Finger über den Tassenrand. Dann kniff er die Augen zusammen und sah mich an. »Und jetzt?«

»Es würde mich interessieren, woher Sie den Schmuck hatten?«

»Hab ich auf dem Trödelmarkt gekauft. Für Annette. Sie hatte schließlich Geburtstag.« Er zog Zigarillos aus der Jackentasche und steckte sich eins an.

Ich sah verstohlen zu Jan hinüber und blickte dann zur Tür. Er nickte fast unmerklich, begab sich gemächlich Richtung Ausgang und tat so, als würde er dort einige Stühle zurechtrücken.

»Sie haben so wertvollen Schmuck auf dem Trödelmarkt gekauft? Hat Sie das nicht stutzig gemacht?«, wollte ich wissen.

»Woher sollte ich denn wissen, was die Klunker wert sind? Schmuck bekommt man dort an jedem zweiten Stand. Manchmal haben die Leute Omas Tand auf dem Dachboden gefunden und sind froh, wenn sie ein paar Euro dafür kriegen. Ist ja nicht mein Problem, wenn die unter Preis verkaufen. So'n Schwachsinn. Wo bleibt denn Annette überhaupt.«

Ich war mir sicher, dass der Typ Dreck am Stecken hatte, und dass der Schmuck nicht vom Trödelmarkt war, stand für mich fest. »Erinnern Sie sich noch, ob Ihnen ein Mann oder eine Frau den Schmuck verkauft hat?« Ich lächelte unverbindlich.

»Was soll'n die Fragerei? 'Ne Frau.« Er sah sich um, sein Blick blieb an Katta hängen. »Vielleicht war es die da.«

Er grinste, trank lässig seinen Kaffee aus und schob den Becher über den Tresen. Dann zog er ein letztes Mal an dem Zigarillo, blickte auf den Stummel und drückte ihn in dem Kaffeebecher aus.

»Wenn Annette jetzt nicht kommt, fahre ich ohne sie. Dieses Frage- und Antwortspiel ist mir zu blöd.« Er erhob sich von dem Barhocker und sah triumphierend auf mich herab. »Wenn unsere kleine Miss Marple glaubt, ich hätte den Schmuck von Inderfurth geklaut, muss sie das auch beweisen.« Richie grinste arrogant auf mich herunter, er war sich seiner Sache zu sicher.

»Inderfurth? Woher wissen Sie, dass der Schmuck bei Inderfurth gestohlen wurde? Niemand hier hat den Namen genannt.«

»Och nö! Jeder hier weiß aber, dass ihr Buffets zu Inderfurth geliefert habt und zu Kleinschmitz und zu Bommers und zu Nösemes – und überall ist eingebrochen worden.«

»Woher wissen Sie das?«, brauste Katta auf, dann stutzte sie. »Das stimmt alles. Ich habe alle diese Leute beliefert und bei Kleinschmitz und Bommers ist auch eingebrochen worden. Aber bei Nösemes doch nicht?«

Gier grinste selbstgefällig. »Manche Leute schwimmen so im Geld, dass sie nicht mal merken, wenn ihnen etwas abhanden kommt.«

»Mit dieser Aussage haben sie sich gerade selbst überführt«, stellte ich sachlich fest.

»Halts Maul, du dumme Gans. Ihr könnt mir nichts nachweisen!«

Katharina war hinter die Theke getreten und hatte plötzlich ihr Handy in der Hand. »Das wird die Polizei klären«, sagte sie mit ruhiger Stimme.

Dann ging alles rasend schnell. Gier wollte zum Ausgang stürmen, aber dort stand Jan und an dem wäre er nicht so ohne Weiteres vorbei gekommen. Das schien Richie schnell bemerkt zu haben, denn er wandte sich zu mir um. Mit einem Mal hatte er mich im Griff, drehte mir den Arm auf den Rücken und schon spürte ich etwas Hartes an meinem Hals.

Katharina ließ das Handy sinken. »Nehmen Sie das Messer weg!«, rief sie entsetzt.

»Sie machen doch alles nur schlimmer«, sagte ich mutig und versuchte meiner Stimme einen festen Klang zu geben.

»Schnauze! Du lässt mich jetzt vorbei, Gorilla«, rief er Jan zu. »Dann wird der Kleinen nichts passieren.«

»Nun nehmen Sie doch Vernunft an«, sagte Jan, »da draußen sind jede Menge Leute, da kommen Sie nicht weit.«

»Maul halten!«

Ich überlegte, wie ich es schaffen könnte, mich aus seinem Griff zu winden und ihm das Messer zu entreißen. Wenn ihn doch jemand kurz ablenken könnte.

Annette hatte sich die ganze Zeit nicht blicken lassen. Es waren keine Geräusche aus der Küche gekommen. Ob sie unser Gespräch verfolgt hatte? Warum tat denn keiner mal was? Plötzlich sah ich, wie Jan die Augen aufriss. Dann hörte ich einen dumpfen Schlag. Der Griff um meine Hände und der Druck an meinem Hals ließen nach. Richie sank hinter mir zusammen und riss mich mit. Als ich mich aufrappelte, sah ich Annette, die die schwere, gusseiserne Pfanne in den Händen hielt.

»Du hattest Recht, Claudia«, sagte sie mit leiser Stimme. »Der Mann ist nichts für mich.«

Dann sanken wir uns heulend in die Arme. Ich drückte Annette, weil ich ihr so dankbar war.

Annette schluchzte: »Der Typ ist keine Träne wert.«

Katharina hatte die Polizei angerufen, während ich meinen Hals inspizierte. Ein winziger Kratzer war dort zu sehen, es würde nicht mal eine Narbe bleiben. Zum Glück, denn ansonsten hätte Michael mir vielleicht den Job als Privatdetektivin verboten. Er hasste es, wenn ich mich in Gefahr begab.

Die Polizei nahm Richard Gier fest.

Später erfuhren wir, dass in seinem Wagen und in der Wohnung jede Menge Hehlerware gefunden wurde. Es stellte sich heraus, dass er durch Annette wusste, wann und wo Katharina wohlhabende Kunden belieferte. In manchen Fällen hatte er sich durch Annette die Schlüssel aneignen können oder er war dort eingebrochen, wenn Annette Geschirr und Schüsseln alleine abgeholt hatte.

Aber auch eine Anzahl weiterer Diebstähle und Betrügereien gingen auf sein Konto. Annette konnte wirklich froh sein, dass sie diesen Typen los war.

Sonn- und andere Feiertage

Katta

Nachdem die Polizei Richie mitgenommen hatte, war Jan nach Hause gefahren. Besorgt hatte er gefragt, ob er uns Mädels überhaupt alleine lassen könne, aber es war klar, dass er nach Hause wollte, zu Horst.

Der Glückliche – auf ihn wartete zu Hause ein Mann. Annette und ich blickten ihm neidvoll hinterher. Ich seufzte, mich zog nichts nach Hause, auf mich wartete niemand. Lisa war mit Freundinnen auf der Stadtwaldwiese verabredet. Dort trafen sich die Jugendlichen, sobald annähernd sommerliche Temperaturen herrschten. Tante Margarethe, mit der ich mich sonntags öfter traf, unternahm heute mit einer alten Freundin einen Ausflug zu Schloss Anhalt.

Mit mir hatte sich niemand verabredet. Nicht mal ein verbeamteter Bayer oder ein zaubernder Schädling. Ich war auch sonntags in meinem Bistro und den Tränen nahe vor Selbstmitleid.

Annette und ich saßen an Tisch neun. Claudia bediente den Kaffeeautomaten. Sicher würde sie gleich auch nach Hause fahren zu ihrem Michael. Dann würden Annette und ich uns richtig ausheulen und über unser Pech mit Männern fachsimpeln.

Annette schniefte, als Claudia jedem von uns ein Glas mit kaffeebraunem, aromatisch duftendem Getränk in die Hände drückte.

»Ihr müsstet euch mal sehen«, schmunzelte sie. »Da habt ihr gerade ein echtes Abenteuer bestanden. Kattas Unschuld in Sachen Einbruch, Hehlerei und was weiß ich sonst noch, ist eindeutig bewiesen. Der Täter überführt. Eigentlich ein Grund, mit Champagner anzustoßen. Annette ist endlich ihren Lover los, der nur Ansprüche gestellt und ihr auf der Tasche gelegen hat. Und ihr sitzt hier, als sei mit euren Problemen auch alle Lebensfreude von euch genommen.«

»Du hast gut reden«, begann ich und wusste nicht, was ich weiter sagen sollte. Claudia hatte recht. Mein größtes Problem hatte sich mit Richies Verhaftung in Wohlgefallen aufgelöst. In Annettes Fall lag das ein bisschen anders. Ich nippte an meinem Heißgetränk und blickte Annette fragend an.

»Ach, Claudia, wenn das mal alles so einfach wäre.« Annette tupfte sich mit einem Papiertaschentuch über die Augen. »Ich habe immer Pech mit Männern. Die Scheidung von meinem ersten ist noch nicht durch, da habe ich mich einfach mit dem Nächstbesten trösten wollen.« Annette trank einen Schluck und Claudia ließ sich neben ihr auf das Sofa fallen.

»Deine Scheidung läuft aber doch. Da muss bald alles geklärt sein und dann fängst du neu an.«

»Ich hatte auch geglaubt, das würde eine einfache saubere Sache, aber du kennst Udo nicht. Der hat auch einen Hang zum Kriminellen, fürchte ich.«

»Erzähl'«, forderte Claudia sie auf und legte ihren Arm um Annettes Schulter.

»Zum Beispiel bekomme ich immer wieder Rechnungen, die Udo bezahlen müsste. Ich kann mir gar nicht erklären, warum die an meine Adresse geschickt werden.«

«Du hast erzählt, dass ihr fast drei Jahre nicht mehr zusammenlebt. Also kannst du für seine Belange nicht mehr haftbar gemacht werden. Schick die Briefe an die Absender zurück oder an Udos neue Adresse«, schlug ich vor.

»Ich habe Udo auf seinem Handy angerufen, weil ich seine Adresse nicht genau wusste. Er wohnt nicht mehr in Krefeld. Zum Glück, sonst müsste ich befürchten, ihm häufiger über den Weg zu laufen.« Annette fuhr sich mit der Hand durch die roten Haare.

»Er wohnt bei seiner Neuen in so einem Kaff hinter

Wesel. Jedenfalls ging seine Neue ans Telefon und hat mich wüst beschimpft. Ich solle sie und Udo in Ruhe lassen. Ab jetzt würde sie auf keine meiner Geldforderungen mehr eingehen. Das habe ich nicht verstanden. Ich fordere doch gar nichts, ich zahle sogar unseren Kredit zurzeit alleine ab, weil Udo sich nicht rührt.«

»So ein Schwein«, rutschte es mir heraus.

Claudia schüttelte nachdenklich den Kopf. »Das hört sich ganz so an, als würde dein Ex seine Neue finanziell ausnehmen. Er bettelt sie um Geld an, dass er angeblich dir in den Rachen stopfen muss, damit du ihn endlich gehen lässt. Eine alte Masche. Sie zahlt, weil sie augenscheinlich genug Geld hat und den Mann endlich für sich alleine will. Wenn sie aber nicht mehr blechen kann oder will, wird er sie auch fallen lassen und sich ein neues Opfer suchen.«

»Ja, das würde zu Udo passen. Mich hat er auch permanent belogen, und mit Geld nahm er es nie sehr genau. Er lebt gerne auf großem Fuß und über seine Verhältnisse. Ich habe viel zu lange gebraucht, bis ich das gemerkt habe. Aber jetzt mache ich mir Sorgen, was Udo nun schon wieder ausheckt. Warum ist der am Samstag hier auf dem Großmarkt gewesen? Woher weiß er, wo ich arbeite? Spioniert er mir hinterher? Aber wenn ja, warum?«

Claudia zuckte mit den Schultern. »Hat er dich denn gesehen?«

»Nein, er war über die Motorhaube dieses Wagens gebeugt und ich bin sofort zurückgelaufen, als ich ihn erkannt hatte.«

»Vielleicht war es Zufall und er war gar nicht wegen dir hier«, meinte Claudia nachdenklich.

»Zum Teufel mit den Kerlen«, rief ich und sprang auf. »Ich bekomme langsam Hunger, ich koche uns was.« Ich wandte mich an Claudia. »Kannst du noch bleiben oder musst du nach Hause?«

»Ich habe alle Zeit der Welt, Michael ist mit einem Freund segeln, das dauert. Aber ich schreibe ihm gerne eine SMS, dass es hier ein leckeres Abendessen gibt.«

Ich suchte nach einer CD mit fröhlichen spanischen Gitarrenklängen.

»Ja, das ist eine gute Idee«, sagte Annette. »Wenn dieser Freund nett und ungebunden ist, nicht zu kriminellen Handlungen neigt, sein eigenes Geld verdient und zwischen vierzig und sechzig Jahren alt ist, soll er ihn gerne mitbringen.«

Ich sah mich in der Küche um. Beim Türken hatte ich sehr günstig eine größere Menge Tomaten bekommen. »Die Tomate ist genau die passende Frucht für uns«, dozierte ich.

»Ein Sommergemüse, fruchtig, knackig, sinnlich, genau wie wir«, fügte Annette hinzu.

»Stimmt«, grinste ich, »Claudia, du kannst die Tomaten mit heißem Wasser übergießen und ihnen das Fell über den Kopf ziehen, ich meine, sie enthäuten.«

Aus den Lautsprechern im Gastraum schallte David Bisbals ‚Silencio' zu uns herüber. Annette hatte eine Flasche Sekt geöffnet und wir tänzelten albern durch die Küche. Nach kurzer Zeit breitete sich ein appetitlicher Duft aus.

In einem großen Topf köchelte ein Huhn zusammen mit Gemüse und Kräutern vor sich hin. Ich holte mehrere Hühnerschenkel aus dem Kühlschrank, wusch sie ab und legte sie auf das große Schneidebrett.

»Wenn die Tomaten enthäutet sind, kannst du sie entkernen und würfeln«, sagte ich zu Claudia.

»Und was machst du mit den toten Tierteilen«, fragte sie neugierig.

»Ich werde die Schenkel entbeinen. Dann mache ich eine Füllung. Die gefüllten Schenkel werden angebraten, mit Wein abgelöscht und dann lassen wir sie schmurgeln. Die Füllung wird aus gewürfeltem Speck, Zwiebeln, Knoblauch, Kräutern, Chili und Tomaten bestehen. Dazu macht Annette dann einen fruchtigen Salat.«

»Hört sich köstlich an.« Claudia und Annette prosteten sich zu.

»Sag mal Annette, hast du die Neue von deinem Alten schon mal gesehen?«

Annette schüttelte den Kopf.

»Aber du weißt, wie sie heißt?«

»Clara, glaube ich, Clara Poppenköttel oder irgendwas. Ich bin nicht sicher, ob ich ihren Nachnamen jemals gehört habe.«

»Und sie ist Lehrerin.« Es war mehr eine Feststellung als eine Frage.

»Ja, warum?«

Ich nahm den großen Suppentopf vom Herd und goss die Flüssigkeit durch ein Sieb in eine Schüssel. Das ausgekochte Gemüse und das zerkochte Huhn drückte ich fest aus, um alle Aromen zu bekommen.

»Es war nur so ein Gedanke, weil die Piepenbroeck doch da in Hamminkeln wohnt und ihr Wagen ein Weseler Kennzeichen haben müsste.«

»Piepenbroeck, ja natürlich, Clara Piepenbroeck, jetzt wo du es sagst.«

Annette drehte sich zu Claudia um. »Wie bist du darauf gekommen?«

Claudia nickte nachdenklich. »Eine verbitterte Frau mittleren Alters mit anscheinend reichlich privaten Problemen, die ihren Frust an ihren Schülern auslässt.« Ich sah fassungslos erst Claudia an, dann Annette. »Die Neue von deinem Ex ist die Lateinlehrerin meiner Tochter.«

Annette schluckte und legte ihren Kopf in beide Hände. »Die Welt ist so verdammt klein.« Dann lachte sie erleichtert. »Mädels, ich gebe eine Runde! Udo war gar nicht wegen mir hier, sondern wegen seiner Tussi. Obwohl das gar nicht zu ihm passt, dass er stundenlang am Wagen wartet.«

Annette schüttete den Rest Sekt in unsere Gläser.

Ich schüttete die Brühe wieder in den Topf.

Nachdem Claudia fast anderthalb Kilo Tomaten enthäutet, entkernt und gewürfelt hatte, tat ich das Fruchtfleisch in die Brühe. Ich ließ es einmal aufkochen und schaltete dann die Temperatur zurück.

Claudia schrubbte das Schneidebrett ab. »Kann ich noch etwas tun? Irgendetwas hacken oder vierteilen, mir juckt es so in den Fingern.«

Sie schnitt Zwiebeln und Knoblauch klein und hackte zwei weitere Tomaten. Ich mischte alles mit Speck und würzte die Masse. Schließlich füllte ich die entbeinten Hühnerschenkel und band sie mit Küchengarn zusammen.

»Voila! Das werden wir jetzt anbraten.«

»Oh, was duftet denn hier so köstlich«, hörten wir plötzlich Tante Margarethes Stimme. Sie war von ihrem Ausflug zurück, und weil sie mich zu Hause nicht angetroffen hatte, ahnte sie, dass ich im Bistro sein müsste. Sie hätte mit ihrer Freundin einen wunderschönen Tag verbracht, schwärmte uns von Isselburg und Schloss Anhalt vor – und hatte natürlich eine Neuigkeit für uns.

»Als ich dieser Tage hier im Bistro war«, sagte Tante Margarethe, »da waren auch diese drei netten älteren Herren da.«

»Stimmt, das sind meine Stammkunden. Carl, Anton und Dieter«, nickte ich und war gespannt, was sie zu erzählen hatte.

»Ja, ich habe die ganze Zeit darüber nachgedacht, woher ich sie kenne. Und nun weiß ich es wieder.«

»Dieter Krichel ist ein Freund von meinem Vater gewesen«, kam ich ihr zuvor.

»Ja, das stimmt und der Witz ist, er hat gerade Renate Geldmacher geheiratet. Eine Jugendfreundin von deiner Mutter und mir. Carl und Anton sind, glaube ich, bei ihm in der Klasse gewesen.« Tante Margarethe war ganz aus dem Häuschen. Meine Freude war verhalten, ich wusste immer noch nicht, ob Dieter Krichel nun ein Heiratsschwindler war oder ob Anton mir einen Bären aufgebunden hatte.

»Ist das nicht ein unglaublicher Zufall? Da wohnt man in derselben Stadt und nach so vielen Jahren trifft man sich plötzlich wieder.«

Claudia hatte eine weitere Flasche Sekt geöffnet und schenkte Tante Margarethe ein.

»Prost Mädels, auf die alten Zeiten«, zwitscherte meine Tante. »Und wisst ihr was, ich werde sie alle nächste Woche zu meinem Geburtstag einladen. Ich kann doch hier bei dir feiern, Kattakind?«

Annette hatte den Salat fertig zubereitet und hobelte Kartoffeln in dünne Scheiben, um sie dann zu frittieren.

Ich schüttete die Suppe durch ein Passiertuch, schmeckte einmal ab und gab sie zum Essen frei.

Gerade als Claudia den Tisch gedeckt hatte, tauchte Michael auf. Pünktlich zum Abendessen - aber seinen Segelfreund hatte er nicht mitgebracht.

... und andere Schreckensnachrichten

Katta

Lisa hatte am folgenden Montag früher Schule aus als üblich. Meist erschien sie gegen fünfzehn Uhr im Bistro, wenn das Mittagsgeschäft gerade zu Ende war. Dann aß sie eine Kleinigkeit und brachte auch schon mal Klassenkameraden zum Essen mit.

Diesmal tauchte sie schon kurz nach ein Uhr auf.

Jeder Tisch war besetzt und wir hatten richtig gut zu tun. Ich wirbelte mit Annette und Claudia in der Küche, denn das kleine Menü, das heute auf der Karte stand, war der Renner.

Dass Lisa plötzlich im Rahmen der Küchentür stand, traf mich so überraschend wie die Nachricht, die sie mitbrachte. Eigentlich lautete die Anweisung für meine Tochter, dass sie sich bei Hochbetrieb und Stress unauffällig einen freien Platz im Gastraum suchen sollte. Für solche Gelegenheiten gab es extra zwei Barhocker hinter dem Tresen. Lisa konnte sich selbst mit einem Getränk versorgen und an die Theke setzen. Oft war ihr das zu langweilig und sie sprang lieber ein, wo es ihr angebracht schien. Das war auch in Ordnung.

Die Küche war aber Sperrzone, dort herrschte bei Stresssituationen schon mal ein rauer Umgangston, der aber nie persönlich gemeint war. Wir warfen uns gegenseitig Aufforderungen und Befehle um die Ohren, weil für Höflichkeitsfloskeln und ein ‚bitte' oder ‚danke' keine Zeit war.

Als Lisa in der Tür erschien, brüllte Jan hinter ihr: »Aus dem Weg!« Er suchte eine freie Stelle, um einen enorm hohen Stapel Teller abzustellen.

Lisa verdrehte die Augen und rückte ein Stückchen zur Seite. »Wisst ihr, was passiert ist?«

»Nein!«, riefen Jan und Annette.

»Raus!«, riefen Claudia und ich fast gleichzeitig. Wir prusteten vor Lachen, arbeiteten aber sofort konzentriert weiter.

Später, als wir uns an Tisch neun niedergelassen hatten, und Jan jeden mit einem Kaffee versorgte, platzte es aus Lisa heraus: »Die Piepenbroeck ist tot.«

»Nein«, entfuhr es Claudia. Es klang wie eine Feststellung. Aber eigentlich war uns klar, dass Lisa keinen dummen Scherz gemacht hatte. Ich sah meine Tochter an, wusste nicht, was ich sagen sollte.

Lisa saß auf dem Sofa und zeigte verhaltene Freude anstatt Mitgefühl. Ich konnte es ihr nicht verübeln. Auch ich hatte keine Sympathie für ihre Lehrerin aufgebracht. Im Gegenteil, ich war sogar richtig wütend auf sie gewesen. Dafür schämte ich mich jetzt. Mein Mund wurde trocken, ich nippte an meinem Heißgetränk.

»Wie, tot?« Jan saß neben Lisa.

»Richtig tot.« Lisa stellte ihren Milchkaffee auf dem Tisch ab. Dann berichtete sie gestenreich, dass Frau Piepenbroeck am Samstag auf dem Nachhauseweg tödlich verunglückt sei. Sie hätte auf der A 57 die Kontrolle über ihren Wagen verloren und sei frontal gegen einen Brückenpfeiler gerast. Die Trauerfeier würde in einer Woche stattfinden, der genaue Termin stünde noch nicht fest.

»Das Lehrerkollegium soll geschlossen zur Beerdigung gehen. Die ganze Schule hat an diesem Tag frei«, schloss Lisa ihre Ausführungen. »Na ja, einen Tag schulfrei, damit hat sie noch nicht gutgemacht, was sie uns allen angetan hat. Aber das Beste ist natürlich, wir bekommen einen neuen Lateinlehrer. Und das wird Asterix sein und der ist voll der Süße.«

»Bitte, Asterix gibt euch Lateinunterricht?«, fragte ich irritiert und war sicher, mich verhört zu haben.

»Ja, Herr Arnold Theodor Rix, wir nennen ihn kurz A.T. Rix oder Asterix«, erklärte meine Tochter.

Annette schüttelte den Kopf und zog die Brauen zusammen. »Ich fasse es nicht. Carla Piepenbroeck ist, das heißt, war meine Nachfolgerin - und jetzt ist sie schon tot.«

Jan riss ein Zuckertütchen auf, schüttete den ganzen Zucker in seinen Espresso und rührte. Das Klirren seines Löffels gegen die Tassenwand war für kurze Zeit das einzige Geräusch.

Ich hatte ein ungutes Gefühl, fast eine Art von Mitschuld. Claudia setzte sich neben mich. Sie kannte mich zu gut und drückte meinen Arm.

»Nein, nicht was du denkst, Katta. Du hast damit nichts zu tun. Es ist reiner Zufall, wenn der Unfall sich im Anschluss an das Schülergespräch ereignet hat.«

Dieter, Anton und Carl waren wie so oft die letzten Gäste, die nach der Mittagszeit noch übrig geblieben waren. Ich hatte sie fast vergessen.

Anscheinend hatten sie unser Gespräch mitbekommen, denn Carl kam zu unserem Tisch herüber.

»Über Tote soll man ja nichts Schlechtes sagen, aber so wie wir die Dame neulich kennengelernt haben, fällt mir nichts Gutes ein.«

»Jeder bekommt, was er verdient«, sagte Anton und ich bildete mir ein, in seiner Stimme würde eine gewisse Befriedigung mitklingen. Die drei Männer rückten mit ihren Stühlen zu uns an Tisch neun.

Dann erfuhren wir, dass Carl, Anton und Dieter beim alten Piepenbroeck Lateinunterricht gehabt hatten. Unter dem schienen sie ebenso gelitten zu haben wie die Schüler aus dem Kurs von Lars unter dessen Tochter. Bei den Senioren musste das allerdings schon fast fünfzig Jahre her sein. Ich war betroffen, wie tief sich die Erinnerungen an Ungerechtigkeiten während der Schulzeit in ihr Gedächtnis eingegraben hatten.

Geldsegen und andere Zufälle

Katta

Aus reiner Gewohnheit war ich am Vormittag zur Sparkasse gegangen und hatte meinen Kontostand überprüft. Auf meinem Girokonto war eine erstaunlich hohe Zahlung eingegangen und ich fürchtete, dass es sich um eine Fehlbuchung handelte. Mit Zahlen komme ich einfach nicht so gut zurecht. Ich zählte die Stellen vor dem Komma ab. Der junge Mann hinter mir räusperte sich auffällig. Er war mir unangenehm nahe auf die Pelle gerückt.

Ich hatte nur eine vage Vorstellung, wie viel Geld sich auf meinem Konto befinden konnte. Aber diese Summe übertraf meine Erwartungen um ein Wesentliches. Hinter mir hatte sich inzwischen eine Schlange gebildet und ich wurde leicht nervös. Der Automat ratterte, als er meine Kontoauszüge ausspuckte. Irritiert zog ich meine Karte aus dem Terminal.

Als ich mich schon zum nächsten Schalter begeben wollte, um auf den Irrtum hinzuweisen, stellte ich fest, dass meine Mieter die ausstehenden Mietzahlungen der letzten Monate in einer Summe überwiesen hatten.

Beschwingt erledigte ich die anstehenden Einkäufe. Ich konnte es kaum abwarten, zum Bistro zu kommen, um Claudia die gute Nachricht mitzuteilen.

Als ich auf dem Großmarkt ankam, stellte ich enttäuscht fest, dass weder Annette noch Claudia da waren. Es war erst kurz vor zehn Uhr, ich würde mich noch etwas gedulden müssen. Zu meiner Überraschung lag außer Werbeprospekten auch ein Brief unter der Tür. Der Briefträger war also schon dagewesen.

Neugierig öffnete ich den großen braunen Umschlag und hielt eine Bewerbung in den Händen. Ein netter junger Mann bewarb sich um eine Stelle als ‚Commis de Rang'. Und das in meinem Etablissement, ich lächelte geschmeichelt. Ich sah mir das Bewerbungsfoto genauer an, obwohl vermutlich niemand in Wirklichkeit so aussieht wie auf diesen streichholzschachtelgroßen Abbildern. Oft handelt es sich um farblich verfälschte Automatenbilder mit erschrocken starrenden Gesichtern oder um gestylte Kunstwerke von sich selbst verwirklichenden Fotodesigner mit Portraits, die elegisch in die unendlichen Weiten des Universums blicken. Trotzdem kam mir das Gesicht annähernd bekannt vor. Als ich noch einmal den Namen entzifferte, realisierte ich, dass es sich um meinen netten Mieter, Herrn Brink, handelte. Das musste ich unbedingt Claudia erzählen.

Gute und Böse

Claudia

Der Unfalltod der Lateinlehrerin ging mir einfach nicht aus dem Kopf. Katta war ganz aufgewühlt, weil sie sich mitverantwortlich fühlte. Ihre größte Sorge war, einer der Schüler könnte den Wagen der Lehrerin manipuliert haben. Aber diesen Verdacht konnten wir ausschließen. Keiner der Schüler hatte für längere Zeit die Runde verlassen.

Nach dem Gespräch mit unseren Stammrentnern fürchtete Katta nun, die drei könnten vielleicht mit dem Tod der Lehrerin zu tun haben. Zu anschaulich hatten sie uns die zweifelhaften Lehrmethoden von Piepenbroeck senior geschildert.

»Kannst du herausfinden, dass sie unschuldig sind«, bat Katta mich, denn sie hatte Anton, Carl und Dieter richtig in ihr Herz geschlossen. Obwohl sie mir anvertraut hatte, sie vermute, die Herren könnten kriminelle Energien haben.

»Du musst zugeben, sie haben ein starkes Motiv«, sagte Katta. »Rache. Sie haben so drastisch geschildert, wie sie seinerzeit unter ihrem Lateinlehrer gelitten haben, da habe ich eine Gänsehaut bekommen.« Katta fuhr sich über die Arme, als würde ihr bei dem bloßen Gedanken kalt. »Nach all den Jahren schien nichts von diesen negativen Erlebnissen in ihrer Erinnerung verblasst zu sein. Genau, wie man es Elefanten nachsagt. Die rächen sich auch erst Jahre später, sobald sich eine günstige Gelegenheit ergibt – das habe ich gerade noch gelesen«, fügte meine beste Freundin hinzu.

Ich schmunzelte. »Kalte Rache ist zwar die beste, aber

in diesem Fall wäre sie ja geradezu arktisch. Vielleicht liest du nicht die richtige Lektüre. Versuche es doch mal mit Kochbüchern.«

»Püh«, sagte Katta, »du nimmst mich nicht ernst.«

Das tat ich schon, aber ich hatte eine ganz andere Vermutung. Nachdem, was Annette über ihren Exmann Udo erzählt hatte - selbst wenn ihre Ausführungen sehr persönlich gefärbt waren - hätte Udo eindeutig das stärkste Motiv: Habgier. Und er hatte Gelegenheit, den Wagen zu manipulieren. Annette hatte ihn gesehen, wie er sich über die geöffnete Motorhaube eines Wagens mit Weseler Kennzeichen beugte. Sie hatte zwar angenommen, Udo sei gemeinsam mit seiner Flamme zum Großmarkt gekommen, aber es war genauso gut möglich, dass er ihr mit seinem eigenen Wagen gefolgt war.

Es könnte natürlich auch sein, dass es sich um einen ganz gewöhnlichen Autounfall handelte. Aus einem intuitiven Gefühl schloss ich diese Möglichkeit jedoch aus. Ich überlegte, wie ich Erkenntnisse über den Stand der Ermittlungen bei der Krefelder Polizei bekommen könnte. Kurz entschlossen rief ich im Polizeipräsidium an und ließ mich mit Hauptkommissar Greifzu verbinden. Er erinnerte sich sofort an mich und nach einem leichten Wortgeplänkel bat ich ihn, mir mitzuteilen, wer in dem Fall ermitteln würde.

»Soweit ich informiert bin, ist die Autobahnpolizei Wesel zuständig. Aber da gibt es nichts zu ermitteln, das ist kein Fall, sondern ein Unfall.« Sein Tonfall war eher mürrisch mit einer leichten Tendenz zur Ungeduld.

»Sehen Sie, ich arbeite als Privatdetektivin und durch eine ganz andere Geschichte bin ich dahinter gekommen, dass der Lebensgefährte der Toten kein unbeschriebenes Blatt ist.« Ich wartete, ob Hauptkommissar Greifzu sich zu einem Kommentar veranlasst sah, aber am anderen Ende der Leitung hörte ich nur gleichmäßiges Atmen.

»Na ja, ich danke Ihnen, dass Sie Ihre Zeit geopfert haben«, säuselte ich. »Vielleicht ist es auch besser, wenn man sich weitere Ermittlungen erspart. Die Dame ist tot, und zusätzliche Nachforschungen würden nur auf Kosten des Steuerzahlers gehen.«

»Nun sagen Sie schon, was Sie wissen. Hat das Opfer zufällig eine Lebensversicherung zugunsten des Herrn abgeschlossen? Wie heißt der Mensch, wo wohnt er, was wissen Sie sonst noch über ihn?«

Ich musste lächeln. Da hatte der Kriminalist also doch Blut geleckt.

»Können Sie in mein Büro kommen, Frau Neukirchen, jetzt direkt?«, fragte Greifzu mit überaus freundlichem Ton. »Sie sind eine Zeugin und verpflichtet, auszusagen was Sie wissen.«

Überraschungen und andere gute Enden

Claudia

Frau Inderfurth hatte mir eine ansehnliche Summe überwiesen. Das Doppelte, das ich ihr für die Klärung des Falles in Rechnung gestellt hatte. Außerdem bekam ich ein sehr nettes Schreiben von ihr und sie teilte mir ihre neue Adresse mit, falls ich Interesse hätte, sie noch einmal zu besuchen. Ich war ein bisschen gerührt und ziemlich stolz.

Da es nichts Schöneres gibt, als seine Freude mit anderen zu teilen, hatte ich bei Leo Lindges ein Bild für Kattas Bistro gekauft. Die Wand mit den Krefelder Originalen hatte noch leere Stellen. So suchte ich bei Leo ein sehr stimmungsvolles Bild aus, auf dem Krefelder Gebäude und Fassaden abgebildet waren.

Als wir zum Geburtstag von Tante Margarethe in ‚Kattas

Küche' eingeladen waren, brachte ich meiner besten Freundin das Kunstwerk mit. Aber an diesem Abend sollte es noch andere Überraschungen für Katharina geben.

Michael und ich waren die ersten Gäste und hatten für Kattas Tante eine gigantische pinkfarbene Teller-Hortensie besorgt. Was soll man auch jemandem schenken, der schon alles hat? Tante Margarethe drückte uns herzlich an sich. Sie trug ein helles Sommerkleid, das gut mit ihren kinnlangen, ehemals blonden Haaren harmonierte, und ein blumiges leichtes Parfum. Durch ihre gerade Haltung und die schlanke Figur wirkte sie keinesfalls wie eine Siebzigjährige. Ich versuchte nachzurechnen, wie alt sie wohl heute werden könnte, und wünschte mir, in diesem Alter auch noch so frisch auszusehen.

Annette hatte eine sensationelle mehrstöckige Geburtstagstorte kreiert, aus lauter Dankbarkeit, dass Tante Margarethe sie auch zur Familie zählte und ganz selbstverständlich eingeladen hatte. Das Backwerk sah unverschämt appetitlich aus. Man musste sich stark unter Kontrolle haben, um nicht mal eben mit dem Finger über den Nougatüberzug zu streichen.

Lisa und ihre Freundin Uschi-Lisa hatten sich mit Schürzen aus Tortenspitzen als Serviererinnen verkleidet und gemeinsam mit Katta eine lange Geburtstagstafel aufgebaut. Tischdecken, Kerzen und Blumendekoration waren in Orange- und Grüntönen gehalten, was erstaunlich edel wirkte.

Zwei rüstige Freundinnen von Tante Margarethe, die sich nur als Elsbeth und Gerda vorstellten, waren auch eingeladen. Sie trugen ähnliche graue Lockenfrisuren und hatten sich sorgfältig mit Familienschmuck dekoriert.

Und dann erschienen Carl und Anton, elegant in dunklen Zweireihern, als wären sie gerade einem Modemagazin entsprungen. Mit ihrem leicht gebräunten Teint und ihren gepflegten weißen Haaren waren die beiden wirklich ein echter Hingucker. Vermutlich waren sie im selben Alter wie Elsbeth und Gerda, aber ihnen standen die Falten richtig gut, wie ich neidvoll feststellte.

Tante Margarethe strahlte, als die beiden ihr ein Päckchen überreichten. »Das war doch nicht nötig«, flötete sie, »Hauptsache ihr seid da. Es ist doch eigentlich Geschenk genug, dass ich euch wiedergetroffen habe.«

Katta sah sich besorgt nach Dieter Krichel um. Ich kannte diesen unruhigen Blick von ihr und vermutete, dass sie sich wegen irgendetwas Sorgen machte.

Doch bevor ich mich zu ihr ans andere Ende das Tisches schlängeln konnte, trafen Jan und Horst ein und brachten Marc Moreno mit. Sie wollten Kattas Tante einen Kurzauftritt des Zauberers schenken. Ich hoffte, dass Katharina sich am meisten freuen würde, den charmanten Künstler wiederzusehen. Dazu hatte ich mir auch noch eine kleine Überraschung ausgedacht.

Als alle Gäste am Tisch Platz genommen hatten, ging noch einmal die Tür auf und Dieter Krichel trat ein. Ihm folgte eine kleine, dunkelhaarige Frau mit großen, goldenen Ohrklipsen und Designerkostüm, die er als seine Frau vorstellte.

Ich war verblüfft. Hatte Katta das gewusst?

»Renate, ich gratuliere dir«, Tante Margarethe schien Dieters Frau zu kennen. »Katta, ich muss dir Renate Geldmacher vorstellen, sie war zu Schulzeiten die beste Freundin deiner Mutter.«

Meine Freundin war eine Spur blasser geworden, sie schluckte und gab Frau Renate artig die Hand. Stimmte da etwas nicht?

»Ganz ruhig bleiben«, Michael zog mich am Ärmel. »Du bist zu einer Geburtstagsfeier hier. Es geht alles mit rechten Dingen zu, wir wollen fröhlich sein und feiern.«

»Habe ich etwas falsch gemacht?«, fragte ich mit unschuldigem Augenaufschlag.

»Ich habe deinen Blick gesehen«, grinste Michael und drückte mich auf einen Stuhl zwischen Jan und sich.

Tante Margarethe hielt eine anrührende Rede, wie glücklich sie, die früh Witwe geworden war und keine eigenen Kinder hatte, über Katta und Lisa sei. Und dass sie sich freue, noch gebraucht zu werden und wir ‚jungen Leute' immer ihre Lebensweisheiten zitieren würden. Es sei ein Geschenk, dass sie durch Kattas Bistro jetzt einige der engsten Jugendfreunde ihrer jüngeren Schwester wieder getroffen habe.

Und dann wandte sie sich an Lisa und ihre Freundin: »Es ist schon wichtig, dass ihr in der Schule etwas lernt. Alles, was ihr habt, könnt ihr verlieren, aber euer Wissen kann euch niemand nehmen. Ihr müsst selbst dafür sorgen, dass ihr beim Lernen Spaß habt. Das Leben ist zu kurz, um Dinge zu tun, die man nicht gerne tut. Was man gerne macht, macht man auch gut. Und jetzt wird Katta uns etwas Gutes tun. Lasst euch mit einem herrlichen Geburtstagsmenü verwöhnen, ihr Lieben.«

Wir stießen auf das Geburtstagskind an und Marc Moreno zeigte uns einen Trick mit einem imaginären Ei, das er aus der Luft in einen weißen Beutel zauberte. Tatsächlich hatte er plötzlich ein Hühnerei in der Hand. Er wiederholte die Reihenfolge der Handgriffe und kommentierte sie, warf dabei das Ei in die Luft, das nun aber verschwunden blieb. Ich sah ihm ganz genau auf die Finger, kam aber nicht dahinter, wo das Ei geblieben war, obwohl ich wusste, dass er uns einfach nur kurz abgelenkt haben musste. Mehrfach wiederholte er den Trick mit kleinen Variationen, immer tauchten eines oder mehrere Eier auf, die sich dann wieder in Luft auflösten.

Inzwischen hatte Katta Brotkörbchen und verschiedene Dipps auf den Tisch gestellt und dann servierten die beiden Lisas eine klare Tomatensuppe. Als zweiten Gang gab es eine herrliche Salatplatte und anschließend Lamm mit zarten Böhnchen und aromatischen Ofenkartoffeln.

Es herrschte eine unbeschwerte, fröhliche Stimmung und ich beobachtete, dass sich Katta angeregt mit Dieter

Krichel unterhielt. Auf ihrer rechten Seite saß Marc Moreno und es entging mir nicht, dass er mehrfach versuchte, mit meiner Freundin ins Gespräch zu kommen. Katta schenkte ihm wenig Beachtung, ein sicheres Zeichen, dass sie ihr Interesse an ihm nicht zu offen zeigen wollte.

Als schon keiner mehr »papp« sagen konnten, verteilte Annette kleine Stückchen der Geburtstagstorte, und Jan bereitete einige seiner berühmten Kaffeespezialitäten zu.

Ich erhob mich und schlug mit einem Kaffeelöffel gegen mein Glas. »Da wir gerade gesehen haben, dass man verschwundene Dinge wieder auftauchen lassen kann, solltest du die günstige Gelegenheit nutzen, Katta.« Ich zwinkerte meiner Freundin aufmunternd zu.

Katta sah mich irritiert an. Sie vergewisserte sich, dass Lisa außer Hörweite war. »Du meinst jetzt nicht, dass er Jörg wieder erscheinen lassen kann?«, raunte sie mir zu.

«Wer ist Jörg?«, fragte Renate Geldmacher und schlug eine Hand vor den Mund, als Tante Margarethe ihr erklärte, dass es sich um Katta verstorbenen Ehemann handelte.

»Na, was hast du in letzter Zeit dauernd vermisst, Katta?«, fragte ich und rieb Daumen und Zeigefinger aneinander.

»Was spielt ihr hier?«, fragte Lisa, als sie mit ihrer Freundin von der Toilette kam, »Geld oder Liebe?«

Katta verdrehte die Augen und lachte. »Ach, du meinst das Wechselgeld, das hier dauernd verschwindet.«

Marc Moreno holte erneut einen Zauberbeutel hervor, griff in die Luft, hielt plötzlich ein Ei in der Hand, das er in den Beutel legte. Als er Katta aufforderte, hineinzugreifen, zog sie ihr Wechselgeldportemonnaie hervor.

»Das ist tatsächlich meins«, stellte sie verblüfft fest, nachdem sie es untersucht und geöffnet hatte. Sie zuckte die Achseln und sah den Zauberkünstler fragend an.

»Wo legst du deine Wechselgeldbörse denn üblicherweise ab?«, fragte ich. Katta stand auf und ging zögernd hinter die Theke.

Lisa folgte ihr. »Meistens hast du das Wechselgeld doch in der Ecke neben dem Telefon liegen, Mamski.«

»Ja, oder hier in diesem Fach der Anrichte oder auch in der Schublade – huch!« Katta hielt ein zweites Portemonnaie in der Hand. »Wo kommt das denn her?«

»Das ist dein Trick, Katta«, lachte ich. »Mal benutzt du die Börse, von der du glaubst, sie sei schon wochenlang verschwunden. Und mal benutzt du die neuere, ohne dass dir klar ist, dass es sich um zwei Börsen handelt. Kein Wunder, dass deine Kasse nie stimmt.«

»Ach du Schreck, echt?«, Katta sah ungläubig von mir zu Moreno. »Wie habt ihr das denn heraus bekommen?«

»Na, du weißt, als Detektivin habe ich eine legendäre Beobachtungsgabe.«

»Ich hatte mich schon angeboten, Sie zu beschatten«, grinste Marc Moreno und legte einen Arm um Kattas Schultern, »aber das war leider nicht nötig.«

»Claudia, ich hoffe du warst noch nicht im Bett, aber ich habe schon wieder einen Auftrag für dich.«

Die Stimme meiner Freundin klang aufgeregt. Vor etwa einer Stunde hatten Michael und ich das Geburtstagsfest verlassen. Fast alle Gäste hatten sich schon verabschiedet. Jan und Horst hatten angeboten, Tante Margarethe nach Hause zu bringen – sie gaben sich alle Mühe, Katta mit ihrem Freund, dem Zauberer zu verkuppeln. Aber Katharina wollte ihre Tante selbst nach Hause begleiten.

»Ist etwas passiert, Katta? Es ist ein Uhr nachts und wir sehen uns morgen wieder.«

»Claudia, tut mir leid, dass ich jetzt noch störe, aber ich bin ganz durcheinander.«

»Was ist los, Katta? Brauchst du meine Hilfe, soll ich zu dir kommen?«

Michael kam aus dem Bad ins Schlafzimmer, er trug nur seine Boxershorts und sah zum Anbeißen aus. Er zog die Augenbrauen zusammen und murmelte: »Das träume ich jetzt bloß, dass du noch mit Katta telefonierst.«

Ich warf ihm ein Luftküsschen zu und klopfte mit der freien Hand neben mich auf das Bett.

»Du wirst es nicht glauben, aber Tante Margarethe hat mir gerade gestanden, dass sie ziemlich sicher ist, Dieter Krichel sei mein Vater, oder besser, mein Erzeuger. Kannst du das für mich herausfinden, Claudia?«

Aus Kattas Küche

Rezepte: Ulrike Renk

Kräuterhähnchen

1 küchenfertiges Brathähnchen
Kräuter nach Wahl, z. B. Rosmarin, Thymian, Salbei
2 EL getrocknete Tomaten
Knoblauch
1 Schalotte
Olivenöl
Salz
Pfeffer
1 Backstein, in Alufolie
Frühstücksspeck

Das Hähnchen am Rücken aufschneiden und auseinanderziehen. Die Haut am Hals mit einem scharfen Messer vorsichtig ablösen, sodass eine Tasche entsteht. Kräuter, Schalotte, Knoblauch und Tomaten fein hacken. Würzen. Mit dem Öl zu einer Paste vermengen. Das Fleisch unter der Haut mit der Pasta gut einreiben. Den Rest auf der Haut verteilen. Frühstücksspeck auf das Hähnchen legen. Auf dem Rücken in eine feuerfeste Form geben, mit dem in Alufolie gewickelten Backstein beschweren.

50 - 60 Minuten bei 200 Grad in den Ofen geben. Die letzten Minuten kann man den Backstein und den Speck entfernen, so dass eine knusprige Haut entsteht. Hähnchen herausnehmen, auf einer Platte anrichten. Bratenfond mit Weißwein ablösen, eventuell andicken, als Soße verwenden.

Dazu einen Salat und Baguette reichen.

Lammkottelets

Lammkottelets
Zuckersirup
Rosmarin
Salz
Pfeffer
Knoblauch
Rotwein
Honig

Lammkotellets abwaschen, trockentupfen,
die Fettränder mit einem scharfen Messer kreuzweise
einschneiden, in eine Schüssel geben.
1 Liter Wasser mit 500 Gramm Zucker einkochen.
Rosmarinnadeln hinzufügen. Mindestens eine halbe
Stunde köcheln lassen. Abkühlen.
Die Kottelets mit dem Rosmarinsirup übergießen und
ziehen lassen (3 Stunden oder über Nacht).

Knoblauch fein würfeln. In einer schweren Pfanne
Olivenöl heiß werden lassen.
Kottelets aus dem Sirup nehmen, abtupfen, in die
Pfanne geben, Knoblauch dazu, salzen, pfeffern.
Von beiden Seiten kurz scharf anbraten.
Bratenfond mit Rotwein ablöschen,
einen halben Esslöffel Hönig dazugeben, aufkochen,
als Soße servieren.

Dazu passen Böhnchen und Ofenkartoffeln.

Melonensalsa

Honig- oder Galiamelone
(es geht auch mit Äpfeln, Pfirsichen, Birnen oder ähnlichem Obst)
Rote Zwiebel
Chilischoten
Salz, grober Pfeffer
Zitronensaft
Öl

Das Obst, die Zwiebel und die Chili fein würfeln, mit dem Zitronensaft, dem Öl und den Gewürzen vermengen, durchziehen lassen.

Zu Blattsalat geben, noch mal nachwürzen und eventuell mit einem Dressing aus Öl und Ahornsirup verfeinern.

Klare Tomatensuppe

1 Liter Brühe
1,5 Kilo Tomaten
3 Eiweiß
Salz
Pfeffer

Eine Gemüsesuppe kochen (ob mit Rindfleisch oder Huhn, ist egal), abseihen.
Tomaten mit heißem Wasser übergießen, enthäuten, entkernen und würfeln. In die Brühe geben.
Eine gute Stunde köcheln lassen.

Durch ein Passiersieb gießen.
Eiweiß steif schlagen. In die abgekühlte Suppe geben, aufkochen lassen, wieder durch ein Sieb gießen.
Die Suppe sollte nun eine gold-gelbe Färbung haben und fein nach Tomate schmecken.

In die sehr heiße Suppe kann man noch zum Anrichten ein wenig Mozarella geben und Basilikum.

BRUSCHETTA

*Tomaten entkernen, fein würfeln, Zwiebel fein würfeln,
Knoblauch pressen, in einer Schüssel mit Olivenöl
vermengen, würzen.
Eine Baguettebrot in Scheiben schneiden,
die Tomatenmasse auf die Scheiben streichen,
bei 200 Grad 10 Minuten im Backofen überbacken,
mit Basilikum garnieren.*

KÄSEBROT

*Baguette in Scheiben schneiden,
mit Frischkäse bestreichen,
Camembert in Scheiben schneiden, auf das Brot legen.
Bei 200 Grad 10 Minuten im Ofen überbacken.*

SCHINKENLOLLIS

*Grisini halbieren, mit einer Scheibe
Lachsschinken an einem Ende eng umwickeln,
Balsamico darüber sprühen.*

SCHINKEN-KÄSE-RÖLLCHEN

*Blätterteig ausrollen, mit Schmelzkäsescheiben belegen,
darauf Schwarzwälder Schinken, zu einer festen Rolle
drehen, in Scheiben schneiden,
nebeneinander auf ein Backblech legen,
bei 200 Grad ca. 15 Minuten im Backofen überbacken.*

GEFÜLLTER CHICOREE

*Den Strunk vom Chicoree abschneiden.
Die einzelnen Blätter vorsichtig lösen, waschen, trockentupfen.
Honigmelone würfeln, Avocado würfeln, Seranoschinken in feine Streifen schneiden, Mozarella würfeln, alles in einer Schüssel gut vermengen, mit Salz, Pfeffer würzen, ein wenig Balsamiko und Basilikum zufügen.
In die Chicoreeblätter füllen, anrichten.*

Jans Kaffee-Spezialitäten

KAFFEE JEFE

4 cl klarer spanischer Eierlikör (»108«), 8 cl Kaffee, Schaum aus geschlagener Milch

Zuerst den Likör, dann langsam den Kaffee in ein vorgewärmtes Glas geben, den Milchschaum obenauf setzen.

KAFFEE AFRIKA

4 cl Amarula, 1 Tasse starker Kaffee, Sahne, Schokoraspeln

Amarulalikör in einen vorgewärmten Becher geben und den Kaffee dazugeben. Eine Sahnehaube darauf setzen und mit Schokoraspeln bestreuen.

KAFFEE NIEDERRHEIN

3 cl Eierlikör, 1 Tasse Kaffee, 1 TL Zucker,
2 El geschlagene Sahne, Kakaopulver

Den Likör in eine vorgewärmte Tasse geben, den heissen Kaffee süßen und darüber gießen, Sahne obenauf geben und mit löslichem Kaffee und Kakao bestäuben.

MOZART-KAFFEE

1/2 Tasse starker Kaffee, 1/2 Tasse Kakao, 2 cl Mozartlikör, Sahne
Kaffee und Kakao in ein hohes, vorgewärmtes Glas geben und den Mozartlikör hinzufügen.
Umrühren und mit einer Sahnehaube garnieren.

KAFFEE SPEZIAL

100 ml Sahne, 1 Prise Anis, 3 EL Sambuca, 3 TL brauner Zucker, 3 Tassen heisser Kaffee, Kaffeebohnen zum Garnieren
Sahne mit Anispulver steif schlagen. Sambuca mit braunem Zucker erhitzen, auf drei Tassen mit heissem Kaffee verteilen. Darauf eine Sahnehaube geben und mit Kaffeebohnen verzieren.

KAFFEE-FLIP (Kaltgetränk)

3 Eiswürfel, 2 cl Kaffeelikör , 2 cl weißer Rum, 1 TL löslicher Kaffee, ggfs. Vanilleschote
Eiswürfel, Likör, Rum und Kaffee in einen Shaker geben und kräftig schütteln. In ein Glas seien und evtl. mit etwas Vanillemark verfeinern.

KAFFEE PASO DOBLE (Kaltgetränk)

1 Tasse starker Kaffee, Zucker, 4 cl Tequila, 3 Eiswürfel
Den starken Kaffee etwas süßen, abkühlen lassen und im Kühlschrank kaltstellen.
Den kalten Kaffee mit dem Tequila auf Eiswürfel in ein Longdrinkglas geben.

Yves Chopelin

Chopelin im Casino
www.chopelinimcasino.de

Saiblingschnitten mit Pfifferlingen und Bandnudeln Provencial

für 4 Personen

4 Saiblingschnitten mit Haut à 200 g
2 große Strauchtomaten
2 Schalotten
125 g Butter
3 El Olivenöl
1 El Schnittlauch
1 El frischer Kerbel
5 Blätter Basilikum
3 Knoblochzehen
0,1 l trockener Weißwein
200 g Pfifferlinge
Pfeffer aus der Mühle
Salz

Für die Bandnudeln:
200 g Weizenmehl
4 ganze Eier
1 Prise Salz
1 El Öl
30 g Butter

Zubereitung:

Aus Mehl, Eiern, Salz und Öl einen glatten Nudelteig kneten, abdecken und ruhen lassen.
Zu Bandnudeln ausrollen, abkochen und anschließend kurz in Butter schwenken.

Tomaten in heißes Wasser tauchen, kalt abschrecken, Haut und Kerne entfernen und das verbliebene Fleisch in Würfel schneiden.
Saiblingschnitten salzen und pfeffern, in Olivenöl anbraten und einmal wenden.
Bei 150 Grad etwa vier Minuten im Ofen garen.

Schalotten fein würfeln, in einem Topf mit etwas Olivenöl anschwitzen. Tomatenwürfel und Knoblauchzehen dazugeben, ebenfalls anschwitzen.
Mit Wein ablöschen und einkochen lassen.
Kalte Butter in kleinen Stücken mit dem Schneebesen einrühren, salzen und pfeffern.
Fein gehackte Kräuter dazugeben.

Geputzte Pfifferlinge kurz in heißer Butter schwenken, salzen und pfeffern. Sauce auf Tellern verteilen, Saibling darauf legen, Pfifferlinge um den Fisch verteilen und mit den Nudeln servieren.

Hans Bertels

Fette Ente
Werner-Voß-Straße 6, 47800 Krefeld

Flimmerkistenschmaus

– EINES DER LETZTEN KREFELDER GEHEIMNISSE –

Gundsauce pro Person:
1 Hühnerei
Hühnerbrühe (gleiche Menge wie Ei)
1 El Senf (mittelscharf)
1 El Ketchup
1 El Mangochutney hot
1 El Gurkenraspel / saure Gurke aus dem Glas
1 El Möhrenraspel / aus dem Glas
1/2 TL Curry
1/2 Chilischote oder 1 Messerspitze Chilipulver

Fleisch für 1 Portion:
160 g Schweinefilet (in Scheiben geschnitten)
aus der Marinade (Öl, Curry und Cayennepfeffer)
1 El Zwiebelwürfel

Zubereitung:
Pro Portion 160 g Fleisch in einer Pfanne mit Öl anbraten, dann die Zwiebeln zugeben und kurz anschwitzen. Anschließend eine Portion Grundsauce in die Pfanne geben und unter Rühren langsam eindicken .

Den fertigen Schmaus auf einer Scheibe Toast anrichten.
Garnitur: Salatblatt und Gurkenfächer (saure Gurke)

Ich erhebe nicht den »Originalitätsanspruch«, aber ich denke, aus meiner Erinnerung bin ich ziemlich nah dran. Vielleicht haben ja einige Leser Verbesserungsvorschläge!

Stefan Schlösser

Korff
www.restaurant-korff.de

Entenbrust auf Roquefort-Walnuss-Kartoffeln und Löwenzahnsalat

Rezept für 4 Personen

4 weibliche Entenbrüste (ca. 700 g)
800 g festkochende Kartoffeln
40 g Walnusskerne
40 g Rucola
150 g Roquefort
1 Bund Löwenzahn gelb
1 Bund Löwenzahn grün
4 Feigen
1 Glas Feigensenf
Olivenöl
Balsamicoessig

Zubereitung:

Kartoffel schälen, in ca. 2 cm große Würfel schneiden, auf einem geölten Backblech verteilen und mit Salz und Pfeffer würzen.

Im Backofen bei 180° C (vorgeheizt und Umluft) ca. 15 Minuten rösten, bis die Kartoffeln goldgelb sind.

Kartoffeln auskühlen lassen und den Ofen auf 160° C herunterdrehen.

In der Zwischenzeit an den Entenbrüsten die Sehnen entfernen und die Hautseite kreuzförmig einritzen (nicht ins Fleisch schneiden!).

Salate getrennt waschen und gut abtropfen lassen.

Geröstete und ausgekühlte Kartoffeln mit zerbröseltem Roquefort, Walnüssen und Rucola vermengen und in einen Backring drücken.

Den Backring abziehen und die Kartoffeln auf ein geöltes Backblech setzen.

Feigen von oben kreuzförmig einschneiden und von unten zusammendrücken, sodass die Feige sich wie eine Blüte öffnet, und mit Feigensenf füllen. Zusammen mit den Kartoffeln auf das Backblech setzen.

5 Minuten vor dem Servieren bei 160° C erhitzen.

Die Entenbrust von beiden Seiten (Hautseite zuerst) anbraten und je nach Wunsch (rosa oder durch) fertig braten.

Zum Anrichten den Löwenzahn mit Essig und Öl anmachen und auf die Teller verteilen.
Die Roquefort-Kartoffeln in die Mitte setzen und die aufgeschnittene Entenbrust auf die Kartoffeln legen.
Eine Feige als Garnitur dazusetzen.

Guten Appetit!

Karl Reifenberg

Tapas
Spanisches Lokal auf dem Krefelder Großmarkt,
Parzelle 21/23, Oppumer Straße 175, 47800 Krefeld

Baskisches Zwiebelfleisch

für 5 - 6 Personen

Hüftdeckel vom Rind (ca. 1,5 - 2 kg)
ca. 1 kg Zwiebeln
Fleischergarn
Öl, Wasser, Rotwein
Salz, Pfeffer, Paprika, Thymian

Zubereitung:

Die Zwiebeln häuten und hacken und den Hüftdeckel damit dick belegen.

Das Fleisch aufrollen, mit Fleischergarn gut verschnüren und in Öl scharf anbraten. Mehrmals wenden und nochmals reichlich gehackte Zwiebeln zugeben.

Den Braten mit Wasser und Rotwein aufgießen und ca. 1 Std. köcheln lassen.

Mit Salz, Pfeffer, Paprika und Thymian würzen, ggfs. die Soße andicken.

Dazu schmecken Patatas und Salat.

Joschi Varga

Varga's
www.vargas-krefeld.de

Schweinefiletspitzen »de Greiff«

für 4 Personen

1200 g Schweinefilet
200 g Champignons
400 ml Sahne
300 ml Gemüsebrühe
150 g Senf

Zubereitung:

Schweinefilet und Champignons in Scheiben schneiden.

Eine Pfanne mit Öl erhitzen und das Schweinefilet und die Champignons darin scharf anbraten. Nach Belieben mit Weißwein oder Gemüsebrühe ablöschen.

Das Ganze kurz aufkochen lassen und dann mit dem Rest der Sahne und der Brühe auffüllen.

Dann den Senf dazugeben und alles kochen lassen, bis es eine etwas dickflüssige Konsistenz hat.

Dazu Röstkartoffeln oder Spätzle.

»DANKE«

Unser besonderer Dank gilt den Krefelder Köchen und Gastronomen, die unseren Krimi mit ihren Rezepten bereichert haben. Wer sich nicht selbst in die Küche stellen möchte, weil er (oder sie) in der Zeit lieber ein spannendes Buch liest, sollte sich einfach mal bei Chopelin, Fette Ente, Korff, Tapas oder Varga's verwöhnen lassen.

Ohne die Geduld und Mithilfe unserer Familien hätte dieses Buch garnicht geschrieben werden können. Danke, Männer und danke, Lena, Lisa, Philipp, großer Robin, Tim und kleiner Robin. Danke, Samira, für Mails und Telefonate und dass du dich um alle kümmerst. Danke, Mami, für den Schreiburlaub in meiner zweiten Heimat Spanien. Danke, Jochen, für das geduldige und ausdauernde Lektorat.

Wir bedanken uns für Anregungen und Wortwitz bei dem Krefelder Fotokünstler Theo Windges.

Ina möchte sich herzlich bei Beate, Cora, Tin und Tina bedanken für alle Buchtipps, Inspirationen und warmen Mahlzeiten! Ulrike möchte sich vor allem bei Ina und Werner bedanken, die ständig »testessen« müssen. Und bei Claus, der geduldig Menüpläne mitgestaltet.

Ulrike Renk,
1967 geboren, schwang zuerst in Dortmund den Kochlöffel, dann studierte sie die englische und amerikanische Küche, wechselte wieder nach Deutschland und kocht nun seit 1991 am Niederrhein nicht nur ihr Süppchen.
Wenn sie nicht gerade für ihre vier Kinder und Freunde kocht, erntet sie frische Kräuter, Obst und Gemüse in ihrem Garten oder schreibt Krimis.
Bisher erschienen von ihr drei Kriminalromane um Kommissar Fischer: »Seidenstadt-Leichen« (2005), »Seidenstadt-Morde« (2006) und »Seidenstadt-Sumpf« (2007). Zusammen mit Ina Coelen schrieb sie »Killer, Küche, Knast« (2006).
Sie ist wie Ina Coelen Mitglied der ‚Mörderischen Schwestern' und im ‚Syndikat'.

Ina Coelen,
Jahrgang 1958, aß schon ihren ersten Spinat in Krefeld. Während des Grafik-Design-Studiums fotografierte sie Zwiebeln und mehrgängige Menüs. Als selbständige Grafikerin gestaltet und zeichnet sie nicht nur Speisenkarten und Kinderkochbücher.
Zu Recherchezwecken ist sie mit ihrem Mann zeitweilig in der Gastronomie tätig. Seit die Kinder aus dem Haus sind, hat sie sich auf Restaurantbesuche und das Schreiben spezialisiert.
Bisher hat sie mehrere Dutzend Krimi-Anthologien und Kriminalgeschichten veröffentlicht, unter anderem gemeinsam mit Gesine Schulz »Radieschen von unten« (2006, Leporello Verlag). Zusammen mit Ulrike Renk schreibt sie kulinarische Krimis.

TATORT NIEDERRHEIN

Ina Coelen & Ulrike Renk

Killer, Küche, Knast

ISBN 978-3-936783-18-6 · 240 Seiten · € 9,-

Die gutsituierte Katharina überlegt noch, ob sie auf das plötzliche Verschwinden ihres treulosen Ehemannes erleichtert oder verzweifelt reagieren soll, da erfährt sie, dass er ihr Vermögen durchgebracht hat. Da sie auch noch in einen Mordfall verwickelt wird, ist es mit ihrem sorglosen Leben vorbei . . .
Als passionierte Köchin versucht Katharina, mit einem Partyservice den finanziellen Ruin abzuwenden, während ihre Freundin Claudia mit detektivischem Spürsinn und immer am Rande der Legalität auf eigene Faust ermittelt.
Schließlich decken die beiden Frauen ein Netz von Intrigen und kriminellen Machenschaften auf . . .

Mit professionellen Küchen-Tipps und Rezepten prominenter Köche vom Niederrhein.

LEPORELLO
KRIMI

Herausgegeben von Ulrike Renk & Werner Coelen

Mords-Niederrhein

1. KREFELDER KURZKRIMI-PREIS
DIE BESTEN KRIMINALGESCHICHTEN

ISBN 978-3-936783-22-3 · 288 Seiten · € 9,-

Gemeinsam mit der Rheinischen Post und Buch Habel hatte der Leporello Verlag zum 1. Krefelder Kurzkrimi-Preis aufgerufen. Jeder Geschichte sollte ein Verbrechen zu Grunde liegen, das sich am Niederrhein abspielt.
Weit über 100 Autorinnen und Autoren aus dem deutschsprachigen Raum sandten ihre Kriminalgeschichten ein. Sie haben vielfältige Charaktere geschaffen, sie in kriminelle Machenschaften verwickelt, die an Schauplätzen spielen, die jeder Niederrheiner wiedererkennt.
Eine fünfköpfige Jury hat die besten Geschichten um Mord und Totschlag, Intriganten und Profikiller ausgewählt – und den Sieger und zwei weitere Preisträger ermittelt.
Die Jurymitglieder Ulrike Renk und Werner Coelen stellten aus den besten Einsendungen diesen mörderisch spannenden Krimi-Band mit Mords-Geschichten vom Niederrhein zusammen.

LEPORELLO
KRIMI

Herausgegeben von Tatjana Kruse

Tatort Niederrhein II

ISBN 978-3-936783-24-7 · 304 Seiten · € 9,-

Niederrhein-Krimis von Mischa Bach, Ina Coelen, Tatjana Kruse, Ulrike Renk und Gesine Schulz.

Tatjana Kruse, Übersetzerin und Kriminalschriftstellerin, hat auf zahlreichen Lesereisen durch die Region ihr Faible für die Landschaft und die eigenwilligen Menschen am Niederrhein endeckt. Bekannt wurde die Herausgeberin durch ihre unverwechselbaren Wuchtbrummen-Krimis und viele humorvolle Kurzgeschichten.
Im vorliegenden Band hat Kruse mörderische »Dönekes« und Kriminalgeschichten über moralische Racheengel, gescheiterte Bankräuber, mitleidige Profikiller, eine niederrheinische Alibi-Agentur und zwei mordlüsterne ältere Damen zusammengestellt, die so bestrickend unverfälscht und originell sind wie die Landschaft am Niederrhein und ihre Bewohner selbst.
Ein besonderes Lesevergnügen - nicht nur für Niederrheiner, die alle diese Tatorte kennen.

TATORT NIEDERRHEIN

Ulrike Renk

Seidenstadt-Leichen

ISBN 978-3-936783-12-4 · 224 Seiten · € 9,-

Schaufensterpuppen werden in der Umgebung Krefelds gefunden - ohne Kopf, mit Kunstblut, sorgfältig arrangiert, lebensecht wirkend. Die Polizei hält das solange für einen Streich, bis an der Mühle auf dem Egelsberg tatsächlich eine Leiche liegt - weiblich, ohne Kopf, sorgfältig arrangiert.
Wer ist die Tote? Was hat sie mit den Puppen zu tun? Als eine weitere Frau vermisst gemeldet wird, beginnt der Wettlauf mit der Zeit.
Ist ein Serienmörder in Krefeld am Werk? Hauptkommissar Jürgen Fischer - gerade erst nach Krefeld versetzt - wird auf atemberaubende Weise mit der Seidenstadt bekannt gemacht.

LEPORELLO
KRIMI

TATORT NIEDERRHEIN

Ulrike Renk

Seidenstadt-Sumpf

ISBN 978-3-936783-20-9 · 304 Seiten · € 9,-

Der allseits bekannte Krefelder Anwalt und Politiker Markus Klewer wird erschossen an der Burg Linn gefunden. Wurde er ermordet, weil er sich dafür einsetzte, dass im Naturschutzgebiet Hotel und Freizeitpark gebaut werden sollten? Oder liegt das Motiv für diese Tat weiter zurück? Polizeichef Guido Ermter ist davon überzeugt, dass Klewer einem Bandenmord zum Opfer fiel; Hauptkommissar Jürgen Fischer zweifelt. Dann geschieht ein weiterer Mord und die Ereignisse überschlagen sich. Sollte der Hintergrund für die Tat tatsächlich politisch motiviert sein? Fischer taucht einmal mehr im Alleingang in den Sumpf der Verstrickungen ein . . .

LEPORELLO
KRIMI

Ina Coelen · Ingrid Schmitz (Hrsg.)

Mord unter Kopfweiden

Neue und historische Kriminalgeschichten
vom Tatort Niederrhein

Kurz-Krimis von
Oliver Buslau, Peter Gerdes, Reinhard Junge,
H. P. Karr, Ralf Kramp, Tatjana Kruse,
Niklaus Schmid u. a.

ISBN 3-936783-09-8 · 256 Seiten · € 9,-

Am Niederrhein ist gut morden. Neunzehn Krimiautorinnen und -autoren – Niederrhein-Fans und bekennende Niederrheiner – haben sich mit dieser Region und ihrer Geschichte auseinandergesetzt und dabei zu allen Zeiten erstaunlich kriminelle Energien entdeckt.
Das flache Land, finstere Wälder, Burgen, Schlösser, Ruinen und beschaulich-verschlafene Ortschaften entlang des Rheins sind Schauplätze finsterer Machenschaften und blutiger Kriminalfälle.

M Ö R D E R I S C H E R   N I E D E R R H E I N

Herausgegeben von Ina Coelen

Mords-Feste

Kalender-Krimis vom Tatort Niederrhein

Kriminalgeschichten von
Uli Aechtner, Jürgen Ehlers, Reinhard Junge,
Paul Lascaux, Petra Pfänder, Michael Rossié,
Niklaus Schmid, Barbara Wendelken u. a.

ISBN 3-936783-10-1 · 272 Seiten · € 9,-

Eine gewisse Bauernschläue wird den Menschen am Niederrhein nachgesagt; sie machen, was sie wollen und feiern, was der Kalender hergibt.
Aber auch vor dunklen Machenschaften und Intrigen schrecken die Menschen hier nicht zurück. Es wird gemordet und gemeuchelt, und was wäre geschickter, als eine fröhlich-feuchte Feier für kriminelle Betrügereien oder sogar eine Mordtat zu missbrauchen?

Unter diesem Aspekt wurden zwanzig deutschsprachige Krimiautorinnen und -autoren angestiftet, dem Niederrhein mörderische und kriminelle Feiertage anzudichtet.
Sie haben sich in dieser Region Tatorte ausgesucht und ihrer Fantasie freien Lauf gelassen – frei nach dem Motto: »Man soll die Morde feiern wie sie fallen.«

LEPORELLO
KRIMI

TATORT VORGEBIRGE

Rudolf Jagusch

Leichen-Sabbat

ISBN 978-3-936783-21-6 · 240 Seiten · € 9,-

Hauptkommissar Stephan Tries vom KK 11 Köln steht mit mit einundvierzig Jahren am Scheideweg seines Lebens. Die Ehe ist gescheitert, seine fast erwachsene Tochter hat große Probleme - und Tries weiß nicht, ob er noch hundertprozentig hinter seinem Job steht. Der Tod seiner Eltern gibt ihm Anlass, ein Sabbatjahr zu nehmen und das Elternhaus im Vorgebirge umzubauen. Doch dort holt ihn sein Job wieder ein . . .

Charlotte von Berg bemerkt, dass viele ältere und kranke Menschen des Dorfes plötzlich sterben. Ist es Zufall oder etwa Mord? Stephan Tries lässt sich von ihr anstecken und gemeinsam beginnen die beiden zu ermitteln. Doch dann weisen alle Spuren auf Charlotte . . .

Rudolf Jagusch behandelt hier ein brisantes Thema auf höchst spannende Weise - wobei auch der Humor nicht zu kurz kommt. Der erste Roman des Autors - und gleich ein Volltreffer.

LEPORELLO
KRIMI